BORIS VIAN

维昂小说精选 下

〔法〕鲍里斯·维昂 / 著

蒙 田 徐晓雁 / 译

海天出版社（中国·深圳）

图书在版编目(CIP)数据

维昂小说精选. 下册 ／（法）维昂著 ；蒙
田，徐晓雁译. — 深圳 ：海天出版社，2014.1
ISBN 978-7-5507-0867-9

Ⅰ．①维… Ⅱ．①维… ②蒙… ③徐… Ⅲ．①长篇小
说－小说集－法国－现代 Ⅳ．①I565.45

中国版本图书馆CIP数据核字(2013)第234393号

维昂小说精选. 下册
Weiang Xiaoshuo Jingxuan (Xiace)

出 品 人	陈新亮
责任编辑	胡小跃
责任校对	曾韬荔　梁 萍
责任技编	蔡梅琴
封面设计	李松琳书籍设计工作室

出版发行　海天出版社
地　　址　深圳市彩田南路海天综合大厦　（518033）
网　　址　www.htph.com.cn
订购电话　0755-83460293(批发)　83460397(邮购)
设计制作　深圳市龙瀚文化传播有限公司　Tel：33133493
印　　刷　深圳市新联美术印刷有限公司
开　　本　787mm×1092mm　1/16
印　　张　23
字　　数　353千
版　　次　2014年1月第1版
印　　次　2014年1月第1次
定　　价　38.00元

目 录

（法）鲍里斯·维昂 著

红　草

蒙田 译

▲ 海天出版社（中国·深圳）

《红草》法文版封面

《红草》手稿

内容简介

  在一片长满神秘红草的方地上，生活着年轻的工程师沃尔夫和妻子莉儿、机械师萨菲尔·拉居里和女友弗拉莉，还有一头名叫"参议员杜邦"、通人性会说话的老狗以及女用人玛格丽特。沃尔夫处于人生的痛苦绝望阶段，为了排解自己对生存的困惑与焦虑，他设计并建造了一台奇特而绝妙的"忘忧机"，用以进行时光之旅，回归自我，追溯逝去的岁月与记忆，并对此逐一检视和分析，最后再将记忆磨灭殆尽。

  两条平行的叙述主线交叉着贯穿整部小说：方地上的日常生活、工作、消遣、情爱区艳遇与沃尔夫内心的时间之旅。沃尔夫借助"忘忧机"所进行的时间之旅共分六次，每次都遇到不同的"分析师"，按照时间顺序，依次为"家庭与童年"、"学业"、"宗教"、"性与爱"、"职业生涯"、"潜意识焦虑"（未实现）。作者通过与这些"分析师"的对话，揭示了一些哲学问题。小说的结局颇为悲观，萨菲尔·拉居里因有严重的心理障碍，每次想与女友弗拉莉发生亲密关系时都会发现有个身穿黑衣的男人在窥视他，最后陷于幻觉不能自拔而自杀；参议员杜邦在获得自己梦寐以求的宠物"蛙貔鹈"之后心满意足，进入痴呆状态；沃尔夫最终未能实现洗清记忆的愿望而绝望死去。莉儿和弗拉莉则从男人的枷锁中解放出来，走出方地，去寻找新的幸福。

  小说叙述的是一个糅合真实与怪诞、现实与超现实、幽默与诗意的故事。评论家常把它界定为介于科幻小说（神奇的忘忧机、红草、方地）和心理小说（内省、自我认识与分析）之间的作品，带有较浓的自传色彩，认为身为工程师的维昂到了要对自己的人生"作总结"的阶段。这也不无道理，沃尔夫的童年和青少年回忆与维昂的身世确有诸多相似之处，而且在写作该书期间，恰逢维昂婚姻与写作生涯的黑暗时期。

小说虽整体透出一种悲凉的气氛，带有浓重的哲理思辨色彩，但也不乏幽默诙谐。维昂沿用其轻松顽皮的独特语言风格，双关语、自造新词、文字游戏比比皆是，令人应接不暇，惊喜连连。小说充满感性而诗意的意象，有些章节宛若一首散文诗。维昂笔下的天空、云彩、植物、动物均具灵性，狗会说话，康乃馨会变颜色，牵牛花会做鬼脸，而女性是颜色、气味、植物的聚合体，莉儿"金色的香气"，弗拉莉"带着薰衣草咸味的汗珠"等等。城市里"长出来"的房子也是色彩斑斓、芳香各异。凡此种种，构成了《红草》丰富的内涵与独特的风格，赋予读者以"诗意的栖居"。有些片段需要静下心来反复阅读，咀嚼个中滋味。难怪维昂的儿子音乐家帕特里克·维昂在2011年回答法国《快报》杂志记者的提问时，坦言《红草》是他最喜欢的小说。

根据相关评论，"红草"一词一种说法是源自H.G. 威尔斯（1866-1946）的科幻小说《星际战争》，书中描述一群火星人占领了伦敦附近的乡村，溃败撤离后，在地上留下了一种来自异乡的"红草"；另一种说法是"红草"来自法国诗人让·德·博舍尔的一首诗《天青草红》。方地在小说中是一个富有象征寓意的概念，代表着叙述的虚拟空间，糅合了诸多诗意和神话的内涵，具有"神圣"和"仪式"的含义，让人想起古罗马时期的占卜仪式：占卜师在天上画出方形空间，根据所观察的迹象进行占卜，同时依照特殊规定，在地上也画出方地。后来，方地变成了神圣的场域，可在其上进行宗教仪式与活动。小说中的人名也具有象征意义，沃尔夫（Wolf）是英文"狼"的意思，萨菲尔·拉居里（Saphir Lazuli）是蓝宝石和天青石的意思，弗拉莉（Folavril）法文原意为"疯四月"，莉儿（Lil）则非法文名字。译文中姓名均采用音译。

第一章

风，温暖而慵懒，卷着树叶吹向窗边。沃尔夫痴迷地看着摇曳的枝丫，凝视着风静时树叶间透过的一角细碎日光，突然毫无缘由地抖了抖身子，按着书桌站起来。他把木地板弄得吱吱嘎嘎响，作为弥补，他蹑手蹑脚地带上门，走下楼梯，来到屋外，踏着两旁长满荨麻的砖石小径，穿过红草，向方地走去。

那台机器在百步开外，灰色的钢结构划破天空，勾勒出重重非人性的三角形。机械师萨菲尔·拉居里的连体工作服在发动机旁来回晃动，如一只硕大的茶褐色金龟子。沃尔夫远远地叫他，"金龟子"站起身来，抖动着身体。

他和沃尔夫在离机器十米处会合，然后一起走过去。

"您是来检查的吗？"他问。

"对，我觉得该来检查了。"沃尔夫答道。

他查看了一下机器，机舱已重新装上，四个粗矮的脚墩之间有一口深井，里面整齐地装着毁灭性元件，可随着损耗程度依次自动调配。

"但愿不会出什么岔子，"沃尔夫说，"毕竟有可能失灵，虽然计算得很准确。"

"这么一台机器，只要出一个岔子，"萨菲尔低声抱怨道，"那我就得去学布列糊涂语了，然后一辈子就只说那种话。"

"那我也学，"沃尔夫说，"总得有人跟你说话吧？"

"得了！"拉居里兴奋地说，"讲布列糊涂语可不是明天的事。咱们开机吧！去找您的妻子和我的弗拉莉，她们也得来看看。"

"她们是得来看看。"沃尔夫随口附和。

"我骑摩托去，"萨菲尔说，"三分钟就回来。"

拉居里骑上小摩托，轰隆隆颠簸在砖石小路上。沃尔夫孤零零地站在方地中央。几百米外，矗立着粉红色的石头高墙，轮廓清晰。

沃尔夫站在机器前的红草中等待。这几天，好奇的看客不来了，他们要等正式揭幕那天才会来看热闹，在此之前，他们更愿意去爱尔多哈米酒吧①看那些疯狂的拳击手以及用被毒死的老鼠耍把戏的人。

低垂的苍穹，静默地闪烁。眼下，爬到椅子上，手便能摸到天空，但若骤风吹过，风向突变，天空便会收缩、升高，延伸到无限远……

沃尔夫走到操纵台前，扁平的双手感受到了它的坚硬。他像往常那样微倾着头，僵硬的身影投映在操控柜坚硬度稍弱的钢板上。风吹得他白色的棉布衬衫和蓝色长裤紧贴在身上。

他站着，略显困惑，等着萨菲尔回来。一切就这样开始了，十分简单。这一天同往日别无两样，唯有训练有素的观察家方可看到一条细长的斑纹，形若金色的裂缝，划过机器正上方的蓝空。但沃尔夫沉思的双眼却梦游于红草之间。方地西墙后的路边，不时传来汽车的回声，声音传得很远：那天是休息日，人们在寂静中无聊地消磨时光。

这时，摩托的小马达在砖石路上响起，几秒钟后，沃尔夫不用转身便可闻见妻子金发的香气。他洗完手，按下触钮，随着一阵轻柔的咝咝声，发动机开始运转起来。机器颤动着，灰色的机舱回到井上的位置。他们一动不动地看着。萨菲尔拉着弗拉莉的手，金色的刘海遮住了她的双眼。

---

① "爱尔多哈米"酒吧（Eldorami）是作者对巴黎一家著名的音乐酒吧"爱尔多哈多"（Eldorado）诙谐幽默地模仿。

第二章

他们四人一起盯着那台机器，第一个元件的卡锁启动第二个元件，第二个元件随之啮合，发出一阵刺耳的咔嗒声，并在机舱底部取代第一个元件。坚固的平衡器左右摆动，非常平稳，无任何停顿和震荡。发动机进入运转状态，排出的废气在灰尘中划出一道长长的槽印。

"机器转动了。"沃尔夫说。

莉儿紧挨着他。隔着工作服，他能感觉到她髋部那富有弹性的线条。

"接下来，你会休息几天吗？"她问。

"我还得继续。"沃尔夫说。

"但你完成他们要求的工作了，现在都已经做完了。"莉儿说道。

"还没完呢！"沃尔夫说。

"沃尔夫，"莉儿嗫嚅着，"这么说，永远都完不了？"

"再说吧………"沃尔夫说，"首先得要……"

他犹豫了一下，然后又说：

"等各项测试完毕，我会试一下机。"

"你究竟想忘记什么？"莉儿哭丧着脸问。

"人什么都想不起来的时候，事情肯定会完全不一样。"沃尔夫回答说。

莉儿还是不罢休。

"但你应该休息一下，我要我丈夫两天。"她低声说，声音中流露出情欲。

"我明天可以陪你，"沃尔夫说，"但到后天，等机器跑够了，我还得来校准。"

萨菲尔和弗拉莉在他们的身边拥抱在一起，一动不动，萨菲尔第一次敢将嘴唇贴上女友的芳唇，并噏着她唇上覆盆子的芳香。他闭上眼睛，机器的轰鸣声足以把他的思绪带到远方，然后，他凝望着弗拉莉的嘴还有她那双犹如母鹿/猎豹般上翘的眼睛。突然，他感觉到有人在他身边，但并不是沃尔夫和莉儿，而是一个陌生人。他定睛细看，发现身边有个男人①正看着他们俩。他不禁心扑扑直跳，却没作出任何反应。他等着，继而决定用手蒙住脸。莉儿和沃尔夫在说话，他能听见他们的呢喃。他使劲挤压着眼睛，直至两眼冒金星时才又睁开。没有任何人。弗拉莉什么也没有发觉，她紧挨着他，几乎无动于衷……他自己也没想他们在做什么。

沃尔夫伸手抓住弗拉莉的肩："今晚，你和你的淘气包男友到我家里吃饭好吗？"

"哦，好啊！"弗拉莉说，"这次您得让参议员杜邦跟我们一块儿热闹一下。那可怜的老家伙，老是待在厨房里！"

"这家伙会撑死的。"沃尔夫说。

"太好了，"拉居里极力装出一副高兴的样子，"这么说，我们能大吃一顿了。"

"放心吧，我肯定会给你们做好吃的。"莉儿说。

她很喜欢拉居里，他看起来那么年轻。

沃尔夫对拉居里说："明天，这些就由你来监控了，我休息一天。"

"不是休息，"莉儿一边紧挨着他一边喃喃低语，"是和我一起休假。"

"我可以来陪拉居里吗？"弗拉莉问。

萨菲尔轻轻地按她的手，以示感谢。

---

① 黑衣男子在小说中多次出现，灵感或来自19世纪法国诗人缪塞的《十二月之夜》中的诗句："一位身着黑衣的陌生人/与我如兄弟般相似"，或受美国作家范·沃格特的影响，鲍里斯·维昂曾译过他的两本小说。

"可以，我同意，但千万别搞坏东西。"沃尔夫说。

机器又发出急促的咔嗒声，第二个元件的末端将第三个元件从备件中抽取出来。

"它自己转了，"莉儿说，"咱们走吧！"

他们原路返回，个个精疲力尽，仿佛经受了很大的压力。黄昏中，他们辨认出参议员杜邦那毛茸茸的灰色身影，女用人刚把它放出来透风，它声嘶力竭地喵喵叫着朝他们跑过来。

"谁教它学会喵喵叫的？"弗拉莉问。

"玛格丽特，"莉儿答道，"她说她更喜欢猫，参议员对她根本就没办法，但这样叫搞得它喉咙很疼。"

在路上，拉居里牵着弗拉莉的手，回头看了两次。他又感觉到有个男人在跟踪窥视他们，也许是自己精神太紧张的缘故。他用脸颊磨蹭着与他并肩行走的金发女友的长发。在他们身后，机器的嗡嗡声在变化无常的天空下远远地回荡，方地死寂而荒凉。

第三章

　　沃尔夫在自己的盘中挑出一块好骨头，放在参议员的盘子中间。参议员可怜的脖子上高雅地系着一块餐巾，在他面前正襟危坐。它兴高采烈，发出欢快的犬吠声，但在女用人狂怒的目光下又很快转为抑扬顿挫的猫叫。女用人也送上了她的礼物，那是一大块软面包，用黑乎乎的手抓着，参议员咕噜一声便囫囵吞进了肚里。

　　宾主四人说着话，餐桌上典型的语言，"把面包给我"，"我没有刀"，"把你的羽毛笔借给我"，"珠子在哪儿了"，"我的蜡烛点不着"，"谁打赢了滑铁卢战役"，"心怀邪念者必自蒙羞"，"按米给母牛锁边"①等等。无需多言，因为萨菲尔爱弗拉莉，莉儿爱沃尔夫，反之亦然，总之是成双成对。莉儿和弗拉莉也是一对，因为她们都是金色长发，芳唇诱人，身材窈窕。弗拉莉身材更为高挑，双腿颀长，莉儿则露出更为秀美的双肩，而且沃尔夫已与她成婚。萨菲尔·拉居里脱去茶褐色的连体工作服，更显含情脉脉。此时仅是前奏，他喝着纯酒。沃尔夫生活空虚，但不悲伤，等待之中；萨菲尔则是热情洋溢，难以形容；对莉儿而言，那是必然的。弗拉莉，生活简单，不东想西想，由于长着有如母鹿/猎

---

① 　"把面包递给我"、"把你的羽毛笔借给我"、"按米给母牛锁边"等，让人想起二战期间德军占领法国时伦敦BBC电台向法国抵抗运动者不断发出的密码信息。

豹般上翘的眼睛而显得无比温柔。

菜上来了，盘子撤下去了，沃尔夫不知道是谁。他不能看用人，因为这样会感到羞愧。他给萨菲尔和弗拉莉倒酒，前者饮酒，后者发笑。女用人走出门外，从花园带回一个装满泥巴和水的罐头盒，让参议员杜邦喝，想作弄它。它开始乱蹦乱跳，但还能自我控制，时而喵喵叫着，如同一只乖巧的看家猫。

如同大多重复性的事情一样，晚餐没有明显的时间长短，只是慢慢过去，如此而已。餐厅装潢得很漂亮，墙面贴着上漆的木板，配有宽大的浅蓝色玻璃落地窗，天花板上交错着直溜溜的深色梁木。

地板上铺着淡橙色的地砖，中间稍微低陷，给人温馨私密的感觉。砖砌壁炉的颜色与地砖十分和谐，上面摆放着参议员杜邦三岁时的肖像，它脖子上系着一条精美的镶银皮项链。一个透明的花瓶里插着来自小亚细亚的螺旋状鲜花，凸凹不平的花茎间游动着小巧玲珑的海鱼。透过窗户，可看见黄昏细长的眼泪滴落在云彩黑色的脸颊上。

"把面包递给我。"沃尔夫说。

坐在他对面的萨菲尔伸出右手，拿起面包篮，转而用左手递给他，这也未尝不可。

"我没有刀。"弗拉莉说。

"把你的羽毛笔借给我。"莉儿说。

"珠子在哪儿？"萨菲尔问。

他们停下片刻，因为这样已经足以在烤肉上桌之前不至于冷场。而且，今天晚上是盛宴，不吃烤肉。一只烤得金灿灿的肥鸡正躺在澳大利亚陶瓷盘中压低声音咯咯叫着。

"珠子在哪儿？"萨菲尔又问。

"我的蜡烛点不着。"沃尔夫说。

"谁打赢了滑铁卢战役？"参议员杜邦冷不丁地插嘴，打断了莉儿的话。

由此而引发了第二阵沉默，因为它完全出乎计划之外。为了炫耀自己，莉儿和弗拉莉异口同声、心平气和地说：

"心怀邪念者必自蒙羞。"

"按米给母牛锁边"，两遍，萨菲尔和沃尔夫以完美的轮唱法回答。

但他们明显在想别的事情，因为他们的两双眼睛已经不协调了。

晚宴继续，大家欢喜。

"我们再坐坐好吗？"拉居里在上甜点时建议说，"我不想上楼睡觉。"

他住在二楼的一边，弗拉莉住在另一边，这纯属偶然。

莉儿本来希望和沃尔夫去睡觉，但她又想，见见朋友，沃尔夫可能会很高兴，让他开心，搔到痒处，皮肉舒坦①。她跟他说：

"打电话给你的朋友吧！"

"打给谁呢？"沃尔夫拿起电话问道。

有人给他说了几个名字，没人反对。这时候，为了保持气氛，莉儿和弗拉莉双双颔首微笑。

沃尔夫放下电话，以为这样可以讨得莉儿高兴，因为她生性腼腆，从不把话说尽，所以他往往拿不准她的心思。

"咱们一会儿做什么呢？"他问，"还是和上几次那样吗？放唱片，开酒，跳舞，窗帘撕坏，马桶堵住？我的莉儿，只要你乐意，一切都没问题。"

莉儿直想哭，恨不得把脸埋入一大团蓝色的羽绒中间。她使劲将悲伤吞进肚子，叫拉居里打开酒橱，总得寻点开心啊。弗拉莉心知肚明，起身走过去捏了捏莉儿的手腕。

女用人用小勺子把调拌好的柯尔曼芥末灌入参议员杜邦的左耳朵里，权当甜点。参议员摇着头，担心摇尾巴会被误以为是表示尊敬。

莉儿从拉居里拿出的十瓶酒中挑出一瓶淡绿色的酒，倒满酒杯，不留加水的任何空间。

"弗儿，你也来一杯？"她建议道。

"好啊。"弗拉莉亲切地说。

萨菲尔躲到盥洗间整理仪容，沃尔夫透过西窗向外眺望。

---

① 此处原文为"gratouiller"，是一个复合词，由gratter（刮）和 chatouiller（使发痒）组成，最先见于勒·罗曼的幽默话剧《克诺克或医学的胜利》（1924）。

红色的云彩成片地渐次消隐，伴随着阵阵喃喃细语，犹如烧热的铁片掉入水中发出的轻微响声。顷刻间一切都静止不动了。

一刻钟后，一群朋友前来参加娱乐晚会。萨菲尔走出盥洗间，鼻子被挤得发红。他放了第一张唱片。唱片很多，可以一直放到清晨三点半到四点。远处，方地中央，机器仍在轰鸣，发动机冷峻的细微亮光穿透黑夜。

第四章

　　两对人还在跳舞，其中一对是莉儿和萨菲尔。莉儿很高兴，整个晚上都有人邀请她跳舞，借助几杯酒的酒力，一切都很顺利。沃尔夫看了一会儿，便溜回自己的书房，书房的角落里有一面很大的光滑银镜，立在四只脚上。沃尔夫走近镜子，伸直身子躺下，把脸孔凑近金属镜面，以进行男人和男人之间的对话①。一个银质沃尔夫在他对面等待着，他把双手放在冰冷的镜面上，以确信对方确实在场。

　　"你怎么了？"他问。

　　他的影子一脸茫然。

　　"你想要什么？"沃尔夫又问，"这儿的空气很不错。"

　　他把手靠近墙壁，按下开关，屋内顿时一片漆黑。只有沃尔夫的形象仍然亮着，因为它吸取了来自别处的光。

　　"你怎么样才能从中摆脱呢？"沃尔夫继续说，"再说，又摆脱什么呢？"

　　影子叹气。一声疲惫的叹息。沃尔夫冷笑起来：

　　"好，你就抱怨去吧！总之，什么都行不通。可你等着瞧吧，我的伙计，我就要进到那台机器里了。"

---

① 维昂在此对精神分析进行嘲讽，戏谑地模仿精神分析治疗中病人在躺椅上，让分析师助其释放潜意识的情形。

影子显得相当厌烦。

"我在这儿，看见什么了呢？"沃尔夫说，"雾霭、眼睛、人群……稀疏的灰尘……还有这该死的天空，犹如一片隔膜。"

"安静点，"影子声音清楚地说，"你真让我烦死了。"

"很令人失望，是吧？"沃尔夫嘲笑说，"你担心我会忘掉一切，对吗？可是，失望总比茫然地希望好。不管怎么样，总得弄个明白。好不容易来了个机会……你回答呀，真讨厌！……"

对面的影子一言不发，不以为然。

"而且，你知道吗，那机器我可是一分钱也没掏。"沃尔夫说，"这是我有运气，我一生最大的运气。是啊，我怎么能错过它呢？绝对不行。一个能摧毁人的方案总比什么不确定因素要强。你不同意吗？"

"不同意。"影子又说。

"行了。"沃尔夫粗鲁地说道，"我说的算数，你说的不算数。你对我已经毫无用处了。我自己选择，明智。啊！啊！我可是说大事的。"

他吃力地站起身来，面前镜中的形象犹如刻印在一张银质的纸上。等他把灯重新打开，影子便慢慢消隐，他按在开关上的手又白又硬，一如镜子的金属。

第五章

　　客厅内的人一边喝酒一边跳舞。在回到客厅之前，沃尔夫稍事梳洗了一番。他洗了手，让胡子长，发现不合适，当场剃掉，将领带结，打得更宽，因为时尚刚发生变化。然后，他冒着撞墙的危险，逆行穿过走廊，途中打翻了漫长冬夜里用以调节温度的熔丝断路器。灯光因而被谨慎地调至极柔和的X光线所代替，顷刻间舞者心脏的影像被放大，投放在荧光的墙面上。人们可随着音乐节奏，从投放的心脏影像中看出舞者是否喜欢自己的舞伴。

　　萨菲尔的舞伴是莉儿，他们俩一切都很好。两人的心脏外形虽差别很大，但都还比较漂亮，悠闲、安静地跳动。弗拉莉站在餐具橱旁边，心停了下来。其他两对舞伴重新组合，相互交换自己的法定雌性元素，从心脏跳动频率看，这一交换系统无可争辩地超出了跳舞的范围。

　　沃尔夫邀请弗拉莉跳舞。她温柔而冷淡地跟随着他的舞步，双双转到窗旁。这时已是深夜或是凌晨，夜色流泻在屋顶，卷起漩涡，犹如沉重的烟雾，沿着炽热的光线翻滚，并很快随之蒸发。沃尔夫慢慢停下，两人已来到门口。

　　他对弗拉莉说："来，我们一起到外面走一圈。"

　　"好吧。"弗拉莉回答说。

　　她顺手从盘子里抓了一把樱桃，沃尔夫闪身让她走在前面。他们用整个身体去触摸黑夜。天空沉浸在黑暗中，游移不定，宛如一副处于消化状态的黑猫胸膜。沃尔夫拽着弗拉莉的胳膊，两人沿着卵石路走，脚下嘎吱嘎吱作响，像是燧石铃铛发出的尖脆乐声。沃尔夫在草地边一步踉跄，抓住弗拉莉以免摔倒，弗拉莉失脚倒下，两人一起跌坐在草地上，因为觉得草地很暖和，便并肩躺下，但相互不接触。夜幕突然颤动，露出几颗星星。弗拉莉嚼咬着樱桃，可听见清新、芳香的汁液在她口中绽开。沃尔夫平躺在地上，双手摩挲按压着芬芳的小草。他真希望就在这儿睡觉过夜。

"玩得开心吗，弗儿？"他问。

"嗯，很开心。"弗拉莉满脸疑惑地说，"可是，萨菲尔今天……很奇怪，他不敢吻我。他总是回头看，好像后面有人一样。"

"现在好了。"沃尔夫说，"他工作太累了。"

"但愿如此，"弗拉莉说，"都做完了吗？"

"主要的都做完了，"沃尔夫说，"但我明天还得去试机。"

"啊，我很想去看看，您愿意带我去吗？"弗拉莉问。

"我不能带你去。"沃尔夫说，"理论上而言，它不是用作这个用途的，而且谁知道我在后面会发现什么呢？你从来都不好奇吗，弗儿？"

"我太懒了。"她答道，"而且我几乎永远都很满足，所以没有好奇心。"

"你是温柔的化身。"沃尔夫说。

"您为什么跟我说这些？沃尔夫？"弗拉莉问道，音调有所变化。

"我没说什么。"沃尔夫轻声地说，"给我点樱桃。"

沃尔夫感觉到她那清凉的手指正抚摸着他的面孔，寻找他的嘴巴，并把一粒樱桃塞进他的嘴里。他让樱桃在口中温暖了几秒钟再咬，并咀嚼活动的樱桃核。弗拉莉离他很近，她身体的芳香与大地和绿草的香气融为一体。

"你真香，弗儿。我喜欢你的香气。"

"我没抹香水。"弗拉莉回答说。

她遥望群星在夜空中相互追逐，晶莹簇拥。右上方的三颗星星在翩翩起舞，模仿着阿拉伯舞。黑夜的漩涡时而将它们遮住。

沃尔夫慢慢转身变换体位，一秒钟都不想失去与草地的接触。他想用右手撑地，却碰到一个静止不动的小动物的皮毛。他睁大眼睛，试图在黑暗中辨识它。

"我身边有一只温柔的动物。"他说。

"谢谢！……"弗拉莉答道。

她静无声息地笑着。

"我说的不是你。"沃尔夫说，"要是你，我会感觉到的。那是一只鼹鼠或一只鼹鼠宝宝。它不动弹，却是活着的……喏，我抚摸它的时候你好好听听。"

鼹鼠宝宝开始发出哼哼声，红色的小眼睛如白蓝宝石般闪闪发亮。沃尔夫坐起身来，把它放在弗拉莉的胸脯上，就在她裙子开胸处的两乳间。

"小家伙好温柔。"弗拉莉说。

她笑了起来：

"咱们在这儿真舒服。"

沃尔夫回身躺倒在草地上。他的眼睛已习惯黑暗，开始看清楚东西了。在他面前几厘米处，弗拉莉的手臂光滑而白皙。他凑近脑袋，嘴唇掠过她肘弯的凹陷处。

"弗儿……你真漂亮。"

"我不知道。"她低声说，"这儿真舒服！咱们在这儿睡觉怎么样？"

"是呀，可以在这儿睡觉，"沃尔夫说，"我刚才也想过。"

他的脸靠着弗拉莉那因年轻而还有点瘦削的肩膀。

"我们醒过来的时候身上说不定会爬满鼹鼠的。"她说。

她又笑了起来，笑声低沉，有点故意压低。

"草真香。"沃尔夫说，"草和你都香。有很多花，是什么花散发出铃兰花的香味呢？现在已经没有铃兰花了。"

"我记得铃兰花，"弗拉莉说，"从前，有很多铃兰花，田里长满铃兰花，密密麻麻的，像齐刷刷的浓密头发一样。我们坐在田中间摘花，根本就不用站起来。到处都是铃兰花。但这儿是另一种植物，开着橙色、小圆点的花。我不知道它叫什么花。在我头底下，是紫罗兰花，在我另一只手下，是阿福花①。"

"你敢肯定？"沃尔夫问，声音显得有点遥远。

"不肯定，"弗拉莉说，"我从来没有见过这种花，我只是很喜欢这个名字和这些花，所以就把它们联系在一起。"

"对，我们常这样做。"沃尔夫说，"常把自己喜欢的东西放在一起。如果不喜欢自己，我们永远都会孤独。"

"今晚，我们是独自两人，"弗拉莉说，"独自两人。"

她愉悦地叹息了一声。

"咱们在这儿真舒服。"她喃喃地自语道。

"我们整夜不睡。"沃尔夫说。

他们不再说话。弗拉莉轻柔地摩挲鼹鼠宝宝，小家伙发出心满意足的细嫩叫声。在他们的上空，露出来的云隙被游动的黑暗追赶，星星不时地被遮住。他们沉默不语地睡着了，身体躺在温暖的大地上，沉醉在红色花朵的芬芳之中。天将拂晓，从屋里传来阵阵絮语，细声细语，一如艾灵顿公爵的蓝色谢尔盖②。一株小草随着弗拉莉细微的呼吸气息弯下了腰。

---

① 真正的阿福花为百合科植物，花朵华美而硕大，香气袭人。雨果曾在诗集《世纪的传说》（1859）中的一首十四行诗里提到阿福花："阿福花簇丛中透出清新的芬芳"。诗中描述一位年长的男子酣睡在一位年轻的女子身边，天空群星璀璨，周边是一片田园诗般的美妙景致，其情景与小说颇为相似。

② 此处的"蓝色谢尔盖"音乐（Blue Serge）让人想起维昂生前极为崇拜的艾灵顿公爵于1941年在好莱坞录制的同名唱片。该曲为艾灵顿公爵之子默瑟为纪念音乐家谢尔盖·拉赫玛尼诺夫而谱写的作品，风格神秘、悲苍、怪诞，曲终给听众留下令人忧虑不安的悬念。

第六章

沃尔夫懒得等到莉儿醒来，因为她可能要睡到晚上才会醒过来，于是随手写了张纸条，放在她身边，然后穿上专为玩扑鲁克球①而设计的绿色服装，走出屋外。

参议员杜邦被女用人套上了鞍辔，拉着装有小球和小旗的小车跟在他身后，车里还装有挖洞的小铲、挖植物的小尖刀、数进球的计分器、洞太深时用来吸球的虹吸管。沃尔夫把扑鲁克球杆放在罩中，斜挂在肩上背着。球杆一共有三个，一个是开角的，一个是死角的，还有一个是从来不用但却是最亮的。

此时已是十一点钟左右，沃尔夫感觉休息得很好，但莉儿昨晚通宵不停跳舞直到凌晨。萨菲尔应该已经在倒腾机器了，弗拉莉可能也还在睡觉。

参议员杜邦牢骚满腹，它一点也不喜欢玩扑鲁克球，而且对小车极为不满。沃尔夫一定要它偶尔拉一下小车，说是为了让它做点运动，把小肚子去掉。它神情忧郁，好像戴上了丧礼黑纱，觉得委屈极了，而且它根本不胖，肚皮紧绷，没有丝毫赘肉。每走三米，它就停下来吃几口狗牙根②。

---

① 原文为plouck，意指"高尔夫球"，是维昂自造的新词，为法文plouc（意为"乡野"、"乡巴佬"、"土里土气"）的幽默谐音词。

② 狗牙根（Chiendent）是禾本科植物，用来泡茶，具有利尿功能，据说身体不适的狗喜欢啃吃该草，因而得名。此外，无独有偶，维昂的好友雷蒙·格诺的第一部小说名为《狗牙根》，并在另一部作品《严冬》中将书中一个人物取名为参议员。

扑鲁克球场一直延伸至方地的南墙后。那儿的草一点也不红，泛着不太自然但很精美的绿色，小树丛和斜眼兔窝①点缀其间，可以在那儿玩扑鲁克球数小时而无需原路返回，这是它的主要可爱之处。他大步流星走着，尽情呼吸晨间清新的空气，时而叫唤参议员杜邦，并奚落它几句。看见它正扑上一株很高的狗牙根，他便问：

"你还饿呀？那你告诉我呀！我可以偶尔摘点给你吃。"

"得了，得了，"参议员咕哝道，"还好意思奚落我这条可怜的老狗，我几乎都没力气走路了，您还忍心让我拉这么重的车。"

"你总得做些运动呀，"沃尔夫说，"你都长肚子了。搞不好你的毛会全部掉光，长红斑，你会变得丑陋不堪。"

"身为动物，我这样就足够了。"参议员说，"不管怎么样，女用人死命地给我梳毛的时候，会把我那所剩无几的狗毛全部扯掉。"

沃尔夫走在前面，双手插在裤兜里，说话时连头都不回。

"不管怎么样，"他说，"假设有人搬来这儿住，而且，还养着……一头母狗……"

"您这样是哄不住我的，我可是见多识广。"参议员说。

"除了狗牙根。"沃尔夫说，"趣味可真怪。要是我呀，我会更喜欢一头漂亮的小母狗。"

"那您千万可别错过机会啊，"参议员说，"我是绝对不会妒忌的。我只是肚子有点疼。"

"你吃了那么多，肚子能不疼吗？"沃尔夫说，"不过，你高兴就好。"

"嘿，除了泥巴浓汤、耳朵里灌芥末之外，其他还好。"参议员说。

"那你应该自卫啊，"沃尔夫说，"你完全可以教会她如何尊重你嘛。"

"我可不是值得尊敬的人，"参议员说，"我只不过是一头臭烘烘的老狗，整天就知道吃。"它把一只软乎乎的脚掌放到鼻子上，发出"呸，

---

① 原文为"lapins bigles"，即"斜视的兔子"的意思，同时又因谐音，与"begle"（小猎犬）相近。小猎犬常被用来猎取狐狸、黄鼠狼、兔子以及老鼠等小型掘穴动物。

嗒"的声音。"对不起，请给我一秒钟。这棵狗牙根质量可好了，"它
开始啃吃起来，"如果您不嫌麻烦，请把皮带给我解开，它会妨碍我吃
草。"

沃尔夫低下身，解开连接车辕的皮带，将参议员解放出来。参议员
鼻子嗅着地面，走到旁边寻找一小块香味适宜的灌木丛，躲在里面吃狗牙
根，免得沃尔夫认为它的行为丢人现眼。沃尔夫停下来等它：

"你慢慢吃吧。我们不着急。"

参议员杜邦只顾打嗝，没有答话。沃尔夫坐在地上，屁股蹲在脚跟
上，双臂搂紧膝盖，前后摇晃起来，满怀深情地哼着一首歌，以增添这一
动作的魅力。

五分钟之后，莉儿来这儿找到了他。参议员还在吃，沃尔夫刚想站
起身来去拍它的背，莉儿急匆匆的脚步声使他停了下来，他不用看就知道
是谁。她穿着一条薄布裙子，披散的头发在肩上飘逸。她搂着沃尔夫的脖
子，挨近他跪下来，贴近他的耳朵问：

"你为什么不等我？难道这就是我的假日吗？"

"我不想叫醒你，"沃尔夫说，"你当时显得很累。"

"我是很累，"她说，"你今天早上真的想玩扑鲁克球吗？"

"我主要是想走动一下，"沃尔夫说，"参议员也是，但它中途改变
了主意。话说回来，你建议我干吗我就干吗。"

"你真好。"莉儿说，"我正是来告诉你，我忘了买一个很重要的东
西，你放心去玩扑鲁克球吧，不用感到内疚。"

"你有十分钟吗？"沃尔夫问。

"我得去买东西，"莉儿解释道，"已经事先约好。"

"你有十分钟吗？"沃尔夫又问。

"当然啦，"莉儿回答说，"可怜的参议员，我当时就知道它会生病
的。"

"不是生病，是中毒了，这可不是一码事。"参议员在灌木丛后面说。

"得了！"莉儿抗议道，"你干脆就说饭菜很糟糕吧！"

"那泥巴确实难吃极了。"参议员咕哝道，并声嘶力竭地尖叫起来。

"咱们先一起散会儿步吧。去哪儿好呢？"莉儿问。

"随便哪儿都行。"沃尔夫说。

他和莉儿同时起身，并将球杆放进小车中。

"我马上就回来，"他对参议员说，"你慢慢来吧，可别太劳累自己喽。"

"没问题。"参议员说，"我的天哪！我的脚在发抖，简直太可怕了。"

他们在阳光下走着。宽阔的草地宛若一片海湾，隐没在暗绿色的乔木林中。远处的树木苍翠密茂，棵棵紧挨着，让人也想成为其中一员。地上很干燥，落满了细枝。他们离开左边的扑鲁克球场，由于地面逐渐升高，球场在稍低处，有两三个人正在认认真真地打扑鲁克球。

"聊聊昨天吧，"沃尔夫说，"你玩得开心吗？"

"很开心，我一直在跳舞。"莉儿蹦蹦跳跳地说。

"我看见了，"沃尔夫说，"你老是和萨菲尔跳舞，把我给嫉妒死了。"

他们转向右边，走进树林中，可听见啄木鸟在玩摩尔斯电码小纸游戏①。

"那你呢，你跟弗拉莉干什么去了？"莉儿反唇相讥道。

"在草地上睡觉。"沃尔夫回答说。

"她接吻水平高吗？"莉儿问道。

"你好蠢，"沃尔夫说，"我连想都没想过。"

莉儿笑了起来，紧紧依偎着他，与他并肩齐步走，并不得不把步子迈得很开。

"我真想永远放假，一直和你一起散步。"

"你很快就会厌烦的，"沃尔夫说，"你看，现在就说要去逛街买东西了。"

"不对，这只是个偶然，"莉儿说，"你更喜欢你的工作，你不工作

---

① 小纸游戏的规则是参加游戏者传递一张纸，每人在其上写下几个字，然后叠起来传给下一个人。游戏结果所得文字往往滑稽可笑或极富诗意。超现实主义人士曾利用此游戏尝试"自动书写"。

就受不了，就会发疯。"

"并非不工作才发疯，我本来就很疯。"沃尔夫说，"确切地说，不是疯，而是不自在。"

"你跟弗拉莉睡觉的时候可不是这样。"莉儿说。

"跟你睡觉的时候也不是这样，"沃尔夫说，"但今天早上你在呼呼大睡，我只好先走了。"

"为什么？"莉儿问。

"不然的话，我准会把你吵醒的。"沃尔夫回答说。

"为什么？"莉儿故作天真，又问。

"就为这个。"沃尔夫一边做着手势一边说，两人一同躺在树林里的草地上。

"不能在这儿，人太多了。"莉儿说。

但她似乎并不相信自己说出来的理由。

"你待会儿就不能玩扑鲁克球了。"她说道。

"我也很喜欢玩这个游戏。"沃尔夫对着她的耳朵轻声说。她的耳朵娇嫩可爱，让人简直忍不住要咬上几口。

莉儿几乎是幸福地叹着气说："我真希望你总是休假。"

之后，随着几个动作，她又发出不同的呻吟声，一副幸福的样子。

她重新睁开眼睛。

"我特别、特别喜欢这个……"她最后说。

沃尔夫温柔地亲吻她的睫毛，以缓解彼此身体局部分离的遗憾。

"你究竟去买什么呀？"他问。

"买点东西而已，"莉儿说，"快走吧……我要迟到了。"

她站起身来，拉着他的手，两人一起奔跑到小车前。参议员神情沮丧，四脚趴在地上，在碎石上口吐唾沫。

"起来吧，参议员，"沃尔夫说，"咱们一起去玩扑鲁克球。"

"待会儿见，我很快就回来。"莉儿说。

"你呢？"沃尔夫说。

"我一会儿就回来！"莉儿一边跑开一边大声喊道。

第七章

"哇……好球，打得真棒！"参议员赞赏道。

球飞得很高，在天空中划下一道褐色烟雾，许久不散。沃尔夫让挥起的球杆回落原位，然后和参议员一起继续散步。

"对，我是进步了，"沃尔夫无动于衷地说，"但如果能多训练就好了……"

"谁也没有阻止你呀。"参议员杜邦说。

"可是，不管怎么训练，总有人比我打得更好，所以，这又有什么用呢？"沃尔夫答道。

"没关系，这毕竟是游戏嘛。"参议员说。

"正因为是游戏，所以才要争第一，"沃尔夫说，"不然的话就很愚蠢，如此而已。嗨！我打扑鲁克球已经十五年了，你以为我还那么兴致勃勃吗……"

小车在参议员身后摇摇晃晃，稍一倾斜就阴险地触碰着它的屁股。参议员不断地唉声叹气。

"真是活受罪！"它呻吟道，"再这样下去，不到一小时我的屁股肯定就全脱皮了！……"

"别那么娇生惯养。"沃尔夫说。

"哎呀，"参议员说，"到了我这把年纪，多丢人现眼啊！"

"我跟你说，散散步对你有好处。"沃尔夫说。

"让我难受不堪的事情能给我带来什么好处呢？"参议员问。

"什么事情都让人难受不堪，"沃尔夫说，"但我们总得做事……"

"哎呀，您以什么都不会使您开心为借口，认为所有人对任何东西都感到厌恶。"参议员说。

"那你现在想要什么？"沃尔夫问。

"要是别人问你同一个问题，"参议员咕哝着说，"您也不知道该如何回答吧？"

沃尔夫没有马上回答，而是摇晃手中的球杆，打断球场上到处生长、做着鬼脸的矮牵牛茎梗。被截断的茎梗流出黑色黏稠的汁液，膨胀成一个有金色纹饰的黑色小球体。

"这对我一点也不难，"沃尔夫说，"我只是老实地告诉你，什么都提不起我的兴趣。"

"这可是新事物，"参议员冷笑道，"那台机器用来干吗的？"

"那是一个不得已、让人绝望的办法。"轮到沃尔夫自嘲了。

"不至于吧，"参议员说，"您还没有全部尝试呀。"

"是的，确实没有全部尝试，"沃尔夫说，"但下一步我会的。不过，首先得对事物有一个清楚的认识。说了那么多，你并没有告诉我你想要什么。"

参议员变得神情庄重：

"您不会嘲笑我吧？"

它湿润的口鼻颤抖着。

"绝对不会，"沃尔夫说，"如果我知道有人真心渴望什么东西，我的心情会好起来的。"

参议员推心置腹地说道："自我满三个月以来，我就想要一个蛙貔鹈①。"

"一个蛙貔鹈，"沃尔夫心不在焉地说。

---

① 原文为ouapiti，是wapiti（驯鹿）的谐音词。在小说中，ouapiti是一种纯想象虚构的动物，代表着每个人心目中的梦幻、愿望和理想，其形态因人而异。译文中按照其发音，编造了一个词，将其译为"蛙貔鹈"，赋予其神奇异兽的特性。

参议员马上又说：

"对，一个蛙貔鹈！……"

参议员重新鼓起勇气，声音也坚定起来。

"这起码是一个详细而具体的愿望，"它解释说，"蛙貔鹈是绿色的，长着圆圆的硬刺，扔在水上会发出'噗噜'声。反正，对于我来说，蛙貔鹈就是这样的。"

"这就是你想要的东西吗？"

"没错。这是我生活的目标，我这样就感觉很幸福。"参议员自豪地说，"应该说，要是没有这辆讨厌的小车，我会很幸福。"

沃尔夫用鼻子吸着气，不再折断矮牵牛的茎梗，并停下脚步，说：

"好吧，我帮你把车卸掉，我们一起去给你找一个蛙貔鹈，你看看获得自己想要的东西之后会有什么变化。"

参议员停下来，激动得发出马嘶般的叫声：

"什么？您真的会这样做吗？"

"我已经跟你说了嘛……"

参议员喘着气说："这不是玩笑吧？您可千万不能让一头疲倦不堪的老狗空欢喜一场呀……"

"你很幸运，还有想拥有什么东西的愿望。"沃尔夫说，"我会帮助你的，这很正常……"

"天哪！这就是基督教教理中所谓的有趣的形而上学。"参议员说。

沃尔夫再次弯下身子，给参议员松绑。他手上拿着一根球杆，将其他球杆留在车上。绝不会有人去动它们，因为扑鲁克球的道德规则非常严格。

"咱们上路吧，找蛙貔鹈去，得弯着腰，向东走。"他说道。

杜邦说："即便弯着腰您也会高出我一截。我还是站着吧！"

他们一起出发，小心翼翼地嗅着地面。一阵微风吹拂着蓝空，天空那银白色、变幻不定的肚皮时不时低下来抚摸碎米荠芙蓉五月盛开的硕大蓝色伞形花。花朵还绽放着，散发出胡椒般的香味，在暖融融的空气中荡漾开来。

第八章

　　离开沃尔夫后，莉儿加快了步伐。一只蓝色的青蛙在她前面蹦蹦跳跳。那是一只没有互补色的纯色雨蛙。蓝青蛙在靠屋子的那一边走着，一蹦两跳就超过了莉儿。青蛙继续前进，但莉儿很快就登上楼梯，坐在梳妆镜前化妆，描描眉毛，扑扑粉，抹点腮红，梳梳头发，涂点指甲油，三下两下就把妆化好了，总共不超过一个小时。然后，她告别女用人，奔跑着走出家门，穿过方地，经过一道小门，上了街。

　　街道一片寂寞，百无聊赖，裂出别具一格的长长缝隙，算是供人解闷。

　　在蜿蜒曲折的阴暗缝隙中，色彩斑斓的宝石乍烁乍晦，散发着飘忽不定的光泽，片片光亮随着地面的起伏而忽隐忽现。其间，蛋白石熠熠闪烁，山水晶犹如章鱼，若想用手抓住，它便折射出缕缕金粉光泽，祖母绿透显出魅艳十足、令人惊悚销魂的光泽，更有遽然一现、色彩渐变、光泽柔和的层层绿玉。莉儿踏着碎步，思考着自己想问的问题，裙子随着她的双腿飘逸，十分漂亮。

　　两旁开始出现低矮的房子，随后是更为高大的房屋，那是一条名副其实的街道，现出座座楼宇和车水马龙的景观。莉儿穿过三条横行的街道，拐向右边；闻香算命婆住在一栋高耸的木棚屋里，高大的脚墩用实心原木搭成①。楼梯弯弯曲曲，栏杆上悬挂着令人恶心的破旧布片，算是为场地平添些许色彩。空气中弥漫着咖喱味、大蒜味和蝴蝶王的气味，走到第五层台阶边，则闻到夹杂着白菜和陈年咸鱼的异味。楼梯上方，有一只乌鸦，因用超强的过氧水去色而早生白发。乌鸦小心翼翼地拎着一只死老鼠的尾巴，毕恭毕敬地迎接来客。老鼠已在此放了很久，原因是深谙其道者不愿上钩，而其他老鼠则根本不肯光顾。

莉儿向乌鸦优雅地微笑示意，用挂在绳上的迎客木槌在门上敲了三下，"您好，请开门。"

紧随莉儿身后上楼的算命婆说道："请进！"

莉儿走进屋里，闻香算命婆紧跟着进去。木屋里有一米深的水，屋里的人得在漂浮的床垫上走动，以免损坏地板蜡。莉儿小心翼翼地挪至已经磨旧的客人专用扶手椅上，闻香算命婆则用一个生锈的平底铁锅拼命舀水泼到窗外。水快要舀干时，她才坐在嗅闻桌前。桌上放着一个人工水晶嗅闻瓶，瓶下有一只硕大的银灰色蝴蝶，它昏迷不醒，被钉在桌垫上，桌垫被嗅闻瓶压着。

算命婆拿起工具，撮起双唇向蝴蝶吹气，然后把工具放在左手边，从贴身夹衫中抽出一副散发着汗臭的扑克牌，问：

"全部都做吗？"

"我时间不多。"莉儿说。

"那就做半瓶和沉淀物吧？"算命婆建议道。

"好的，沉淀物也做。"莉儿说。

蝴蝶开始翩翩然摆动翅膀，发出轻微的叹息声。占卜纸牌散发出一阵阵动物园里那样的气味。算命婆眼疾手快地将最先的六张牌摊放在桌上，并使劲闻着。

"真见鬼，"她说道，"我从您的牌中闻不出什么东西。您在地上吐口痰，看一看，然后再踩一脚。"

莉儿乖乖地照做了。

"现在把脚挪开。"

---

① 闻香算命婆住的房子原型很可能来自俄罗斯童话中巫女芭芭雅嘎的房子。

莉儿挪开脚，算命婆点燃一盆孟加拉小火，房间里充满着明亮的烟雾，散发着绿色粉末的香味。

"好了，好了，"算命婆说，"现在闻起来就更清爽了。我现在给您嗅占一卜，预测您钟爱的人的消息。还有钱的问题，数额不大，但毕竟也是一小笔钱。当然，没什么特别的。如果客观地看待事情，可以说，就金钱而言，您的状况没有什么变化。哎，您等一下。"

她在第一批牌上又摆上六张新牌。

"啊呀！"她说道，"正像我刚才跟您说的那样，您必须掏点钱。但是，这封信离您很近，可能是您的丈夫，这意味着他会跟您谈这件事情。因为，如果您丈夫给您写信，这自然很可笑。继续吧，请您挑一张牌。"

莉儿随手抽了一张牌，即第五张牌。

"坚持！"算命婆说，"我刚才跟您说的内容并未得到确认！您家里的一个人会获得很大的幸福。他会在生病后找到他很久以来想找的东西。"

莉儿觉得沃尔夫建造那台机器很有道理，他所付出的努力会获得回报，但必须小心肝脏问题。

"是真的吗？"她问道。

"最真实不过，最正式不过，"算命婆说，"气味从来不会撒谎。"

"我知道。"莉儿说。

此时，经过氧水处理过的乌鸦用嘴巴敲门，模仿着唱起野蛮的《出发之歌》[①]。

"我得赶紧加快速度，"算命婆说，"您真的还要我嗅闻沉淀物吗？"

"不用了，"莉儿说，"我只要知道我丈夫能找到他想找的东西就行了。我该给您多少钱，太太？"

"十二块。"算命婆说。

银灰色的大蝴蝶越抖越厉害，然后，突然腾空飞起，恍若一只有残疾的蝙蝠，飞得沉重而不稳。莉儿很害怕，后退了几步。

---

① 暗指1794年的革命歌曲《出发之歌》。

"不用担心。"算命婆说。

她打开抽屉，拿出一支手枪，不起身就瞄准毛茸茸的蝴蝶开了一枪。只听见砰的一声，蝴蝶被击中头部，收起双翅，拢近心口，掉在地上，发出软绵绵的响声，柔滑的羽鳞粉随之飘然升起。莉儿推开门，走出去，乌鸦彬彬有礼地向她告别。另有一位客人在门外等候，那是一个身体瘦弱、黑眼睛、神情焦虑的小女孩，脏兮兮的手上拿着一块银元。莉儿走下楼梯，小女孩犹豫片刻后，紧跟上她。

"您好，夫人，"她问道，"她说实情吗？"

"不，"莉儿说，"她给未来占卜，要知道，这不是一码事。"

"会给人带来自信吗？"小女孩问道。

"有时会。"莉儿说。

"那乌鸦让我害怕，"小女孩说，"那只死老鼠臭烘烘的，我一点也不喜欢。"

"我也不喜欢，"莉儿说，"但这个算命婆一点也不贵……她不会像那些算命大师那样自命不凡，拿着干瘪的壁虎。"

"那我就回去吧。"小女孩说，"谢谢您，夫人。"

"再见。"莉儿说。

小女孩快步走上歪歪扭扭的楼梯，莉儿也加快脚步回家，一路上，卷起的红玉石在她美丽的双腿上映着明亮的光芒，天色逐渐染上黄昏独有的琥珀色，四周响起尖脆的蟋蟀叫声。

第九章

　　参议员不得不加快脚步，因为沃尔夫走得很快。虽然参议员长有四条腿，而沃尔夫只有两条，但他的腿毕竟比它长三倍，所以它必须不时伸长舌头，发出"哼哼"的声音，以表示自己疲惫不堪。

　　路面铺着碎石，长有茂密的青苔，开满形若香蜡球的小花。昆虫在枝丫间飞来飞去，借助上颚撩开花朵的心蕊，吸吮里面的琼浆。参议员不断吞咽香脆可口的小虫，每吞咽一口，它都惊跳一下。沃尔夫迈开大步，手中握着球杆，双眼聚精会神地注视着周边环境，专心的程度有如试图解读《卡勒瓦拉》①。他把脑海中浮想的事情与眼前看到的景象相混淆，并寻思着该把莉儿漂亮的脸蛋放在哪儿好。有那么两三次，他试图将弗拉莉的形象融入景色，却感到有些羞耻，于是将这一蒙太奇驱出脑外。他努力了一番之后，才把精神集中在蛙貌鹣身上。

　　看到各种不同的迹象，比如漩涡状的粪便和消化不良的打字机印带时，他意识到动物就躲在不远处，于是示意激动万分的参议员冷静下来。

　　"我们真能找到蛙貌鹣吗？"杜邦问道。

　　"当然了。"沃尔夫低声回答道，"现在，可别开玩笑了。我们俩都得趴在地上匍匐前进。"

　　他把身体贴在地上，慢慢向前挪。参议员抱怨说："我的大腿相互摩

---

①　维昂曾于1941年赠送法文版《卡勒瓦拉》给妻子米歇尔，夫妻两人都很喜欢这本书，常常在日常对话时半严肃半讽刺地引述书中的一些片段。

擦，搞得我很难受。"但沃尔夫不让它说话。在三米远处，他突然看到了自己要找的东西：一块大石头，四分之三掩埋在地下，顶部凿有一个完整的方形小洞口，朝着他敞开。他凑近石头，拿起球杆，朝内敲了三下。

"敲到第四下，就到时间了！……"他模仿着语音报时钟的声音说道。

他敲了第四下，惊慌失措的蛙貔鹈蜷缩着身子立刻从洞里钻了出来。

"饶我一命，大人！"它呻吟道，"我会将钻石全部交回。君子说话算数！……我什么也没干！……我向您保证……"

参议员杜邦舔着嘴巴，贪婪地看着它。沃尔夫坐下，打量着蛙貔鹈：

"我可把你给逮着了。现在才五点半，你得跟我们一起走。"

"不，不！"蛙貔鹈抗议道，"这可不行，这可不是闹着玩的。"

"如果是二十点十二分，"沃尔夫说，"而我们又恰好在这儿，你肯定也会被我们逮住的。"

"你们是趁火打劫，靠着一位祖先背叛了我。"蛙貔鹈说，"这是懦弱的表现。您知道，我们对时间极其敏感。"

"你不能以此为由进行抗辩。"沃尔夫说，故意使用专业的语言想镇住它。

"好吧，我跟你们走，"蛙貔鹈说，"但得让这个粗鲁的家伙离我远一点。它恶狠狠地斜眼盯着我，恨不得马上咬死我。"

参议员蓬乱的胡须一下子耷拉下来。

"可是……"它嘟哝道，"我可是带着一片好心而来。"

"我才不管那么多呢！"蛙貔鹈说。

"你会做面包片吗？"沃尔夫问它。

"我是您的俘虏，先生，"蛙貔鹈说，"我只服从您的命令。"

"太好了，"沃尔夫说，"那你就握着参议员的手，跟着过来吧。"

参议员杜邦激动无比，用鼻子吸着气，把自己的大爪子递给蛙貔鹈。

"我可以骑在先生的背上吗？"蛙貔鹈指着参议员说。

参议员表示同意，蛙貔鹈高高兴兴地爬上它的背，沃尔夫开始朝着相反的方向走去。参议员兴高采烈地跟在他后面，心中的理想终于化为现实，梦想成真……一股暖洋洋的恬静充溢它的心田，脚下不由得一阵飘飘然。

沃尔夫心情忧郁地走着。

第十章

　　远远看去，机器宛如纤细的蜘蛛网。拉居里站在那儿监控机器的运转，机器从昨晚到现在都运转正常，他正在检查发动机齿轮精密的元件。不远处，弗拉莉躺在低平的草地上，唇间叼着一朵康乃馨，正浮想联翩。机器旁边的地面略微颤抖着，但并不会令人感到不舒服。

　　拉居里直起身来，看着自己满是油污的双手。他觉得手太脏了，不能亲近弗拉莉，于是打开铁皮柜，取出一大把废麻丝，先擦去明显的油污，然后再用矿物肥皂涂手指，相互搓擦。掌心上的浮石粉让他觉得有点粗糙，他把手伸进一个凹凸不平的水桶里去洗，除了每个指甲上留有一缕蓝色的油污，其他基本上还算洗得比较干净。他关上柜门，转过身来。弗拉莉任由拉居里凝视着自己，她身材高挑，一头飘逸的金色长发，额头上留有一排刘海儿。圆圆的下巴，很有个性，耳朵精致小巧，犹如环礁湖里的珍珠贝母，嘴唇红润饱满，丰满的双乳将过短的黄色毛衣前部撑起，提至髋部，露出金黄色的皮肤。拉居里的目光随着她身体动人的线条游移，他来到她身边坐下，低下头来亲吻她，突然受到惊吓，猛地站立起来。他身边有一个男人，在盯着他看。拉居里退后几步，背靠着金属架，手指紧紧地抓住冰冷的金属，然后死死地盯着那个男人。发动机在他手中颤动，赋予他力量。那个男人一动不动，渐渐变得模糊，继而融化，消散在空气中，最后消失得无影无踪。

　　拉居里用手擦拭前额。弗拉莉一声不响，甚至没有感到惊讶。

"他究竟想干吗？"拉居里似乎是对着自己低沉地嗥叫着说，"我们俩每次待在一起的时候，他都会出现。"

"你工作太辛苦了，"弗拉莉说，"而且昨天晚上通宵不停地跳舞，累坏了。"

"你走了我才跳舞的。"拉居里说。

"我并没走远，我和沃尔夫聊天来着。"弗拉莉说，"靠我近点，安静一下吧，必须好好休息。"

"好吧。"拉居里说。

他把手放在额头上。

"可那个男人老待在这儿。"

"我向你保证根本就没有人，"弗拉莉说，"为什么我总是什么也看不见呢？"

"因为你从来不去观察。"拉居里说。

"凡是让我心烦的东西我都不管。"弗拉莉答道。

拉居里走近她身边，重新坐下，但没有碰她。

"你真漂亮，"他喃喃低语道，"就像……就像一个点亮的……日本灯笼。"

"别说傻话。"弗拉莉抗议了。

"我总不能说你像白昼那么漂亮吧？"拉居里说，"因为并不是每个白昼都漂亮，但日本灯笼却永远都漂亮。"

"难看或漂亮，我都无所谓，"弗拉莉说，"我只求讨得在乎我的人的喜欢。"

"所有人都喜欢你，肯定也包括这些人。"拉居里说。

近看，她脸上长着细小的雀斑，鬓角上挂着金色的玻璃丝线。

"不要想那些东西。"弗拉莉说，"我在的时候，你就想着我，给我讲个故事吧！"

"讲什么故事？"拉居里问道。

"哦，那就别讲故事了，或者你想给我唱歌？"弗拉莉说。

"为什么这么多要求？"拉居里说，"我只想把你搂在怀中，闻你口红的那覆盆子香味。"

"嗯，这很好嘛。这比讲故事好多了……"弗拉莉说道。

弗拉莉任其搂抱，并也把他搂在怀中。

"弗拉莉……"拉居里说。

"萨菲尔……"弗拉莉说。

随后他们又亲吻起来。夜幕降临，看见他们俩，便在不远处停下，以免打扰他们。它更想去陪伴这时刚回来的沃尔夫。一个小时之后，四周一片黑暗，只剩下一轮圆圆的太阳，那儿有弗拉莉紧闭的双眼和拉居里的亲吻，一股蒸汽从他们的身体中冒出。

第十一章

　　沃尔夫半醒半睡，再次试图按住闹钟，停止闹铃，但黏糊糊的闹钟却从他的手中滑落，蜷缩在床头柜的一角，继续气喘吁吁地狂响个不停，直至精疲力竭。此时，沃尔夫躺在铺满白色裘毛的床上休息，身体渐渐舒展开来。他微微睁开双眼，看见寝室的墙壁摇摇晃晃，掉落在地板上，大片大片的软石膏继而被掀起，随后出现层层叠叠的薄膜，像大海一般……在大海中央，是一方静止的岛屿，沃尔夫缓缓地沉浸在黑暗中，风声横扫辽阔的旷野，不绝于耳。薄膜像透明的鱼鳍般颤动着，看不见的天花板上，天穹一片片掉落下来，散落在他的脑袋周围。沃尔夫与空气融为一体，感觉到自己仿佛被周遭的物体所穿透并沉浸其中。风声逐渐平息，空气中突然弥漫绿色的苦味，那是紫菀花心烧焦时发出的气味。

　　沃尔夫重新睁开眼睛，周围一片寂静。他使劲站起来，脚上穿着袜子。阳光倾泻在寝室里，但沃尔夫还是感到很不自在。为了感觉更好些，他拿起一张羊皮纸和几支彩色粉笔，画了一张图画，然后观赏它，但粉笔在他面前掉落，化为灰尘，羊皮纸上只剩下半透明的边角，呈现出几片阴郁的空白，其整体轮廓让他不由想起一个骷髅。他感到很泄气，任由羊皮纸画从手中掉落，走近放着叠好的长裤的椅子旁。他步履蹒跚，似乎脚下的地面正在收缩变小。此时，紫菀花的气味越来越淡，夹杂着一丝甜味，犹如夏日山梅花的芳香，上面还有蜜蜂，整体让人感到有点恶心。必须赶快行动起来，今天就要举行开幕仪式，市政官员会等待他，他得赶紧去梳洗准备。

第十二章

他还是比其他人早到了几分钟，于是便借机察看一下机器。壕沟中还剩有十来个元件，发动机经过拉居里的细心检查，运转良好。不需再做什么，只需等待。那就等着。

柔软的地面还刻印着弗拉莉那高雅身躯的烙印，那朵她曾叼在双唇间的康乃馨还在那儿，毛茸茸的、锯齿形的康乃馨正因千万种看不见的姻缘与大地连为一体，犹如被白色的蜘蛛网所连接。沃尔夫俯身拾起康乃馨，花香浓郁异常，他不由一阵眩晕，花从手中掉下。康乃馨顷刻凋谢，颜色与大地融为一体。沃尔夫笑了。如果把花留在这儿，市政官员或许会把它踩碎。他的手贴近地面，碰到了纤细的枝梗。康乃馨感到被人拿住，便恢复了天然的色彩。沃尔夫轻轻地折断花枝上一个结节，把花系在衣领上，这样不用低头就能闻到花香。

方地的墙后，依稀传来一阵音乐声，布列塔尼镀铜风笛发出的笛声和皮鼓乐器奏出的沉重乐声此起彼伏。市政官员由一名穿着一袭黑衣、佩戴金项链的大胡子执达员带队，横冲直撞，将一片砖墙推倒在地。第一批人群从砖墙的缺口处鱼贯而入，毕恭毕敬地排列在两旁。音乐声随之响起，清脆而洪亮。咚咚锵，咚咚锵，合唱队员准备就绪，即将引吭高歌，一位浑身涂成绿色的鼓手领头走在队伍前列，手中挥舞着一只白颈小鸨，毫无希望地瞄准太阳，做了一个大幅度的手势，接连翻了两个高难度的空心筋斗，合唱队继而齐声唱道：

这座美丽之城的

咚咚锵！

市长先生，

咚咚锵！

前来看望你们！

咚咚锵！

想问你们，

咚咚锵！

是否愿意

咚咚锵！

尽快向他缴纳

咚咚锵！

所欠下的所有税款

咚咚锵！咚咚锵！笛钩笛钩兜

笛钩笛钩兜的声音由裁切成椰子形的金属片敲打笛笛嘟乐器时发出。所有这一切构成一支古老的进行曲，人们胡乱地唱着，因为很久以来没人交税了，但毕竟不能阻止铜管乐队演奏他们唯一熟记在心的曲子。

市长在音乐声后出现了，他手拿话筒，往里塞入一只袜子，以便听不到可怕的嘈杂声。市长夫人是个非常肥胖的女人，满脸通红，赤身裸体，站在一辆彩车上，车上挂着城内最大的奶酪商的广告牌。奶酪商对市政府的一些幕后故事了如指掌，并对其为所欲为。

由于车子的悬浮性能很差，而且奶酪商的儿子还在轮胎下放置了铺路石，车子颠簸得很厉害，使得市长夫人肥硕的乳房耷拉在肚子上来回晃动。

奶酪商的彩车后，紧随着五金制品商的彩车。五金制品商没有任何政治背景，只好做了一个检阅用的轿子，上面驮着一只肥猴，正在践踏着一个贞洁少女。猴子的租借费用极为昂贵，但效果平平。因为少女昏迷过去已经十来分钟，不再呼喊。市长夫人则全身发紫，她身上长着许多汗毛，根本没有好好梳理。

婴儿用品商的彩车紧随其后，由一组装着发动机的奶嘴驱动；一个婴儿合唱团有节奏地齐声唱着一首喝奶老歌。

检阅队伍到此而止，因为谁也不觉得好玩。第四辆彩车上坐着几个棺材商，但车刚刚出了故障，因为驾驶员没有忏悔就死去了。

沃尔夫被铜管军乐吵得耳朵都快聋了，见市政官员朝着他走来，两边站着手里拿阴森森的粗大手枪的警卫，便依照礼节上前迎接。此时，专业人士已在短短几分钟之内搭起一个有台阶的讲坛。市长和几位副市长登上讲台，市长夫人则继续在彩车上乱蹦乱跳。奶酪商也走上去坐在自己的席位上。

强烈的鼓声响起，吹短笛的人听见鼓声一下就发疯了，双手捂着耳朵，像火箭一般跃至空中。众人的眼睛盯着他飞行的轨迹，等他头朝下掉落在地，发出像鼻涕虫自杀时发出的声音，大家都把脖子缩进肩膀，随后恢复了正常呼吸。市长站起身来。

乐队停止奏乐。一阵厚重的灰尘升起，高高飘扬在被周日毒品香烟的烟雾染成蓝色的上空中，人群熙熙攘攘，摩肩接踵。有些家长受不了孩子的纠缠，只好把他们架在肩膀上，但故意把孩子的屁股放在头上，以阻止他们东游西逛。

市长在话筒里清了清嗓子，将话从脖子里掏出来拧断，但还好，没被拧断。

"先生们，亲爱的同悦们①，"他说道，"我不会过多谈论这个庄严的日子，它并不比我的心更纯洁②，因为你们和我一样都知道，自从一个稳定、独立的民主政权建立以来，我们告别了近几十年来那些蛊惑人心的阴险政治派别。哎哟，讨厌！他妈的，这稿子的字，根本看不清楚，字全给擦掉了。我补充说，如果我告诉你们我所知道的事情，尤其是有关这个奶酪商，这个撒谎的禽兽……"

人群大声鼓掌，轮到奶酪商站起来，他宣读了一份市政府接受市里最大的奴隶贩卖商贿赂案件的稿子。乐队开始奏乐，以掩盖奶酪商的声音，市长夫人则更卖命地乱蹦乱跳，企图分散人们的注意力，为其丈夫解围。

---

① 此处原文为coadjupiles，是作者生造的词。

② 此为拉辛的戏剧《费德尔》中的一个名句。

沃尔夫茫然地笑着，一个字也没有听进去，心完全在别处。

市长继续说道："今天，我们是满怀愤怒的喜悦和骄傲庆贺在场的伟大的同悦——沃尔夫先生的绝妙发明，用以全盘解决过量生产制造机器的金属造成的问题。但我不能说得更多，因为根据惯例，作为官方人士，我也根本不知道它究竟是什么东西。现在，请乐队演奏乐曲。"

领队的鼓手灵活敏捷地对着月亮踢了一脚，回身转了半圈，在脚尖落地的刹那间，大号吹出一个粗犷的序曲音符，悠扬的乐声在空中回荡。乐手们演奏的乐声此起彼伏，人们听出这是一首传统乐曲。由于人群凑得太近，护卫队开枪扫射，将大部分人驱散，剩下的人身子则散落成碎片。

仅仅数秒钟之间，方地的人全部走空，只剩下沃尔夫、残碎的短笛、油腻的纸张和一小块讲坛。护卫队员排成队列，背对着沃尔夫，齐步前进，渐渐消失。

沃尔夫叹了一口气。节日结束了。在方地的墙后，仍能隐约听见乐队所奏的音乐，时而消失，时而又回响在空中，发动机以其永无休止的轰鸣伴随着音乐声。

他看到拉居里从园区走来跟他会合，弗拉莉在他旁边，但拉居里还没走近沃尔夫，她就走开了，一边走一边侧着头，身上那条黄黑图案相间的连衣裙好像一只金色的蝶螈。

第十三章

现在只剩下沃尔夫和拉居里两人，如同发动机开始运转的那一天晚上。沃尔夫手戴红色皮手套，脚穿羔羊皮衬靴子，身着棉衬里连体工作服，头上戴着头箍，露出前额。他已准备就绪。拉居里看着他，脸色有点苍白。沃尔夫垂下双眼，头也不抬地问：

"都准备好了吗？"

"都准备好了，"拉居里答道，"柜子已腾空，所有东西都回归原位。"

"到时间了？"沃尔夫问道。

"还有五六分钟。"拉居里说，"您能挺得住吧？"

他略带严厉的口吻令沃尔夫十分激动。

"不用担心。"他说，"我一定挺得住的。"

"您觉得有希望吗？"拉居里问。

"这是我许久以来最大的希望，但我不太相信能成功，可能还是像上几次那样。"

"上几次怎么了？"拉居里问。

"什么也没有发生，完了之后，除了失望，什么也没有剩下。"沃尔夫答道，"当然，我们不能总是停留在地面。"

拉居里艰难地咽下口水，说：

"人人都有烦心的事儿。"

他脑海里又浮现出窥视他拥抱弗拉莉的那个男人。

"当然。"沃尔夫应道，然后抬起头说：

"这次，我会走出来的。在那里面，情况不可能全都一样。"

"不过还是有点危险。"拉居里低声说，"您可得很小心，风说不定会很猛。"

"不会有问题的。"沃尔夫说完，又补充了一句与前面毫无关联的话：

"你喜欢弗拉莉，她也喜欢你。没有什么东西能阻止你们。"

"几乎没有什么……"拉居里假装附和。

"好了吗？"沃尔夫问。

他多么希望拥有一股热情。首先要去看一下，这或许能照亮他的思想。他打开机舱的门，往里伸进一只脚，戴着手套的双手紧紧地握住把柄。他从手指上能感受到发动机的颤动，他觉得自己就像一只蜘蛛钻进了一张不是专为它而织的网。

"时间到了。"拉居里说。

沃尔夫点了点头，不由自主地摆好姿势。灰色的钢门嘭的一声关紧。机舱中，风呼呼地吹了起来，先是很柔和，之后变得凛冽起来，犹如寒冷中变硬的油脂，并突然改变风向。当风正面袭来，沃尔夫使尽全力靠近舱壁，他的脸上能感受到灰暗的钢壁寒气逼人。他缓慢地呼吸，以免过早地精疲力竭。血液在他的血管中有规律地跳动着。

沃尔夫仍然不敢低头看下方，他想等到自己对环境习惯了之后再说。每当疲倦来袭而不得已低下头时，他就强迫自己闭上眼睛。两根浸染过油脂的皮带扎在他的腰部，顶端系着铁钩，固定在靠近他身边的两个铁环上，好让他把双手放在上面休息。

他艰难地喘着气，膝盖开始痛了。空气渐渐变得稀薄起来，他脉搏加快，开始感到肺部氧气不足。

突然，他看到右边的立柱上有一道亮闪闪的深色长痕，犹如陶壶隆起的内壁上陶土融化后流淌下的痕迹。他停下来，挂好皮带，小心翼翼地用手指触摸，感到黏糊糊的。他抬起手，借着逆光，发现一滴深红色的血悬挂在食指尖上，血滴凝聚并拉长呈梨形，随后突然脱离手指，像油滴那样滑落。他莫名其妙地觉得很不舒服，便拼命克制，准备在因疲劳而双腿发抖、不得不在完全停下来之前再坚持一分钟。

他努力地终于熬完了这一分钟，挂好两条皮带，任由身子软绵绵地搭在皮带上。他感到身体的重量沉重地压在腰间。机舱内，红色的液体继续懒洋洋地缓慢流淌，在钢壁上画出一道蜿蜒曲折的长痕。有时，液体只是在局部变得黏稠才显出它仍在流动；若非这儿那儿出现的一道反光或阴影，整体看上去似一条静止不动的线条。

沃尔夫等待着。心脏的紊乱跳动渐渐平息下来，全身肌肉开始习惯他快速的呼吸。他独自一人待在机舱中，因周围无任何参照物，无法辨认出它的运动。

他又等待了数百秒钟。透过手套，他的手指仍能感受到逐渐结成的冰霜，手指触摸之处，冰霜咔嚓作响。现在，光线变得很强烈，他看东西很吃力，眼睛开始流泪。他松开一只手，用另一只手将一直卡在头箍上的眼镜调整好，戴好眼镜后，他不再眨眼，眼皮也不再作疼。眼前的一切都变得清晰起来，犹如在水族馆中看到的那种景象。

他小心谨慎地朝脚下看。机器飞速远离仍隐约可见的地面，令他一阵窒息。他处在一架发动机吊舱的中央，机头直射天空，而底部则从深壑中猛然冒出。

他闭着眼睛，强忍住不让自己呕吐，并摸索着解下挂钩，转过身来，背靠着舱壁。等重新站好之后，他又系上安全带，脚跟岔开，决定再睁开眼睛。他握紧双拳，好像手中握着小石头。

头顶掉下一阵阵灰尘，闪闪发亮却难以捕捉。虚幻的天空无限颤动，摇曳闪烁。沃尔夫的脸冰冷而潮湿。

他的双腿开始颤抖，这并非是发动机的震动引起的。但他还是找到了办法，慢慢地逐渐控制了自己。

这时候，他发现自己回想起了往事。他并不阻止记忆涌现，而是更好地控制自己，让自己完全沉浸在往事中。冰霜在他皮衣上结出闪亮的霜层，霜层包裹着皮衣，在手腕和膝盖处裂开。

往日的碎片紧紧地围裹着他，时而像灰鼠般温柔，机灵而悄无声息；时而闪烁发亮，生机勃勃，充满阳光，或温和而缓慢地流淌着，轻盈而充满生机，恰如浪花翻起的泡沫。

有些记忆非常准确，有如孩童时代照相师定格下来的影像，也回忆起一些谈话内容，却无法重新感觉到，因为其实质早已消逝得无影无踪。

其他往事却令他记忆犹新，花园、草地和空气，变化无穷的绿色和黄色融合在碧绿的草地中，在阴凉的树阴下，由深色转向黑色。

沃尔夫在暗淡的空气中颤抖，回忆着往事。生活在他记忆的涌动中渐次清晰起来。

他的左右两边，暗沉的液体涂满了机舱的立柱。

第十四章

记忆的花絮纷至沓来，混乱无序，就像大火中混杂的各种气味、光线、喃喃细语。

有用来装球的袋子，用来晾干苦涩的果子，让它们形成粗硬的须毛，用来砸别人的脖子。有人把它们称之为梧桐，但这名字本身却丝毫不会改变其特性。

有一些带刺的热带植物的叶子，挂有卷角的褐色长钩，很像斗虫的钩子。

有小学三年级小女孩的短头发，还有那位小男孩的围裙，沃尔夫当年很嫉妒他。

台阶两旁的红色大坛子在夜里变成了野蛮的印第安人，字母拼写不甚确切。

用扫帚旋转的长把柄追打蚯蚓。

还有那间宽大的卧室，从圆鼓鼓的长枕头边角可窥见圆形的穹顶，圆枕头就像吃绵羊的巨人的大肚子。

油亮亮的栗树果子，每年秋天都会掉落在黄色的落叶间，透出几分惆怅。壳斗裂成两三瓣，软绵绵的，有点刺。孩子们用来玩游戏，把它们雕成面具，样子很像侏儒地精，串成三四行的项链，腐烂后的栗子流出令人恶心的汁液，用来砸玻璃窗。

那一年，放假回来，老鼠在最下一层的抽屉里啃吃小蜡烛，当时，真正的小卖部都有这类蜡烛。但打开另一个抽屉，他却高兴地发现老鼠没有吃那袋字母形意大利面，晚上可以一边喝汤，一边在盘子上拼写自己的名字。

纯粹的记忆在何处？其他时期的印象相互重叠，形成了另一种不同的现实，没有记忆，而是另一种生活，由另一个人去感受，而这个人就是这些记忆的结果。我们不能使时光倒流，除非是紧闭双眼，充耳不闻。

在静默中，沃尔夫闭上眼睛，仍然继续俯身向前，前面是自己虚拟的往昔岁月的四维声图。

他一定是走得很快，因为正在此时，他看见机舱内壁正对着他。

他解下拴住自己的挂钩，把脚放到另一边。

第十五章

初秋的阳光洒在黄色的栗子树上。

沃尔夫眼前，是一条坡度缓和的小径。路面中间干燥，略带粉状，两旁凹陷，残留着新近下雨后留下的几圈湿泥。

沙沙作响的树叶间可窥见包裹在栗壳中油亮的栗果，颜色不一，从锈斑米色到杏仁绿色，多姿多彩。

道路两侧，缺乏护养的草地凸凹不平，正享受着阳光的亲吻。发黄的草上长着稀疏的刺蓟，一些多年生植物已经开始长籽。

道路的尽头是废墟，长满不甚高的荆棘。废墟前有一张白色石头长凳，沃尔夫隐约看见上面坐着一个穿着亚麻衣服的老人。走近一看，发现原先以为是衣服的部分，其实是银白色的胡须，胡须又多又长，绕着老人身上五六圈。

长凳上，他身边放着一枚小铜牌，擦得发亮，中间用黑色字母刻写着一个名字：贝尔勒（珍珠）先生。

沃尔夫走到他身边，发现他满脸皱纹，就像瘪了一半的红气球。他长着一个大鼻子，鼻孔很大，露出一根粗粗的鼻毛，亮晶晶的眼睛上眉毛很长，两颊小苹果般油亮，花白的头发剪成刷子形，让人想起棉线梳理机；因年老而变形的手指留着方方的厚指甲，平放在膝盖上。他穿着一条绿白相间的老式条纹泳裤，长满茧子的脚上套着一双过大的凉鞋。

"我叫沃尔夫。"沃尔夫说，然后指着刻有字母的铜牌问：

"这是您的名字？"

老人点点头：

"没错，我就是贝尔勒先生，全名叫雷翁-阿贝尔·贝尔勒。哦，沃尔夫先生，这么说，轮到您了。您想跟我说些什么呢？"

"我不知道。"沃尔夫说。

老头有点吃惊，又有点高傲，好像是在自问自答，并不期望对方作出什么反应。

"当然啦，当然啦，您不知道。"

他抖动着长长的胡子嘀咕着，突然不知从何处抽出一沓卡片，查阅起来。

"我们来看一下。"他说道，"沃尔夫先生……对……出生年月……地点……嗯，很好……工程师……对……对……这都很好嘛！好吧，沃尔夫先生，您可以详细谈一下您第一次不循规蹈矩的表现吗？"

沃尔夫觉得老先生有点奇怪，便问：

"这个……您怎么会对这个感兴趣呢？"

老头用舌头弹击着牙齿，发出"嘚嘚……嘚嘚"的声音。

"哎呀，天哪，我想总有人教过您以另一种方式回答问题吧？"

他采用谦卑的口吻，以贴近对方。

沃尔夫耸了耸肩膀："我不明白您为什么会对这个问题感兴趣。而且我从来没有作过任何抗议。我觉得自己有能力的时候就会取胜，相反，对那些我自知无法控制的事情，我会视而不见。"

"您既然知道这一点，就说明您视而不见得不够彻底。"老头说，"您对它们了如指掌，所以才假装漠视它们。行了，您还是尽量坦率地回答我的问题，千万别讲空话！而且，难道只有您无法控制的事情吗？"

"先生，我既不知道您是谁，也不知道您有什么权力问我这些问题。"沃尔夫说，"但在某种程度上而言，面对老年人，我一般毕恭毕敬，因此，您的问题，我愿意稍微答上两句。请听我说，我历来觉得自己在不利的情况下能保持客观，所以从来不会同那些与我相悖的东西抗争。因为我明白对方的观念只会平衡我的观念，我本人没有任何主观理由去喜欢其一而不喜欢其二。我要说的就这些。"

"这未免有点草率，"老头说，"根据我卡片上的资料，您曾经有过像您说的主观理由，并作出过选择。嗯……比如说，我看到有这么一种情况……"

"我当时是抛钱币决定的。"沃尔夫说。

老头露出一副厌恶的样子："天哪，真让人恶心。您是否愿意告诉我，您为什么到这儿来？"

沃尔夫左右扫了一眼，然后吸了一口气，说：

"来做一下总结。"

"那好啊，"贝尔勒先生说，"这正是我要建议您做的事情，可您却从中作梗，根本不配合。"

"您做事太无条理，"沃尔夫说，"我总不能随便跟什么人一股脑儿都抖搂出来吧。您既无计划又无方法，提问我已经十分钟，却一丁点儿进展也没有。您得提一些具体的问题。"

贝尔勒先生捋着长须，上下晃动下巴，斜着眼，严肃地看着沃尔夫，"您这人似乎有点难缠，居然认为我是胡乱问您问题的，事先根本没有明确的计划。"

"这显而易见。"沃尔夫说。

"您知道什么是石磨吧？"贝尔勒先生问，"知道那是怎么做成的吗？"

"我没有专门研究过石磨。"沃尔夫说。

"石磨里有研磨粉，起打磨的作用，还有黏合剂，用来固定研磨粉。"贝尔勒先生解释道，"黏合剂必须比研磨粉损耗得快，这样才能把研磨粉释放出来。当然，其中是研磨粉在起作用，但黏合剂的作用也不可或缺。没有黏合剂，一切就只是不乏光泽和硬度的整体元素，但紊乱无序，毫无用处，犹如一本格言集。"

"说得对，然后呢？"沃尔夫问道。

"然后嘛，我有一个计划，非常完美的计划，"贝尔勒先生说，"我要问您一些很具体的问题，尖锐而不留情面。但您粉饰事实的调味汁与事实本身一样必不可少。"

"明白了，那就给我谈一下您的计划吧。"沃尔夫说。

第十六章

贝尔勒先生说："计划很清楚。我们原本有两个决定性的因素：您是西方人，信奉天主教，因此我们应该依照以下时间顺序来进行：

'1. 您与家庭的关系；

'2. 小学学业及之后的学业情况；

'3. 宗教方面的初始体验；

'4. 青春期、青少年时期的性生活、婚姻；

'5. 作为社会基本单元的活动情况；

'6.日后因与世界密切接触而可能产生的思想忧虑'，这一点与第三点可以连在一起，尤其是当您没有像同样出身背景的人那样，在初领圣体仪式后，断绝与宗教的关系。"

沃尔夫思考片刻，斟酌了一下字眼，然后说道：

"这倒是一个可行的计划。当然……"

贝尔勒先生打断他的话，说："确实是这样。我们也可以按非时间顺序来，甚至可以颠倒某些序号的顺序。对于我而言，我的任务只是问您有关第一点的问题，即您与家庭的关系，其他我一概不问。"

"这是一个众所周知的问题，"沃尔夫说，"所有的父母都大同小异。"

贝尔勒先生起身，来回踱步，旧泳裤的裤裆吊在骨瘦如柴的大腿上，就像平静海面上的帆船的船帆。

"我最后一次请您不要耍小孩脾气。"他说，"现在谈的是严肃的话题。所有的父母都大同小异！那倒是真的，因为您父母没有给您添什么麻烦，您就压根儿不考虑他们。"

"是的，我的父母很好。"沃尔夫说，"但面对那些不好的父母，人们的反应会比较激烈，这其实更有益处。"

"不对，"贝尔勒先生说道，"我们会耗费更多的精力，但由于原先的起点更低，最终到达的是同一个高度，这简直是糟蹋。不过，当人们战胜更多障碍的时候，总会觉得自己走得更远。这是错误的，抗争并非前进。"

"这些都成了过去。"沃尔夫说，"我可以坐下来吗？"

"哎呀，看来您想对我蛮横无理。"贝尔勒先生说，"不管怎么样，如果是我的泳裤使您发笑，您就当我什么也没有穿。"

沃尔夫脸色阴沉起来，谨慎地说：

"我没有发笑。"

"您可以坐下来。"

"谢谢。"沃尔夫说。

他还是不由自主地受到了贝尔勒先生严肃口吻的影响。他看见老先生憨厚的面孔浮现在被秋日烤得发黄、像细薄的铜炉渣的树叶。一颗栗子掉落，穿过树叶，声音很轻，像一只鸟飞过。栗壳和栗子落地，噼啪一声轻轻地散开。

沃尔夫试图把记忆聚拢来，此时却发现贝尔勒先生不重视制订计划其实很有道理。记忆的意象纷至沓来，毫无次序，就像在一只袋里随意抽取的序号。他对老先生说：

"一切都会杂乱无章！"

"这个我自有办法。"贝尔勒先生说，"来吧，放开地说吧。研磨粉和黏合剂。别忘了是黏合剂为研磨粉赋予外形。"

沃尔夫坐下来，将脸埋在双手间，开始用一种中性、毫无感情色彩、无动于衷的声音叙述起来：

"那是一间大房子，一间白色的房子。最初的事情我记得不太清楚了，我回想起仆人们的面容。早上，我经常跑到父母的床上，有时候，父亲和母亲当着我的面相互亲吻，让我感到很别扭。"

"他们对您怎么样？"贝尔勒先生问。

"他们从来不打我，"沃尔夫说，"我没法跟他们吵架。即便想故意吵架，也非得作弊才行。我每次想发火都得装模作样，而且每次找的理由都微不足道、徒劳无益，根本站不住脚。"

他喘了口气。贝尔勒先生一言不发，认真地听着，苍老的面孔满是皱纹。

"他们一天到晚为我提心吊胆，"沃尔夫说，"我不能趴在窗台上，不能独自过马路，稍微刮点风，就要我穿上山羊皮衣，无论冬夏，我都不能脱下羊毛背心；那是一件用当地羊毛织成的背心，已经发黄，松松垮垮的。我当时的身体很糟。十五岁之前，我什么都不能喝，只能喝烧开的水。我父母的懦弱之处在于他们自己也不注意，在处理和我的关系上犯了错误，总是用对待自己的方式来对待我。日久天长，我自己也害怕起来，觉得自己身体很虚弱。大冬天裹着十二层羊毛长围巾冒汗散步，心里却还很高兴。在整个童年期间，父母都对我百般呵护，娇生惯养。我心里有点别扭，但软弱的肉体却虚伪地享受着某种愉悦。"

他兀自冷笑起来：

"有一天，我遇到一群年轻人在街上散步，雨衣搭在手臂上，我却裹在厚厚的冬大衣里拼命出汗，心里羞愧得要命。我照了照镜子，看到一个笨拙不堪、缩头缩脑的人，如同一条从头裹到脚的金龟子幼虫。两天之后，天下着雨，我脱掉外衣，跑了出去。我故意拖延时间，好让母亲试图阻止我出去。可当我说'我要出去'时，还真的跑出去了。我很怕感冒，这削弱了我战胜羞耻的愉悦，尽管如此，我还是跑出去了，因为我为自己害怕感冒而羞愧。"

贝尔勒先生轻咳了几声，说：

"嗯，好，这一切都非常好。"

沃尔夫突然缓过神来，问："这就是您要问我的内容吗？"

"差不多吧。"贝尔勒先生说，"您看，开了头之后就很容易了。您跑出去之后，有什么变化没有？"

"当时的情景很可怕，"沃尔夫说，"当然了，这只是相对而言。"

他思考片刻，眼睛往上瞅着。

"有几件事情要区分开来，"他说，"一是我想战胜自身的懦弱，二是我感到自身软弱的原因来自我父母，三是我的身体倾向于放任自流，沉溺于懦弱。您看，真奇怪，先是从虚荣心开始，我要向约定俗成的秩序作斗争。如果我没有在镜子中发现自己可笑的模样，又会是什么样的结局呢？……是我滑稽怪诞的模样打开了我的眼界，而家庭娱乐活动中的某些荒唐离奇的东西让我恶心透了，比如说野餐吧，偏偏要随身带上干草，以便垫着坐在路上野餐，怕沾上虫子。要是在空旷沙漠里，我会很喜欢这样……俄式沙拉、吃蜗牛用的夹子、吃通心粉用的勺。但一有人走过，所有这些家庭文明便令我感到耻辱，刀叉、铝杯，这一切都让我怒火万丈，七窍生烟……我当时就放下盘子，走到另一边，假装跟他们毫无关系。或者是跑到空无一人的汽车里，坐在驾驶座上，摆出一副大男子主义的气概来。然而，此时此刻，那个懦弱的我在轻轻对我耳语：'但愿还剩下俄式沙拉和火腿。'那时，我就会为自己感到耻辱，为我父母感到耻辱，并开始怨恨他们。"

"可是您很爱他们呀！"贝尔勒先生说。

"当然啦。"沃尔夫说，"可是直到今天，一看到断了把手的草编提篮以及从里面露出来的热水壶和面包，我就怒从中起，恨不得要杀人。"

"面对旁人，您想必会感到很不自在。"贝尔勒先生说。

"是的，"沃尔夫说，"从那时候开始，我在外面的生活便根据那些观察者而决定，这可救了我的命。"

"您觉得自己得救了吗？"贝尔勒先生说，"让我们来概括一下：在您人生的第一个阶段中，您埋怨父母助长了自身的懦弱品性，您因身体虚弱而乐于接受，但心里却感到厌恶，所以试图为自己的生活粉饰贴金，过度地计较他人对您的态度。您的处境受到自相矛盾的需求所左右，您理所当然会感到失望。"

"还有情感的问题，"沃尔夫说，"我当时完全沉溺在情感的漩涡里。人们过分地溺爱我，而我因为毫无任何爱心，理所当然地下结论认为爱我的人都很愚蠢，甚至都很邪恶，于是渐渐地随心所欲为自己建造了一个没有围巾、没有父母的世界。一个空旷、明亮的世界，犹如一片北极风景。我不知疲倦地在其中徘徊徜徉，神情冷酷，鼻子坚挺，目光尖锐，连眼皮都不眨。我躲在门后，长达数小时坚持不懈地练习，把那时流下的痛苦泪水浇洒在英雄主义的祭坛上。我坚强不屈，大义凛然，蔑视一切，顽强地活着。"

他朗声大笑，继续说道："我当时并没有意识到自己不过是一个胖乎乎的小男孩，鼓囊囊的腮帮子夹持着嘴边充满蔑视的褶皱，让人看起来好像使劲憋着不撒尿而已。"

"行了，小孩常梦想当英雄，"贝尔勒先生说，"掌握这些信息足以给您打分了。"

"真奇怪……"沃尔夫说，"对温情的这种反应，在意别人的评介，就是向孤独迈出了一步。我感到害怕、羞耻和失望，所以想装扮成无动于衷的英雄。有谁会比英雄更孤独呢？"

贝尔勒先生摆出一副超脱的样子，说："有谁会比死人更孤独呢？"

沃尔夫或许没有听见他说什么，一声不响。

"好了。"贝尔勒先生最后说，"谢谢您，请从这儿走。"

他指着小径的拐弯处。

"我们还会再见吗？"沃尔夫问。

"我想不会了。"贝尔勒先生说，"祝您好运！"

"谢谢。"沃尔夫说。

沃尔夫看见贝尔勒先生蜷缩在长长的须髯中，舒适地躺在白色石凳上。他朝着小径的拐弯处走去，贝尔勒先生提出的问题在他心中激起的千百张面孔和历历往事，在他脑海中舞动，恍若疯狂的万花筒中呈现的火焰。

随后，突然间一片漆黑。

第十七章

拉居里哆嗦着。夜幕骤然降临，漆黑一团，夹着风声。天空低垂，有气无力地威胁包裹着大地。沃尔夫还没有出来，拉居里犹豫着是否要去找他，沃尔夫说不定会生气的。他走近发动机想取点暖，但发动机几乎不发热。

数小时以来，方地的墙已与软绵绵的黑暗融为一体，不远处，可看见屋子红色的眼睛在黑夜中眨着眼。沃尔夫想必已告诉莉儿他会回来得比较晚。尽管如此，拉居里仍料想随时都有可能出现一盏小小的防风灯。

他毫无思想准备，所以黑夜中弗拉莉独自一人到来让他着实吓了一跳。她走近的时候，他认了出来，手心不禁一阵潮热。她十分可爱，宛如一棵藤蔓植物，很温柔地接受拉居里的亲吻。他抚摸着她优雅的脖子，将她搂紧，双眼微闭，喃喃絮语，她却感到他突然一阵紧张，浑身僵硬起来。

拉居里正神魂颠倒时，发现身边站着一个脸色苍白、穿着深色衣服的男子正盯着他们看，他的嘴在脸上形成一道黑杆，目光幽远。拉居里气喘吁吁，忍受不了别人偷听自己跟弗拉莉说话，便从她身边走开，气急败坏，紧握双拳。

"您想干吗？"他问道。

他虽然看不见，却能感觉到金发女郎的惊愕，于是遽然转过头去看她，她很吃惊，半笑不笑地露出惊讶的神情，但还不至于担心。等他再转过身，那位男子已不见踪影。拉居里又哆嗦起来，冷酷的生活冻僵了他的心，他靠在弗拉莉身上，疲惫不堪，一下苍老了许多。他们一声不吭。微笑已经从弗拉莉的唇上消失，她用自己瘦削的手臂挽着他的脖子，抚摸他耳后的发际，像哄小孩似的哄着他。

这时，传来了沃尔夫沉闷的脚步声，他沉重地跌倒在他们俩身边，跪在地上，精疲力竭，躬着腰，双手捧着头，脸上可见一道黏糊糊的粗大黑色条痕，犹如老师在糟糕的作业本上打上的叉叉，疼痛的手指几乎不能忍受他们俩长时间的拥抱。

萨菲尔忘了自己的噩梦，从沃尔夫的身上判读出另一种焦虑，他活像一具尸体，瘫倒在机器旁，工作服上的布料闪烁着珍珠般细小的水滴。

弗拉莉从萨菲尔怀中抽出身来，走到沃尔夫身边，用温暖的手抓住他的手腕，友好地握着，并温柔悦耳地跟他说话，劝他回家，回到他温暖的家，家里的桌上点着一盏圆圆的灯，莉儿在等着他。萨菲尔则弯腰帮沃尔夫站起来，两人在黑暗中搀扶着沃尔夫一步步朝前走。沃尔夫艰难地迈着脚步，拖着右腿，一只手臂搭在弗拉莉的肩膀上。萨菲尔在另一边扶着他，三人沉默不语地走在路上。一束充满敌意和冰冷的光亮，从沃尔夫的眼中，落在血红的草地上，在他们眼前留下两道细微痕迹，随着时间的流逝渐次淡化。回到家门口时，幽幽黑夜已经笼罩住他们的身影。

第十八章

莉儿穿着轻便浴衣，坐在梳妆镜前修剪指甲。她把指甲在脱钙牵牛花汁里浸泡了三分钟，好把表皮泡软，打磨指甲，以调整月牙白的位置，让它恰好处于指甲根部，即整个指甲长度的四分之一处。她小心翼翼地摆好底座可以自由移动的小笼，里面有两只特种鞘翅目昆虫正在磨尖上颚，准备时机一到就把她手指的表皮去掉。莉儿给它们说了几句心里想好了的鼓励话语，将小笼放在拇指指甲上，拉下拉柄。昆虫心满意足地发出嗡嗡声，专心致志投入工作，病态般地你追我赶。第一只昆虫行动极为迅速，皮肤转眼变成细细的灰尘；第二只昆虫则精心拾掇、修整其小伙伴啄剪好的边缘，使其光滑整齐。

有人轻轻地敲了一下门，沃尔夫走了进来。他剃了胡子，脸刮得干干净净，但显得有点苍白。

"莉儿，可以跟你说会儿话吗？"他问。

"行啊，过来吧。"她边说边在提花缎质软垫长椅上腾出位置让他坐下。

"我不知道该说什么。"他说。

"没关系，"莉儿说，"毕竟我们俩很少一起说话……你肯定能找到话题的。你在机器里看到了什么？"

"我可不是来跟你说这个的。"沃尔夫不满地说。

"那当然，"莉儿说，"但你还是希望我问你这个问题。"

"我不能回答你，因为没意思。"沃尔夫说。

莉儿把笼子从拇指转到食指上。

"你总不能老是赋予那台机器如此悲剧的色彩吧！这毕竟不是你自己的主意。"

"一般而言，生活出现波折的时候，并不是它预先策划的。"沃尔夫说。

"那台机器很危险。"莉儿说。

"必须处于危险的或者有点失望的状态。"沃尔夫说，"如果不是完全故意的，那就非常好。我就属于这种情况。

"为什么说有点故意呢？"莉儿问。

"稍微有点故意，是为了如果害怕，可以对自己说'这是我自找的'。"沃尔夫答道。

"这简直太小孩子气了。"莉儿说。

小笼子从食指飘到中指上，沃尔夫望着鞘翅目昆虫。

沃尔夫一边数着手指头一边说："除了颜色、香味和音乐，其他都很小孩子气。"

"一个女人呢，自己的女人呢？"莉儿反驳说。

"一个女人，不，因为起码要有三个。"沃尔夫说。

他们沉默了好一阵子。

"你看来要跟我说一大堆很高尚的事。"莉儿说，"我倒是有办法让你停下来，但我不能取下费了那么多工夫才做好的指甲。你就和拉居里出去散散心吧。你拿点钱，你们俩一起去寻开心吧，这样对你们有好处。"

"从那里面观察事物，会大大缩小你感兴趣的范围。"沃尔夫说。

"你真是一个顽固不化的泄气鬼。"莉儿说，"奇怪的是，你还继续以这种态度去做事，你还没有全都尝试嘛……"

"我的莉儿。"沃尔夫说。

她穿着蓝色浴袍，身上暖暖的，散发着香皂和香水的芬芳。他吻了一下她的脖子。

"我难道和你们尝试了所有东西吗？"他带着逗弄的口吻问。

"当然没有啦，我希望你继续尝试下去。"莉儿说，"你再给我挠痒，你会把我的指甲搞坏的。我更希望你和你的助手自己去瞎玩。天黑了再回来吧，嗯……而且别告诉我你们都做了些什么。今天可别再去倒腾那台机器了。要生活，不要老是唠叨。"

"今天不需要倒腾机器。"沃尔夫说，"我起码三天之内不会想那些事情。你为什么不要我带上你，而想自己一个人出去玩？"

"你不太喜欢跟我一起出去玩。"莉儿说，"今天我正好心不烦，所以我更愿意你自己出去。去吧，去找拉居里吧，把弗拉莉留下陪我，嗯？你会很高兴找到借口跟她出去玩，然后叫拉居里去倒腾你那台破烂机器。"

"你真笨……两面三刀。"沃尔夫说。

他站起身来，趁机吻了一下莉儿稍露在外面的乳房。

"你快走。"莉儿说着用另一只手轻轻打了他一下。

沃尔夫走出去时顺手把门关上，上楼去敲拉居里的门。拉居里叫他进去，他看见拉居里躺在床上，阴沉着脸。

"嗯，很伤心，对吗？"沃尔夫问道。

"唉！是的，没错。"拉居里叹了一口气。

"走，咱俩出去玩玩。"沃尔夫说。

"玩什么呢？"拉居里问。

"玩不正经男孩的游戏。"沃尔夫说。

"那我就不带上弗拉莉了？"拉居里问。

"绝对不能带上她。"沃尔夫说，"对了，她在哪儿？"

"在她房间里，"拉居里说，"正在弄她的指甲呢。唉！"

他们一起走下楼梯。沃尔夫在经过自己住的那一层时停了下来。

第十九章

"你看起来情绪不太好。"他说。

"您也不太好。"拉居里说。

"咱们喝点壮阳酒吧，"沃尔夫说，"我这儿正好有一瓶1924年的酸葡萄酒，喝了心情会舒坦些。"

他把拉居里拉到餐室里，打开橱柜，里面有一瓶喝了一半的酸葡萄酒。

"这够咱们喝了。就着瓶子仰着喝，嘴唇不沾瓶子，行吗？"沃尔夫说。

"好啊，像男子汉一样！"拉居里说。

"咱们本来就是男子汉。"沃尔夫补充说，像是给自己打气。

"大棒迎风，蠢货去死。"拉居里说，沃尔夫却只顾自己喝酒。

"大棒迎风，蠢货去死。新会员万岁！把瓶子递给我，别都喝光了。"

沃尔夫用手背抹着嘴巴，说："你看起来有点紧张。"

拉居里闷头喝酒，发出"咕噜咕噜"的声响，随后补上一句：

"我是一个很会装假的人。"

空瓶子意识到自己已变得毫无用处，乖乖地蜷缩成团，消失得无影无踪。

沃尔夫说："咱们走吧。"

他们一起出去，放慢脚步，并用炭笔标示着脚步①，这样更令人开心。

他们的左边，机器逐渐消失在视线中。

走过方地，穿过围墙缺口，道路展现在眼前。

"我们干吗去？"拉居里问。

"找女孩玩去。"沃尔夫说。

拉居里说："太棒了！"

"什么太棒了？"沃尔夫反驳道，"这话应该由我来说。你可是个单身汉。"

"正因为我是单身汉，才可以尽情地玩而不会感到内疚。"拉居里说。

"没错，但你不会告诉弗拉莉的。"沃尔夫说。

"当然不会啦！"拉居里抱怨说。

"那她就不会再要你了。"

"我可不知道！"拉居里虚伪地说。

"你想我替你跟她说吗？"沃尔夫假惺惺地建议道。

"我想最好不要。"拉居里承认说，"可是我有这个权利，我的上帝！"

"那倒是。"沃尔夫说。

"跟她在一起，我遇到了一些麻烦，"拉居里说，"我总是不能独自一人。每次我想以性的方式亲近她，也就是以灵魂的方式亲近她的时候，总是会有一个男人出现。"

他突然打住不吭声了。

"我简直是发疯了。这事儿听起来愚蠢透了，就当我什么也没有说吧！"

"有一个男人？"沃尔夫问。

_____

① 此处是纯粹的文字游戏。原文为"marquant le pas au moyen d'un crayon gras"，动词"marquer"的本意是"标示、标记"的意思，而"marquer le pas"则是放缓脚步的意思。

"没错，"拉居里说，"有一个男人，可我一点办法也没有。"

"他干吗呢？"

"他就看着。"拉居里说。

"看什么？"

"看我做的事。"

"这个嘛……"沃尔夫轻声说，"感到不自在的应该是他才对。"

"不，因为他，我做不出什么让人尴尬的事儿。"拉居里说。

"这个玩笑太绝了，"沃尔夫说，"你是什么时候想出这个主意的？你就跟弗拉莉说你不想要她了，这不更简单吗？"

"可是，我想要她！……"拉居里呻吟说，"我可特别想要她！"

他们来到城郊。有些房子刚刚露出尖角，有些房子不大不小，只露出半截，一半窗户还埋在地里，还有一些房子完全长出地面，颜色不同，气味各异。他们沿着大街往前走，随后转向情爱区①。走进一道金色的栅栏后，一切都变得富丽堂皇。房子的门面全部镶上绿松石或玫瑰红熔岩，地上铺着厚软舒适的柠檬黄毛毯。街道上空，隐约可见薄薄的水晶、紫色和水色的雕花玻璃穹顶。用芬芳气体点亮的路灯照着房子的门牌号，每栋房子前都有彩色电视小屏幕，透过屏幕可监视屋内的人在挂着黑色和淡灰色绒幔的小客厅里的一举一动。令人销魂的美妙音乐把人们脊背上最后六节脊椎扭结在一起。那些闲着没事的女人站在门前的水晶壁龛里，玫瑰水帘恬然泻下，让她们身心，柔情万般。

她们的头上浮动着一片红色的云雾，时而遮掩、时而显露穹顶上变化无穷的玻璃画。

街上零星走着几个男人，茫然若失，迈着懒散的步伐。还有几个男人躺在屋前，一边试图恢复元气，一边想入非非。街道两旁，在柠檬黄毛毯下，长着富有弹性的青苔，夹杂着温柔的情感，红色的蒸汽溪流顺着厚厚的玻璃下水道，沿着屋子流淌，透过那些管道可清楚地看到浴室内的一举一动。

---

① 这里的情爱区充满了科幻小说的色彩，如镶嵌宝石的房子、带香味的天然气、远程监控等等，同时也带有浓厚的乌托邦式都市建筑风格。

街上卖胡椒和西班牙苍蝇①的女商贩在来回走动，她们头戴宽宽的花头巾，手中托着茶色小金属托盘，上面摆着做好的三明治。

沃尔夫和拉居里坐在走道上。一位身材高挑苗条、肤色黝黑的女贩向他们走来，嘴里哼着一首慢节奏的华尔兹，光滑的大腿撩过沃尔夫的脸颊。她散发着海岛沙滩的芬芳，沃尔夫伸手把她拉住，轻轻地顺着腿部抚摸她结实的肌肤。她在沃尔夫和拉居里之间坐下，三个人一起吃起了加了胡椒的三明治。

吃到第四口的时候，空气在他们的头上颤动起来，沃尔夫舒适地躺在溪流里。女贩在他身边躺下，沃尔夫是背朝下，她则是背朝上，胳膊撑在地上，不时递上一块三明治让他咬一口。拉居里站起身来，四下张望，想找一个卖饮料的女商贩。商贩走过来，他们喝了几杯滚烫麻辣的菠萝酒。

"咱们干吗好呢？"沃尔夫色眯眯地轻声问道。

"我们在这儿很舒服，"拉居里说，"但如果进入其中一间漂亮的小屋，肯定会更带劲儿。"

"你们不饿了？"卖胡椒的女贩问。

"也不渴了？"她的同伴也问。

"我们可以跟你们一起到这些房子里去吗？"沃尔夫问。

"不行，我们毕竟是贞洁的女子，"两位女贩异口同声地说道，"我们卖酒不卖身。"

"那我们可以摸吗？"沃尔夫说。

"可以，"两位姑娘说，"摸一下、吻一下、舔一下，都行，其他没门儿！"

"啊呀，真是的！"沃尔夫说，"胃口刚给吊起来，就得停下来了！……"

"我们分工不同，"卖饮料的女贩解释道，"干我们这行的得很小心，况且屋子里的那些女人更专业……"

她们站起身，舒展腰肢。沃尔夫坐起来，一只手有点不知所措地捋了一下头发。他原地不动揽住三明治女贩的双腿，把嘴唇贴在来者不拒的肌

---

① 西班牙苍蝇又名斑蝥或芫菁，与胡椒一样，被视为具有壮阳功效，用作春药。

肤上，然后站起身，并把拉居里拽起来。

"咱们走吧！"他说，"不要打扰她们工作。"

她们转眼已招手告别走开。

"咱们数到第五间屋子，然后就进去。"拉居里说。

"好，同意。"沃尔夫说，"但为什么第五间？"

"因为我们是两个人呀。"拉居里说。

他数着数：

"……四……五。您先进去。"

那是一道玛瑙小门，青铜门框闪闪发亮。从屏幕看去她们正在酣睡。沃尔夫推门进去，屋里亮着米色的灯光，三个姑娘躺在一张硕大的皮革床上。

"很好。"沃尔夫说，"咱们自己脱衣服吧，别把她们吵醒。中间那位可以用来把我们俩隔开。"

"这下我们就可以理清思路了。"拉居里一阵狂喜。

沃尔夫把衣服扔在脚边。拉居里半天解不开鞋带，便一把扯下来。两人一下子赤身裸体了。

"如果中间那位醒过来怎么办？"沃尔夫问。

"别担心，"拉居里说，"咱们会找到办法的，她们知道在这种情况下该怎么办。"

"我太喜欢她们了，"沃尔夫说，"她们散发着女人的香味。"

他躺在最靠近他的那位棕发女郎身边，她还在酣睡中，身子暖暖的，连眼都没有睁开一下。当沃尔夫精力充沛，前后摇晃，重新变成年轻小伙子时，她只是大腿到腹部之间苏醒了过来，上身还继续酣睡，可此时却没有任何人偷看拉居里。

第二十章

沃尔夫醒了过来，伸了伸懒腰，把身子从上下完全睡熟的爱侣中抽出来，站起身来，舒展肌肉，俯身把她抱起，让她搂着他的脖子，把她放到浴盆里，浴盆中流淌着散发着香气的半透明的水。他把她舒适地安放在浴盆里，然后折回来穿上衣服。拉居里已经穿好衣服在等他，抚摸着两个顺从的姑娘。他们走出屋子时，两位姑娘亲吻了他们，然后去和她们的同伴会合。

他们走在黄色的土地上，双手插在裤兜里，尽情地呼吸带有奶味的空气。路上遇到一些平静的男人，有几个偶尔坐在地上，脱下鞋子，靠在过道小睡一会儿，之后再继续前行，其中有那么几个人终生在情爱区虚度时光，以胡椒和菠萝酒为食。他们干瘦如柴，眼睛火红，动作圆滑，神色安详。

在一条街的拐角，沃尔夫和拉居里迎面碰上两个刚从一间蓝房子走出来的海员。

"你们是这儿的人吗？"高个子问。

他个子很高，头发卷曲，肤色黝黑，身上肌肉发达，长着一副罗马人的面孔。

"是的。"拉居里说。

"可以告诉我们哪儿好玩吗？"另外一个中等个子、面无表情的海员问。

"想玩什么呢？"沃尔夫问。

"玩滴血游戏或翻翘游戏。"第一个海员说。

"游乐区在那边，"拉居里指着前面说，"咱们一块儿去吧。"

"好啊，我们跟你们一起去。"两个海员齐声说。

他们一边说话一边继续往前走。

"你们是什么时候上岸的？"拉居里问。

"两年前。"高个子海员说。

"叫什么名字？"沃尔夫问。

"我叫桑德尔，我的朋友叫贝尔仁格。"高个子海员答道。

"你们两年来一直都待在这个区吗？"拉居里问。

"是的，"桑德尔说，"我们觉得这儿挺好，我们很喜欢玩游戏。"

沃尔夫因为读过有关海员故事的书，就问道："是玩滴血游戏吗？"

看起来沉默寡言的贝尔仁格说："对，滴血游戏和翻翘游戏。"

"跟我们一起玩吧。"桑德尔建议。

"玩滴血游戏？"拉居里问。

"是的。"桑德尔说。

"你们一定很厉害，我们不是你们的对手。"沃尔夫说。

"这个游戏可好玩了。"桑德尔说，"没有输家。多多少少都有赢，别人赢了自个儿也赢。"

"啊呀，说得我的心都动了，"沃尔夫说，"时间有点晚了，但不管了，总得什么都试一下吧？"

"时间不是问题，"贝尔仁格说，"我口渴了。"

他叫住一个卖饮料的女商贩，商贩即刻跑过来，托盘上的银杯子里盛着煮沸的菠萝酒。她和他们一起喝，四位男子使劲亲吻她的嘴唇。

他们继续踩在厚厚的黄毛毯上，时而被烟雾缭绕，身心完全放松下来，浑身上下精神抖擞。

"到这儿之前，你们在海上航行了很长时间？"拉居里问。

"从……从来没有。"两位海员说。

贝尔仁格随后补充说：

"我们在撒谎。"

"事实上，我们从来就没有停过，"桑德尔说，"我们说从来没有，是因为根据我们的想法，可以模仿一首儿歌。"

"但这还是没有说清楚你们究竟都去了什么地方。"拉居里说。

桑德尔说："我们看见了凹陷岛①，在那儿待了三天。"

沃尔夫和拉居里肃然起敬，看着他们。

"那是什么样的岛？"沃尔夫问。

"是凹陷下去的岛。"贝尔仁格说。

"天呀，真见鬼！太可怕了！"拉居里说。

他一下变得脸色苍白。

"不要想它了，"桑德尔说，"现在已经过去了，而且，当时我们并没有意识到这一点。"

他停下脚步，说：

"到了，就是这个地方。你们说得对，是应该从这边走。我们在这待了两年半，还是分不清东南西北。"

"那你们在海上怎么办？"沃尔夫问。

"海上总是千变万化，从来没有两道一模一样的海浪，"桑德尔说，"可这儿总是一成不变，除了房子就是房子。真没办法。"

他推开门，门同意他的说法。

屋里很大，铺着瓷砖，方便清洗。一边是玩家，都坐在皮椅上；另一边的人站着，有男有女，以满足不同的口味，他们都被绑着，赤身裸体。桑德尔和贝尔仁格已经带着刻有自己首写字母的滴血管，拉居里从托盘上拿起两支滴血管和一盒针，一盒给沃尔夫，一盒给自己。

桑德尔坐下来，把针管放在口里，吹了一下。他面前坐着一个约十五六岁的女孩，针刺入她左边乳房的肌肉里，顿时渗出一大滴血，顺着她的身体流下来。

"桑德尔心眼儿真坏，居然瞄准乳房。"贝尔仁格说。

"那您呢？"拉居里问。

"我嘛，首先，我扎的是男人。"贝尔仁格说，"我喜欢女人。"

---

① 维昂深受儒勒·凡尔纳科幻小说的影响，此处无疑令人想起《神秘岛》。

　　桑德尔已经扎到第三根针，这根针离前面的两根很近，都能听见钢针相碰的声音。

　　"你想玩吗？"沃尔夫问拉居里。

　　"好啊。"拉居里说。

　　"可我一点也不想玩。"沃尔夫说。

　　"来个老女人怎么样？"拉居里建议说，"你面前的那位……这对你绝没什么坏处。"

　　"不，我不喜欢，一点儿也不好玩。"沃尔夫说。

　　贝尔仁格已经选好目标，是个男孩，身上插满钢针，只顾低头看自己的脚，一副无动于衷的样子①。他深深呼了一口气，用尽全力把钢针吹了出去，针尖直插肌肉中，消失在男孩的腹股沟内，顿时不见了踪影。男孩吓得跳了起来。

　　此时，一位看守员走过来，对贝尔仁格说："您玩得太狠了，扎得那么重，针怎么能拔出来呢？"

　　他凑近鲜红的血点，从口袋中掏出镀铬的钢质弹簧小镊子，小心翼翼从肌肉里搜挖出一根亮闪闪的血红的针，让它掉在瓷砖上。

　　拉居里有点犹豫，对沃尔夫说："我特别想试一试，但我不敢保证自己会像他们那样喜欢这玩意儿。"

　　桑德尔已经吹完十根钢针。他的手颤抖着，轻轻地咽下唾液，此时只能看见他的眼白。他身上一阵痉挛，一下子跌坐在皮椅上。

　　拉居里启动手柄，调整面前的目标。突然，他愣住了，一动不动。

　　面前站着一个穿着深色衣服的男人，神情凄切，盯着他看。拉居里把手搭在眼皮上，叫道：

　　"沃尔夫，你看见他了吗？"

　　"谁呀？"沃尔夫问。

　　"那个男人！……就在我面前。"

---

①　此画面影射基督教中殉难的圣徒塞巴斯蒂安周身插遍箭头、鲜血淋漓的形象。该场面常见于基督教宗教绘画中，塞巴斯蒂安常被描绘成年轻貌美的样子，但文中的滴血游戏也令人联想起在美国十分流行、酒吧等场所内处处可见的掷箭游戏。

沃尔夫看了看，觉得心很烦，想离开。

"你精神失常了。"他对拉居里说。

这时，他们身边一片嘈杂。贝尔仁格又用力过狠，受到了惩罚，脸上被扎了五十根针，顿时血糊糊一片。他发出痛苦的呻吟，两个看守走过来把他带走了。

拉居里被这景象所困惑，转开了视线。等他回过头来，前面已空无一人。他站起身来，小声对沃尔夫说：

"我跟您一起走……"

他们走了出去，身上的朝气荡然无存。

"我们怎么会遇到这两个海员的呢？"拉居里说。

沃尔夫叹了一口气：

"唉，天底下水那么多，岛屿却那么少。"

他们大步流星地离开了游乐区，前面出现了城市黑色的栅栏。他们穿过栅栏，走入由灰暗的线条编织而成的黑幕中。还得走一个小时才能回到家。

第二十一章

两人肩并肩地随意走着，就像亚当与夏娃。拉居里艰难地迈着脚步，米色的丝绸衣服起了皱。沃尔夫低着头走路，数着自己的步子，走了一会儿，他带着几分希望说：

"咱们从洞穴那边走，怎么样？"

"好吧。这儿人太多了。"拉居里说。

确实，不到十分钟，他们就三次碰到一个不干不净的老头。沃尔夫伸出手臂，指着左边，表示要拐弯。他们进了第一间房子。房子不高，只有两层，因为已接近郊区。他们走下通向地窖、长满青苔的楼梯，来到一条走廊里，从那儿毫不费力地就来到了洞穴①。只需把看门人打昏就可以进去，而这可谓易如反掌，因为看门人只剩下一颗牙。

看门人身后有一道窄门，呈半圆拱状，还有一座新建的楼梯，上面铺满亮闪闪的细小水晶粒。一路上处处有灯给沃尔夫和拉居里照明，他们的鞋底踩在晶莹闪烁的岩溶地板上，发出嘎吱嘎吱的响声。楼梯下方，底下的空间变得宽敞起来，空气也随之变暖，还有脉动的感觉，恍如在动脉当中。

他们走了两三百米路才开始说话。墙面有时会断开，敞开裂口，现出

---

① 维昂试图透过黑人舞者的地下王国，呈现巴黎拉丁区圣日耳曼地窖的爵士乐酒吧。

更低的岔口，形成岔道。每到此时，水晶的颜色都有所变化，有淡紫色、艳绿色、乳白色，并呈现出乳蓝色和橙色交杂的光泽。有些走道像是铺着猫眼石，有的走道光线柔和地颤抖着，水晶中心像一颗小小的矿物心脏那样颤动着。毫无迷路的危险，因为只需沿着大路走就可以走到城外。他们有时会停下来观看岔道里的灯光变化，连接地带摆着白色的石头长凳，供人坐下休息。

沃尔夫想起机器在黑暗中等着他，便寻思着自己什么时候再回去工作。

"机器立柱上渗出一种液体。"沃尔夫说。

"就是你下来的时候，脸上留下的那种黑乎乎、黏乎乎的东西吗？"拉居里问。

"我下来的时候才变成黑色的，"沃尔夫说，"在里面它是红色的，又红又黏乎，很像黏稠的血液。"

"不像是血。很可能是一种冷凝物……"拉居里说。

"这等于用一个词来代替一种秘密①，又形成另一种秘密，如此而已，"沃尔夫说，"这样一来，到了最后就是耍魔术了。"

"那又怎么了？"拉居里反驳道，"那台机器，难道不是魔术吗？那是高卢人迷信的残余物。"

"哪种迷信？"沃尔夫问。

"你和其他高卢人一样，害怕天会塌在你的头上，"拉居里说，"所以你就抢先一步，把自己先关起来。"

"我的上帝！"沃尔夫说，"恰恰相反，我想知道后面究竟藏着什么。"

"既然无缘无故，为什么会流出红色的液体呢？"拉居里反驳说，"这肯定是冷凝起的作用，可你却一点也不担心。你在里面究竟看见了什么东西嘛？你连这个都不告诉我，我可是从一开始就跟你一起工作的！你

---

① 维昂创作《红草》期间非常喜欢阅读波兰裔美国哲学家、语义学家阿尔弗雷德·科日布斯基的著作，维昂常在小说中引用他的句子。科日布斯基主张要将词语即事物的名称和事物的现实区分开来，其最著名的格言包括："地图不是领土"、"'狗'作为词语不会咬人"。

很清楚，你对里面有什么根本就不感兴趣……"

沃尔夫没有回答。拉居里犹豫了一下，还是决定把话说出来："对瀑布来说，重要的是瀑布，而不是水。"

沃尔夫抬起头来，说了一句：

"在里面，看到的是过去的事情，如此而已。"

"那你还想再回去吗？"拉居里说，冷笑中充满了讥讽。

"不是想不想的问题，这不可避免。"沃尔夫说。

"哈哈！……你太可笑了。"拉居里噗嗤一笑。

"那你跟弗拉莉在一起的时候为什么显得那么愚蠢？"沃尔夫反唇相讥，"你能否告诉我其中的原因？"

"我当然不会告诉你，"拉居里说，"我没什么值得跟你说的，因为根本就没发生什么不正常的事儿。"

"哼！你现在可来劲了？"沃尔夫说，"就因为你和情爱区的妞儿来了两下，你就觉得跟弗拉莉没事了？就可以安枕无忧了？等你重新跟她在一起，那男人肯定又会来找你的麻烦。"

"不会的，我做了这事，绝对不会的。"拉居里说。

"可是，刚才在玩滴血游戏的时候，你不是又看见那男人了吗？"沃尔夫问。

"没有。"拉居里撒谎撒得很干脆。

"你撒谎。"沃尔夫说，随后又补充道：

"你断然撒谎。"

对话越来越令人尴尬，拉居里改变了语气："咱们快到了吗？"

"还没有，还要半个小时。"沃尔夫说。

"我要看那个黑人跳舞。"拉居里说。

"在下一个岔口，十分钟就到了。"沃尔夫说，"你说得对，这样换换脑子也好，那个滴血游戏实在是太蠢了。"

"下次咱们改玩翻翘游戏吧。"拉居里说。

第二十二章

  这时，他们来到了可以看见黑人跳舞的地方。黑人们现在已经不在外面跳舞了，因为总是有一大堆蠢人来看热闹，他们以为是把他们当笑柄。黑人总是疑神疑鬼，而且也不无道理。毕竟，所谓白人，只意味着没有颜色，并不是一种特殊的品质。我们不明白为什么发明火药的人就得高人一等，就有权利去干扰舞蹈、音乐等非常有意思的活动。说那么多是为了解释为什么黑人最终找到了这个还算安静的地方。地窖里有人看守，要看黑人跳舞就得赶走看门人。这一举动在黑人眼里形同一张证书：如果真想看他跳舞，就得打败看门人，这样才可赢得观看他们跳舞的权利，才能证明自己没有成见。

  黑人把自己安顿得很舒服，一个特制的管子给他送来真正的太阳和室外空气。他选择的岔道是用华美的橙色镀铬水晶装饰的，天花板比较高，空间十分宽敞，里面生长着热带植物和不可缺少的香料，还养着蜂鸟。黑人用一架经过改良、可以长时间演奏的机器给自己伴奏。早上他分节习练舞蹈，晚上再演出完整版，不漏下任何细节。

  沃尔夫和拉居里进来的时候，他正要开始跳蛇舞，从胯部一直抖动到脚趾的那种舞。他非常有礼貌地等待他们走近才开始跳。他的音乐机器奏出非常悦耳的音乐，从中可听出蒸汽轮船低沉的汽笛声，录制唱片时，它被巧妙地用来取代乐团的中音萨克斯管。

  沃尔夫和拉居里默默地专心观看。黑人肢体非常灵巧，可以变换出十五种扭动膝盖的花样，即便对黑人而言，这也是一个相当可观的数目。舞蹈让他们逐渐忘记了所有的烦恼：机器、市政府、弗拉莉和滴血游戏。

"幸亏我们取道洞穴回家。"拉居里说。

"没错，"沃尔夫说，"而且，现在外面天已经黑了，这儿居然还有太阳。"

"咱们应该搬来这儿和他一起住。"拉居里建议说。

"那工作怎么办？"沃尔夫不以为然。

"哈，工作！是啊！当然了！"拉居里说，"得了吧，你还想回到你那讨厌的机舱里。工作倒是一个很好的借口。我嘛，我得看你最终是否能回来。"

"嘘，别说话！别打扰我，好好看他跳舞，他会阻止你想这些烦人的事儿。"

"当然啦，可我毕竟还有一点儿职业意识。"拉居里说。

"去你妈的职业意识！"沃尔夫说。

黑人咧开大嘴停了下来，对着他们笑。蛇舞结束了，他脸上渗出大滴的汗珠，他用一块很宽的方格手帕擦了擦汗，然后紧接着又跳起了鸵鸟舞。他跳得有板有眼，一次也没有弄错，并用脚打着拍子，编造出新的节奏。

跳完这段新创的舞蹈之后，他向他们投来一个灿烂的笑容。

"你们在这儿已经待了两个小时。"他很客观地说。

沃尔夫看了一下手表，确实正好两个小时："可别怪我们啊，我们都看入迷了。"

"这才是舞蹈的用处嘛。"黑人说。

沃尔夫知道，黑人变得神经过敏时，一般很快就能让人感觉得到。他觉得已经待了太长时间，于是不得不带着几分遗憾跟他低声告别。

"再见喽。"黑人说着又接着跳跛脚狮子舞。

在重新回到地下通道之前，沃尔夫和拉居里回过头来，看见那个黑人正在模仿高原羚羊的袭击动作，但再转过头来时，就再也看不见他了。

"哎呀！太可惜了，不能再待一段时间！"沃尔夫说。

"我们已经迟到很多。"拉居里说，话虽如此，他却一点儿也不着急赶路。

"这一切都很令人失望，因为不能长久。"沃尔夫说。

"真让人沮丧。"拉居里说。

"可如果长久，结果也还是一样的。"沃尔夫说。

"但这永远不会长久的。"拉居里说。

"可以！"沃尔夫说。

"不可以。"拉居里说。

两人争执不下，沃尔夫只好改变话题。

"前面还有一整天的工作等着我们呢！"他说。

他又想了一下，随后补充道：

"工作，是长久延续的。"

"不是。"拉居里说。

"是的。"沃尔夫说。

这一次，他们只好闭嘴不说话了。他们走得很快，地面开始升高。突然，前面出现了一座楼梯，在一个哨所的右边，毕恭毕敬站着一位老看守。

"你们在这儿搞什么名堂？"他问道，"你们把我另一头的同事干掉了，对吗？"

"不是太严重，明天他就可以走路了。"拉居里安慰他说。

"算了。我承认不讨厌看见有人来，"老看守说，"祝你们好运，小伙子们。"

"如果我们以后再来，您会让我们下来吗？"拉居里问。

"没门儿！"老看守说，"规定就是规定，除非你们能跨过我的身体。"

"好的。下次见！"拉居里承诺说。

外面天色灰蒙蒙的，刮着风。天很快就要亮了。

经过机器旁边时，沃尔夫停了下来，对拉居里说："你自己回去吧，我得回到里面去。"

拉居里默默地走开。沃尔夫打开橱柜，穿上工作服，嘴唇微微颤抖起来。他拉起提杆，把门打开，进入机舱。灰色的舱门在他身后关上，发出清脆的声响。

第二十三章

这次，他把速度调到最大，却丝毫感受不到时间的流逝。等神志清醒过来的时候，他已来到主干道的上方，恰好就是上次他跟贝尔勒先生告别的地方。

还是那个灰黄色的地面，上面散落着栗子和落叶，并铺着草坪，但已经不见废墟和荆棘。他看到了要穿过的拐角，于是毫不犹豫地往前走。

他几乎马上就意识到背景突然发生了变化。尽管如此，他并没有中断或延续的感觉。现在，眼前是一条铺有石头的街道，颇为刻板、冷清，右边有一排圆形菩提树，菩提树后面是一栋宽阔的灰色房屋，左边是一堵冷峻的墙，上面插着玻璃碎片。周围万籁俱寂。沃尔夫沿着墙慢慢走，走了十来米，发现面前有一个带小窗口的门虚掩着，便毫不犹豫地推开门进去。就在这时，一阵短促的铃声响起，但很快就停止了。沃尔夫走进一个宽敞的方形庭院，让他不由想起从前中学的中庭。庭院的布局他感到很熟悉。天开始暗下来，在曾是中学总学监①的办公室里亮着昏黄的灯光。地面维护得很好，十分干净。深灰色的板岩屋顶高高的，有一个风向仪在嘎嘎作响。

沃尔夫朝光亮处走去，走近时，透过玻璃门，看见一个男人坐在一张

---

① 总学监在20世纪60年代之前是法国高中和初中的重要人物，主管学校行政内务，监督纪律执行情况。

小桌前，似乎在等人。他敲门走进去。

那人从灰色背心口袋里掏出一个圆形的精钢怀表，看了一下时间。

"您迟到了五分钟。"

"对不起。"沃尔夫说。

办公室是传统的布局，气氛凄凉，散发着墨水和消毒水的气味。那个男人的旁边放着一块长方形的小木板，凹刻着黑色的字样：布鲁尔先生。

"请坐。"他说道。

沃尔夫坐下来，看着对方。布鲁尔先生的面前摊开一本淡黄色的厚纸文件夹，里面夹着不同的文件，他四十五岁左右，身材瘦小，脸颊蜡黄，下颌突出，鼻子尖细，显得神情忧郁，零乱的眉毛下长着一双多疑的眼睛，灰白的头发上因长期戴着帽子而圆圆地凹了下去。

"您曾跟我的同事贝尔勒面谈过。"布鲁尔先生说。

"是的，先生。雷翁-阿贝尔·贝尔勒。"沃尔夫答道。

"根据计划，我现在必须提问您有关小学和以后的学业情况。"布鲁尔先生说。

"好的，先生。"沃尔夫说。

"这有点麻烦，因为我的同事格里耶神甫还得回过头来提问这些问题，"布鲁尔先生说，"因为您与宗教的关系持续时间很短，而在学业上却花了很长时间，超过了二十年。"

沃尔夫点点头。

"请从这儿走，顺着里面的这条走廊，一直走到第三个分岔口，"布鲁尔先生说，"在那儿您很容易就能找到格里耶神甫。把这张纸条递给他，然后再回来找我。"

"好的，先生。"沃尔夫说。

布鲁尔先生填好一张表格，递给沃尔夫。

"这样我们就有时间借助它来了解您。"他说，"顺着走廊走，第三个横向路口就到了。"

沃尔夫起身向他告别，然后走了出去。

他感到有点压抑。长长的拱形走廊震荡着回声，嗡嗡作响，走廊尽头通往一个内院，有个荒芜的花园，砾石小径两旁种有矮小的黄杨树。干燥的地上长着枯死的玫瑰枝以及几撮可怜巴巴的小草。沃尔夫的脚步声回荡在走廊里，他很想撒腿狂奔，就像从前上学迟到，包着灰暗的铁皮的栅栏门关上了，他经过看门人的房间时拼命奔跑。粗糙的砾面水泥地上矗立着几根柱子，支撑着拱顶，时而间隔着白色的石头带，磨损得比其他地方严重，从中可看见化石贝壳的痕迹。院子的另一端，有好几间空无一人的教室，门敞开着，里面摆着几排长凳，偶尔可看到一角黑板，还有破旧讲坛上一张硬邦邦的椅子。

走到第三个岔道，沃尔夫马上看到一块白色的珐琅小牌，上面写着"教理讲授"字样。他羞怯地轻轻敲了一下门，然后走了进去。这是一间很像教室的大房间，里面没有桌子，只有坚硬的长凳，被割了一道道口子。电灯拖着长长的电线，配有饰以珐琅的灯罩。墙壁从地面一直到一米五高处都是褐色的，上面就变成了脏兮兮的灰色，所有的物品都蒙着一层厚厚的灰尘。高雅瘦削的格里耶神甫坐在桌前，看起来等得有点不耐烦。他留着小胡子，穿着剪裁得体的长袍。一个薄薄的黑色文件夹放在他旁边的桌上。看见他手上拿着布鲁尔先生刚刚拿着的那份材料，沃尔夫一点都不感到惊讶。

他把纸条递给神甫。

"您好，我的孩子。"格里耶神甫说。

"您好，神甫先生。是布鲁尔先生让我……"

"我知道，我知道。"

"您着急吗？我可以等一会儿再来。"沃尔夫问。

"不，一点也不，我有充足的时间。"格里耶神甫说。

他的话音正腔圆，有点过分优雅，让沃尔夫感到不太自在，就像拿着一个碍手碍脚的玻璃器皿。

"我们来看看……"格里耶神甫轻声说，"我觉得您已经没有什么信仰，对吗？那么，请告诉我，您是什么时候开始不信宗教的？这个问题很简单，不是吗？"

"是的……"沃尔夫说。

"请坐下，请坐下。"神甫说，"喏，这有一张椅子。慢慢来，不要紧张……"

"没有什么可紧张的。"沃尔夫无精打采地说道。

"您觉得讨厌，是吗？"神甫问。

"哦，不……"沃尔夫说，"只是有点过于简单，如此而已。"

"并非那么简单，好好想想吧。"

"人们给小孩灌输说教太早了，"沃尔夫说，"他们年龄还小，还相信奇迹，那时候还希望看见奇迹发生，一旦没有如愿，他们就什么也不信了。"

"您以前可不是这样的，"格里耶神甫说，"您的回答针对一个普通孩子还说得过去。您这样回答是不想解释得太透彻，我很理解……很理解，可是，对您来说有别的原因……是吗？"

"哼！既然您对我进行了周详的调查，那您应该对所有的事情都了如指掌。"沃尔夫生气地说。

"确实如此。"格里耶神甫说，"可是，我不需要清楚地了解您，那是您的事……您的事……"

沃尔夫将椅子拉近，坐了下来，说："在教理讲授课上，我有一个跟您一样的神甫，但他叫维尔皮安·德·诺兰库尔·拉罗什-比宗。"

神甫和颜悦色地说："格里耶不是我的全名，我的姓氏里也有一个表示贵族称号的前置词。"

"在他的眼里，并非所有的孩子都一样。"沃尔夫说，"他对那些穿着漂亮衣服的孩子还有他们的母亲更感兴趣。"

"但这些都不能成为不再信教的决定性理由。"格里耶神甫显得很通融。

"第一次领圣体礼时，我很虔诚，"沃尔夫说，"我差点晕倒在教堂里，当时还以为是耶稣的缘故，其实是因为我们在一个空气不流通的封闭空间里等了三个小时，我都快饿昏了。"

格里耶神甫笑了起来：

"您对宗教的仇恨是一个小男孩式的仇恨。"

"你们的宗教是小男孩式的宗教。"

"您没有资格这样说。"格里耶神甫反驳说。

"我不相信上帝。"沃尔夫说。沉默片刻，他又说：

"上帝是效益的敌人。"

"效益是人类的敌人。"格里耶神甫说。

"是人类身体的敌人……"沃尔夫反驳说。

格里耶神甫微笑着说："情况不妙。我们越说越离题，您并没有回答我的问题……没有回答……"

"我当时对你们的宗教形式很失望。"沃尔夫说，"毫无根据，装腔作势，又要唱小曲，又要穿漂亮的服装，天主教和杂耍歌舞简直是半斤八两。"

"请您回到二十年前的心态上，"格里耶神甫说，"来吧，不管是教士或者非教士……我在这里是为了帮助您。杂耍歌舞也很重要啊。"

"我们没有同意或反对的论据。"沃尔夫低声说，"只是信或者不信而已。每次进教堂，我总感到不自在。看到那些年龄跟我父亲相仿的男人，在经过小壁橱前跪下一条腿时，我感到很别扭。我为父亲感到羞愧。我从来没有接触过坏教士，比如我们在鸡奸者书上看到的那种言行卑鄙可耻的教士。我也从来没受到过不平等的对待，我可能几乎分辨不出什么叫平等，什么叫不等。但和教士在一起，我总觉得不自在。可能是因为长袍的缘故。"

"您什么时候说过'我弃绝撒旦，弃绝他的诱惑泵和成果'呢？"格里耶神甫试图帮助沃尔夫。

"我想到了一个泵……"沃尔夫说，"确实是真的，但我已经记不太清楚了。那是邻居花园里的一个泵，带有一个绿色的叶片。您知道，我几乎没有听过什么教理讲授课……鉴于我所受的教育，我没法相信这些东西，当时只不过是为了拥有一块金手表以及结婚时不会遇到麻烦而已。"

"谁会强迫您到教堂去举行婚礼呢？"格里耶神甫问。

"朋友们觉得好玩才去的。"沃尔夫说，"那是给女人的一条裙子。哎呀，我很烦这些……我对这些全不感兴趣，对这从来都不感兴趣。"

格里耶神甫建议说："您想看上帝的照片吗？就一张？"

沃尔夫看着他，神甫没有开玩笑，他坐在那儿，专心，急切，很不耐烦。

"我不相信您有上帝的照片。"沃尔夫说。

格里耶神甫把手伸进长袍的口袋里，掏出一个精美的褐色鳄鱼皮钱包。

"我有一系列很精彩的照片。"他说。

他从里面抽出三张，递给沃尔夫。沃尔夫心不在焉地扫了一眼。

"没错，正如我想的那样，"他说，"这是我的朋友伽纳尔。我们在学校演戏或课间休息时，每次都是他扮演上帝。"

"是的，没错。"格里耶神甫说，"的确是伽纳尔，谁会相信呢，对吗？伽纳尔，一个又懒又笨的学生，居然成了上帝，谁会相信呢？您看这张侧面照，比前一张更清晰。您想起来是谁了吗？"

"对，他鼻子旁边有一颗美人痣，"沃尔夫说，"有时候，在课堂上，他会在上面贴上翅膀和脚，让人以为是一只苍蝇。伽纳尔……可怜的家伙。"

"别可怜他，他混得很好，处境不错。"格里耶神甫说。

"对，处境很棒。"沃尔夫说。

格里耶神甫把照片放回皮包，在其中的一层找到一张长方形的小纸片，递给沃尔夫：

"拿着，我的孩子。总的来说，您回答得不错，得了一分。拿到十分的时候，我就给您一张图片，一张很漂亮的图片。"

沃尔夫惊愕地看着他，摇了摇头："这不是真的，您不是这样的。您不会那么宽容，这是伪装，是欺骗，是宣传，是空穴来风。"

"不，不，您弄错了。"神甫说，"我们是很宽宏大量的。"

"得了吧，得了吧，有谁会比一个无神论者更宽宏大量呢？"沃尔夫说。

"死人，"格里耶神甫把钱包放回口袋，漫不经心地说："行了，行了，谢谢您。下一个。"

"再见。"沃尔夫说。

"您找得着路吗？"格里耶神甫问，但并不等待回答。

第二十四章

　　沃尔夫这时已经走出来，正回想起所有那些事情，格里耶神甫本人不让他提及的所有那些事情……在黑暗的礼拜堂中跪着的情景，当时他非常痛苦，但现在想起来却没有感到什么不愉快。礼拜堂很清凉，略带神秘感，右边是告解室。他对第一次告解的情形记忆犹新，那是很简单、很笼统的忏悔，跟之后的忏悔大同小异。小格窗后面，教士的声音在他听来跟往常很不同，含糊、沙哑，显得平静多了，似乎告解师的职能真的提升了他的境界，或者说是使他脱离了原先的境界，赋予了他宽恕的能力，提高了他的理解力，让他能够安全地辨别善恶。最有趣的是第一次领圣体前的退省避静。教士手拿着木响板，像教小士兵那样教孩子们摆弄，以免仪式当日出问题。出于这一原因，礼拜堂失去了原有的宗教威严，成为一个令人颇感亲切的场所，古老的石头和小学生之间产生了某种默契。小学生们成群结队地站在主道的左右两旁，练习如何排成两队，随后再合成一排，密集的队伍沿着走道延伸至台阶，然后再分成两个对称的队列，从神甫和仪式当天负责协助的副本堂神甫手中接过圣体饼。沃尔夫心想：到时是神甫还是副本堂神甫给我递上圣体饼呢？他挖空心思地想出种种手段，想在关键时刻取代别的同学抢先领到神甫递过来的圣体饼。因为，如果是拿了副本堂神甫递上的圣体饼的话，会有被雷击或被撒旦永远逮住的危险。之后他们还学唱感恩歌，礼拜堂回响着"温柔的羔羊"、"光荣"、"希望"、"支持"①的歌声！……沃尔夫惊讶地发现这些"热爱"、"敬爱"的词眼是如何空虚，在周围孩子的嘴里，在他本人的嘴里，只有声音的功能。

此时，进行初领圣体礼就很有意思了，因为面对那些比自己年轻的孩子，会觉得在社会阶梯上升了一级，挂上了饰带；而面向年纪稍大的孩子，则感觉进入他们的圈子，可以和他们平起平坐，继而是袖章、蓝套装、笔挺的衣领、漆亮的皮鞋，还有喜庆日子的激动心情、盛装的礼堂、熙熙攘攘的人群、焚香的味道、摇曳的烛光，更感觉到自己像是在表演，因向神秘境界迈进而百感交集，因怜悯、害怕而想咀嚼"它"，但心里又很担心："如果是真的"，"是真的"，回到家里后，肚子鼓鼓的，心中一片苦涩，感觉自己受骗了；还有跟朋友交换的金色图像、将被穿坏的套装，再也派不上用场的领子、一块日后手头拮据时可以毫不后悔地转卖的金表、一本弥撒书，那是虔诚的表姐送的礼物，由于有精美的封皮而舍不得扔掉，但又不知有何用；不算太大的失望、可笑的闹剧……还有因为根本不知道是否看见耶稣而感到有点遗憾。不知是因为室内太热、各种气味混杂、早上起得太早，还是因为领子系得太紧而不知所措……

一片空虚。徒劳无益。

此时，沃尔夫站在门前，面对着布鲁尔先生，用手抹了一下额头，坐了下来。

"做好了……"布鲁尔先生说。

"做好了，但毫无效果。"沃尔夫答道。

"怎么会呢？"布鲁尔先生问。

"我们谈不拢，只开了些玩笑。"沃尔夫说。

"但后来呢？"布鲁尔先生问，"您把所有的事情都跟自己说了，这是最关键的。"

"啊？是的，好吧。"沃尔夫说，"但不管怎么样，这个节目完全可以从计划中取消。太空泛了，毫无实质性的内容。"

布鲁尔先生说："所以我才让您先去看他。赶快处理好一件毫不重要

---

① 引文为两首著名的天主教感恩歌的摘选。

的事情。"

"确实是毫不重要，我从来没有为此而苦恼过。"沃尔夫说。

"当然，当然，但事情可比这全面得多。"布鲁尔先生嘟哝道。

"上帝其实就是伽纳尔，我以前的同学，"沃尔夫解释说，"我看见他的照片了，这就使事情回归到确切的位置上。归根到底，这场对话并非毫无用处。"

"现在，让我们认真地谈谈吧。"布鲁尔先生提议。

"过去了那么多年，一切都混在一起，得理出个头绪才行。"沃尔夫说。

第二十五章

"重要的是，"布鲁尔先生一字一句地说，"确定您的学业如何助长您对人生的厌恶。因为这正是促使您来这儿的原因，对吗？"

"差不多是这样。"沃尔夫说，"还有，为什么我在这一点上会感到失望。"

"首先，您在学习上的主动性如何？"布鲁尔先生问。

沃尔夫记得很清楚，当时，他很乐意去上学，他告诉了布鲁尔先生，并补充道："坦率而言，我觉得还应加上一点，即便我当时不想上学，我还是会去的。"

"真是这样吗？"布鲁尔先生问。

"我小时候学得很快。"沃尔夫说，"当时很想拥有课本、书包和纸张等，真的。再说，无论如何，我的父母都不会留我在家的。"

"但也可以学别的呀，比如音乐，绘画。"

"不。"沃尔夫说，漫不经心地看了一眼房间。一个布满灰尘的文件柜上，放着一座旧的石膏头像，一个笨手笨脚的外行人在上面添加了一撮胡子。

"我父亲很年轻就中止了学业，"沃尔夫解释说，"因为他当时可以不需要文凭。所以他坚持要我完成学业，也就是让我去上学。"

"总之，他们送您上了中学。"布鲁尔先生说。

"我希望有同龄的同学，还可以一起玩。"

"一切都很顺利。"

"从某种程度上说，是这样。"沃尔夫说，"但我童年时代就比较明显的倾向就一发不可收拾了。要知道，一方面，中学解放了我的思想，因为它让我接触到的习惯和癖好均有别于我所属阶层的人。其后果是，我对所有的东西都产生了怀疑，并选择那些最能满足我并有助于我构建人格的东西。"

"或许吧。"布鲁尔先生说。

"而且，中学还强化了我跟贝尔勒先生所谈到的特殊性格：身体孱弱却一心想当英雄，因自己无法全身心投入其中的某一方面而失望和沮丧。"

"您的英雄主义倾向使您处处都想争第一。"布鲁尔先生说。

"可是我的懒惰本性又让我永远得不了第一。"沃尔夫说。

"这造就了一种平衡，有什么不好呢？"

"那是一个不稳定的平衡，"沃尔夫说，"一种令人疲乏不堪的平衡，或许所有力量都势均力敌的系统更适合我。"

布鲁尔先生评论道："有什么更平衡……"他很奇怪地看着沃尔夫，不再说话了。

沃尔夫连眉头也不皱："我的虚伪不断加剧，我说的虚伪并非是城府很深的意思：它只涉及我的学业。我很有运气，有一定的天赋，我假装刻苦，其实不费任何力气就能超过中等水平。可人们并不喜欢有天分的人。"

"您希望别人喜欢您？"布鲁尔先生心不在焉地问道。

沃尔夫脸色变白，肌肉似乎也收缩起来。

"我们不谈这个，就谈学业吧。"

"好吧。"布鲁尔先生说。

"您问，我答。"

"从何种意义上来说，您的学业造就了您？"布鲁尔先生问，"请您不要只是满足于追溯到童年的早期。用功学习获得了什么样的成果？因为毕竟您还是下了功夫的，勤奋刻苦，或许是外在的、肯定的，但只要坚持足够长的时间，有规律的习惯肯定会在一个人身上起作用。"

"足够长的时间……"沃尔夫重复道，"亏您说得出来，简直是没完没了的折磨！整整十六年……十六年屁股黏在硬板凳上，十六年的阴谋与诚实。十六年了，除了烦恼，还剩下什么呢？不过是互不关联、微不足道的陈事旧影而已。10月1日新书的油墨香、画画的纸片、生物解剖课青蛙让人恶心的肚子和福尔马林的气味；学年末期发现老师也是正常人，因为他们也要去度假，班上的人也变少了；还有考试前夜不明缘由的恐惧感……所谓有规律的习惯，不外乎如此……可是，布鲁尔先生，让小孩整整十六年承受有规律的习惯，这很可耻，您知道吗？时间完全被扭曲了。布鲁尔先生，真正的时间并不是机械地分成全部均等的小时……真正的时间是主观的，留守在我们心中……每天早上七点起床，正午吃饭，九点睡觉，没有一个晚上是属于自己的。您永远不会知道，会有那么一瞬间，大海在潮退潮涨之间会静止不动，昼夜会交替相融，形成热流涌潮，一如河流涌向大海之际。整整十六年的夜晚全给人剥夺了。布鲁尔先生，除了这些，人们还剥夺了我的其他东西，剥夺了我的目标。上初中一年级的时候，人们让我相信，升到初中二年级是我唯一的目标。到了高中三年级，必须要拿下高中会考毕业证书……然后还要拿下大学文凭……布鲁尔先生，是的，我当时相信自己有一个目标，其实我什么目标也没有……我在一个无始无终的走廊里走着，前后行走着一连串的傻瓜。我们裹在驴皮里滚动着，就好像人们把苦药包在糖衣里便于吞咽。但您知道吗，布鲁尔先生，我现在才明白自己当时更愿意品尝人生真实的滋味。"

布鲁尔先生搓着双手一言不发，然后把手指的关节拉得格格响。沃尔夫觉得这很令人难受。

"这就是我作弊的原因，"沃尔夫最后总结道，"我作弊……仅仅是想成为在笼中思考的人，因为我毕竟和那些麻木不仁的人一起待在笼子里……而且自己也没有提前一秒钟钻出来。当然，他们以为我是逆来顺受，以为我在模仿他们的所作所为，以满足我在乎别人对我的评价的心理。然而，在那段时间里，我的心在别处，我懒散怠惰，脑子想着别的事。"

"要知道，我根本没发现有作弊的迹象。"布鲁尔先生说，"无论是否懒散怠惰，您毕竟完成了学业，排名也很不错。您虽然想着别的事，但并不意味着您有过错。"

"它耗尽了我的精力，"沃尔夫说，"我讨厌上学的那几年，因为它耗费了我的精力。我不喜欢这样。"

他拍了一下书桌，"您看看这张旧书桌。所有与学习有关的东西都像它那样。脏兮兮的，积满灰尘的破烂东西，油漆已经斑驳脱落。台灯上满是灰尘和苍蝇屎，到处是墨迹，桌面满是洞洞，被小刀割得面目全非。橱窗里摆着鸟类标本，长满蛀虫。臭气熏天的化学实验室寒碜可怜，体操室通风不良，庭院里散落着炉渣。年迈愚蠢的老师迟钝又痴呆，简直是一个痴呆学校。教育，这可是经不起岁月考验的，它会变成麻风病。表面破了之后，可见背后的真相，丑恶之极。"

布鲁尔先生沉着脸，皱了皱长长的鼻子，似乎不甚赞同：

"我们大家都在消耗。"

"那当然，但并不全都是以这种方式，"沃尔夫说，"我们是层层剥落，由中心向外消耗，没那么丑陋。"

"消耗并不是一种毛病。"布鲁尔先生说。

"当然是毛病，我们应该因虚耗精力而感到耻辱。"沃尔夫说。

"可所有人都得这样。"布鲁尔先生反驳说。

"如果活到了一定岁数，这倒无关紧要，"沃尔夫说，"但如果人生一开始就得这样，那是我所极力反对的。您看，布鲁尔先生，我的观点很简单：只要有一个充满空气、阳光、鲜草的地方，我们就应该为自己不在那儿而感到遗憾，尤其是当我们还年轻的时候。"

"咱们还是言归正传吧。"布鲁尔先生说。

"我们已经进入正题。"沃尔夫说。

"难道学业没有给您留下任何正面的影响吗？"布鲁尔先生问。

"哎呀，布鲁尔先生，您不应该问我这个。"沃尔夫说。

"为什么？您知道，我对这个特别无所谓。"布鲁尔先生说。

沃尔夫看着他，眼睛里现出更为失望的神色："哦，请原谅。"

"然而，我必须了解这一点。"布鲁尔先生说。

沃尔夫点点头，在开口前咬了咬下唇，然后说：

"在切割成块的时间里生活，不受任何损害，不染上对某种表面秩序的浅薄嗜好是不可能的。之后，如果再把它拓展到周围的事物上，这不是很合情合理吗？"

"没有什么比这更合情合理了，"布鲁尔先生说，"虽然您这两个断言反映了您本人而非所有人的精神特性，我们还是继续往下谈吧！"

"我谴责我的老师，"沃尔夫说，"用他们的腔调和书本的笔调让我相信世界是静止不变的；谴责他们在既定阶段（这个阶段还没有确定，而且也并不矛盾）使我的思想变得僵化，并让我认为在某日、某地存在着一个理想的秩序。"

"不是很好吗，"布鲁尔先生说，"这是一个能够给您增添勇气的信仰，您不觉得吗？"

"当人们发现永远都达不到那个境界，"沃尔夫说，"而且必须留待如同天空的星云一样遥远缥缈的下一代人去享用的时候，这种激励就会变成失望，人就会沉落深渊，如同硫酸加速钡盐沉淀一样。这样打比方是为了继续保持学习的气氛，而且在钡的例子中，沉淀物是白色的。"

"我知道，我知道，"布鲁尔先生说，"您别老纠缠在这些毫无意义的评论上。"

沃尔夫恶狠狠地盯着他，说道：

"行了，我给您说得够多了，您自己想办法去应付吧。"

布鲁尔先生皱着眉头，用手指拍打着桌子，"人生中的整整十六年，您就说了那么点儿，居然就觉得说得够多了。这未免太马虎，太轻率了吧！"

"布鲁尔先生，"沃尔夫一字一顿地说，"请听我回答，听好了。您讲的学业，简直是开玩笑。这是世界上最容易的事情。您试图让人相信，近几代人以来，工程师、学者才是精英人物，这让我觉得好笑，谁都清楚，除非是那些所谓的精英。布鲁尔先生，学拳击比学数学更难，不然的话，学校里拳击班的数目肯定比数学班的数目要多；成为游泳健将也比写文章难得多，不然的话，游泳教练肯定会比法语教师多。布鲁尔先生，谁都可以拿下中学毕业会考证书，成为业士，现在业士多如牛毛，但能够通过十项全能运动的人却屈指可数。布鲁尔先生，我怨恨学业，因为识字的蠢人太多了，而且他们绝不会弄错，争相阅读体育报纸，为体育健将捧场。与其死读历史书，还不如学会正确地做爱。"

布鲁尔先生腼腆地举起一只手："这不属于我提问的范围，我再次请您不要离题。"

"爱情和其他体育活动一样受到忽视。"沃尔夫说。

"可能吧，"布鲁尔先生回答说，"我们一般会留出特别的篇章来讨论这个问题。"

"好吧，那咱们就别谈这些了，"沃尔夫说，"您现在已经了解我对学业的看法。您所谓的学业，无非是洗脑布道、死啃书本，使人糊涂愚钝；无非是臭烘烘的教室、手淫成瘾的差等生、四处是屎尿的厕所、阴险奸诈的闹哄者，还有戴着眼镜、面如菜色的高等师范学校毕业生、一本正经的综合工科学校毕业生、小资味十足的中央理工学校毕业生①、牟取暴利的医生、刁滑奸诈的法官……他妈的！还不如跟我聊一聊精彩的拳击比赛……虽然其中也有伪造的成分，但起码可以让人轻松一下。"

"轻松是相对的，"布鲁尔先生说，"如果拳击手和大学生人数一样多的话。大赛名列前茅的人将博得齐声喝彩。"

"或许吧，"沃尔夫说，"但我们选择了推广智力文化，这对于体力文化倒也有好处……现在，但愿您不要再打搅我。"

他用手抱住脑袋，好一会儿不再看布鲁尔先生。等他抬起头时，布鲁尔先生已经消失得无影无踪，他自己则站在一片金色的沙漠中，光线似乎来自四面八方，他的身后隐约传来一阵浪涛声，他转过身去，看见一百米开外是湛蓝、温暖、深邃的大海，他的心舒展开来。他脱下长靴、皮上衣和头盔，放在岸边，向晶莹闪烁的飞沫卷起蓝色浪花的地方奔跑而去。突然间，一切都变得模糊不清，并渐渐消融，然后又回到了旋风阵阵、空寂冰冷的机舱内。

---

① 高等师范学校、综合工科学校、中央理工学校是法国最有名的高等教育精英学校，维昂本人即是中央理工学校的毕业生。

第二十六章

沃尔夫坐在书房里，侧耳聆听。楼上拉居里在寝室里心情烦躁地来回踱步，莉儿应该离他不远，正在家中收拾。沃尔夫觉得自己犹如困兽，在如此短的时间内就玩遍了所有的游戏，以至于现在已黔驴技穷，无计可施，唯有深深的厌倦，还有那个钢铁机舱；磨灭记忆的尝试将如何了结，现在也变得非常不明朗。

他站起身来，百无聊赖，逐个房间去寻找莉儿。她正在厨房里，跪在参议员的箱子前盯着看，眼中噙满泪花。

"怎么回事？"沃尔夫问道。

蛙貎鹅正在参议员的脚间酣睡，参议员则嘴流唾沫，两眼翻白，口齿不清地哼着歌曲。

"是参议员。"莉儿说着便哽咽了。

"它怎么了？"沃尔夫问。

"我也不知道，"莉儿说，"我已经听不懂它说什么了，跟它说话，它又不回答。"

"可是它看起来很开心，它在唱歌呢！"沃尔夫说。

"它好像痴呆了。"莉儿嘟囔说。

参议员摇了一下尾巴，顷刻间眼中闪过一道光亮，似乎听懂了他们说的话。

"对了，"它说道，"我是变痴呆了，而且还要痴呆下去。"

然后它又继续哼它那首可怕的曲子。

"一切都好，"沃尔夫说，"你知道，它老了。"

"自从有了蛙貊鹈之后，它是多么开心。"莉儿哭泣着说。

"满足或痴呆，都是一样的，"沃尔夫说，"心无所求的时候，还不如痴呆。"

"唉，我可怜的参议员！"

"要记住，"沃尔夫说，"心无所求，有两种方式：原先企盼的东西已经到手，或因为无法拥有而泄气。"

"可它总不能就这样下去呀！"莉儿说。

"它对你说可以，"沃尔夫说，"这就是极乐洪福。因为它获得了所盼望的东西。我认为在这两种情况下，都会以无意识结束。"

"我真受不了。"莉儿说。

参议员作出了最后的努力："你们听着，我只有最后的回光返照了。我很高兴，你们明白吗？我嘛，我不需要明白。这是彻底的心满意足，是植物性的机能。这将是我最后的表白。我重新接触……回归源头……只要活着，我就不再有任何企盼，不再需要聪明了。我补上一句：我本来就应该从这儿开始的。"

它贪婪地舔着鼻子，发出有失体面的声音。

"我很好，"它继续说道，"剩下的都是儿戏。现在我就中规中矩了，我很喜欢你们，或许我还能继续听懂你们的话，但我不会再说什么了。我拥有了我的蛙貊鹈，你们去寻找你们自己的东西吧！"

莉儿擤着鼻涕，抚摸着参议员，参议员摇着尾巴，把鼻子放在蛙貊鹈的脖子上，慢慢地睡着了。

"如果蛙貊鹈太少，"沃尔夫说，"不能人人都有，那可怎么办？"

他把莉儿扶起来。

"哦，天呐！"她说，"我真受不了。"

"莉儿，我那么爱你，"沃尔夫说，"为什么我就不能像参议员那么幸福呢？"

"那是因为我太渺小了，"莉儿依偎着他说，"或者是你看事情看不透，把它们当成别的了。"

他们离开厨房，走过去坐在宽大的沙发上。

"我几乎什么都尝试过了，"沃尔夫说，"没有什么能激起我再次尝试的欲望。"

"连亲吻我的欲望都没有了，是吗？"莉儿问。

"当然有啦。"沃尔夫一边吻着她一边说道。

"你那台可怕的破机器呢？"莉儿说。

"在那里面能让人回想起过去，我感到很害怕……"沃尔夫低声说。他的颈部突然抽搐起来，难受极了。

"本来是为了忘却，"他继续说道，"但首先得重新回想起所有的事情，不能有任何遗漏，包括很多细节，而且还体会不到从前的感觉。"

"真那么烦人吗？"莉儿问。

"背负着自己从前的烦恼，真的烦死人了。"沃尔夫说。

"你不想把我也带上吗？"莉儿温存地爱抚着他说。

"你很漂亮，"沃尔夫说，"很善良，我爱你，可我却感到失望。"

"你失望？"

沃尔夫茫然地做了个手势，说："人生不可能就由这些东西组成：扑鲁克球、机器、情人、工作、音乐、生活、他人……"

"那我呢？"莉儿问。

"当然，也有你，"沃尔夫说，"我们没法待在别人的身体里，那是两个人。你是完整的。加上你一整个人，就太多了。一切都值得保留，所以你真的应该有所不同。"

"你就钻到我的身体里来吧！"莉儿说，"就我们俩，我会很幸福的。"

"这是不可能的。"沃尔夫说，"我们不可能钻到另一个人的身体里，除非杀死他，剥掉他的皮。"

"那你就把我的皮剥掉吧。"莉儿说。

"那我就没有你了，"沃尔夫说，"即使钻到另一个人的身体里，我还是我。"

"哎呀！"莉儿伤心透了。

"我们失望的时候就是这样，"沃尔夫说，"所有的东西都会使我们失望，这是无法补救的。每次都这样。"

"那你一点希望都没有了吗？"莉儿问。

"那台机器……"沃尔夫说，"我有那台机器。毕竟，我进去没多长时间。"

"你什么时候还要再回去呢？"莉儿说，"我太害怕那个机舱了，可你却什么都不告诉我。"

"明天再说吧，"沃尔夫说，"现在，我得去干活了。至于要告诉你什么，我实在做不到。"

"为什么？"莉儿问。

沃尔夫的脸色突然阴沉起来。

"因为我什么也想不起来了，"他说道，"我只知道一旦进入其中，各种回忆就会涌现，但机器立刻就把这些回忆一笔勾销。"

"把你的回忆都销毁，你不害怕吗？"莉儿问。

"我还没有销毁任何重要的回忆。"沃尔夫含糊其词。

他侧耳聆听。楼上拉居里的房门砰地一声关上，接着楼梯上响起了很重的脚步声。两人站起身来，透过窗户往外看。拉居里几乎是跑着朝着方地的方向而去，还没走到方地，就扑倒在红草里，双手抱着脑袋。

"你上楼去看看弗拉莉，"沃尔夫说，"究竟发生什么事了？他可能太累了吧。"

"你不去安慰一下他吗？"莉儿问。

"男人嘛，自己安慰自己就行了。"沃尔夫一边走进书房一边说。

这个谎他撒得自然而坦率，其实男人和女人的安慰方式没有什么不同。

第二十七章

莉儿觉得这样去安慰弗拉莉有点不好意思，因为很冒失。不过拉居里平常绝不会这样就走人的，而且他奔跑的样子，不像是因为发怒，而更像是受到了惊吓。

于是她来到楼梯平台，登上十八个台阶，敲了敲弗拉莉的房门，弗拉莉过来开门，并向她问好。

"发生了什么事情？"莉儿问，"拉居里究竟是害怕还是病了？"

弗拉莉还是那样温柔内向，说："我不知道，他突然拔腿就逃。"

"我不想多管闲事，"莉儿说，"但他今天的举动很不寻常。"

"他正在亲吻我，"弗拉莉解释说，"突然又看见了那个人了，这一次，他实在坚持不住，就逃走了。"

"当时没有人吧？"莉儿问。

"我倒无所谓。"弗拉莉说，"但他肯定看见了一个人。"

"那可怎么办呢？"莉儿说。

"我想他是因为我而感到羞愧。"弗拉莉说。

"不，他是因为爱而感到羞愧。"莉儿说。

"可我从来没有说过他母亲的坏话呀。"弗拉莉抱怨道。

"我相信你。可该怎么办呢？"莉儿说。

"我在犹豫是否要把他找回来。"弗拉莉说，"我觉得自己是他感到备受折磨的原因，其实我并不想折磨他。"

"怎么办呢？"莉儿又说，"如果你愿意，我可以去找他。"

"我不知道。"弗拉莉说，"他靠近我的时候，很想抚摸我，亲吻我，拥抱我，跟我做爱，我能感觉得到，而且也希望他这样做，可是他不敢，他害怕那个男人回来。可对于我来说，这没什么，我无所谓，毕竟我看不见那个人，可他却因此动不了了，现在就更糟糕了，他害怕得要命。"

"是的。"莉儿说。

"而且他很快会动怒，"弗拉莉说，"因为他越来越想要我，我也越来越想要他。"

"你们俩都太年轻了。"莉儿说。

弗拉莉笑了起来，笑声很可爱，轻柔而短促：

"你这么年轻居然就用这种口吻说话。"

莉儿笑了一下，但并非是快乐的微笑："我不想摆出老太太的面孔，但我毕竟和沃尔夫已结婚好几年了。"

"拉居里不是一回事。"弗拉莉说，"我不想说他更好，他的苦恼和沃尔夫不同。但沃尔夫也很苦恼，您应该会同意我的说法。"

"是的。"莉儿说。

弗拉莉的话竟然跟沃尔夫刚才跟她说的话差不多，这让她感到有点奇怪。

"本来一切会很简单的。"她叹息道。

"是啊，"弗拉莉说，"可简单的事情多得很。其实是因为整体变复杂了，我们就辨别不清了。我们应该站在一定的高度上去看问题。"

"那样，我们就会惊恐万分地看到一切都很简单，"莉儿说，"我们会发现没有灵丹妙药，无法当场驱散幻想。"

"这很有可能。"弗拉莉说。

"我们害怕的时候该怎么办？"莉儿问。

"像拉居里那样，怕了就逃走。"弗拉莉说。

"要不然就发怒。"莉儿低声说。

"这都是我们会碰上的。"弗拉莉说。

她们沉默了一会儿。

"可是，怎样才能让他们重新对某件事情感兴趣呢？"莉儿说。

"我尽力而为吧。"弗拉莉说，"您也一样，我们都长得漂亮，试图给他们以自由，试着假装愚蠢，因为根据传统，女人必须愚蠢才行。这和做别的事情一样困难，但没有什么不体面的。我们喜欢他们，委身于他们，他们也委身于我们。这起码是诚实的，他们离开是因为害怕。"

"他们根本不害怕我们。"莉儿说。

"要是害怕就好了。"弗拉莉说，"即使害怕，也必须是发自他们内心的。"

阳光在窗棂边徘徊，偶尔会洒在光滑的地板上。

"为什么我们比他们更坚强呢？"莉儿问道。

"因为我们对自己有成见，"弗拉莉说，"这就让我们拥有了一种整体的力量。他们以为是这种整体让我们变得复杂了。我以前曾跟你说过。"

"这样的话，他们真的很蠢。"莉儿说。

"不该一概而论，"弗拉莉说，"也会轮到他们变复杂的。不过并非每个人都该得到同样的遭遇。我们不应该老想着'男人们'，而应该是想着'拉居里'或'沃尔夫'。他们老想着'女人们'，所以才会失去女人。"

"您是从哪儿学到这套理论的？"莉儿惊讶地问。

"我也不知道，"弗拉莉说，"只是听他们说而已，而且我说的这些可能很愚蠢。"

"或许吧，总之很清楚。"莉儿说。

她们走到窗边。远处，鲜红色的草地上，拉居里米白色的身体凹了下去，或许有些人会说是凸起来。沃尔夫跪在他身边，一只手搭在他的肩上，对他弯下腰，想必是在跟他说话。

第二十八章

这是另外一天。拉居里的房间里散发着北方木材和树脂的芳香，弗拉莉在想入非非，拉居里要回来了。

天花板上露出几乎是平行的槽沟，木头的纹理时而显出深色的木疤，被金属锯片磨得十分光滑。

风卷起外面路上的尘土，吹打着苍翠的篱笆，红草蜿蜒起伏，浪尖上溅起新开的小花。拉居里的床清凉舒适，弗拉莉躺在上面，掀开被子，让脖子直接靠在亚麻枕头上。

拉居里会走过来，在她身边躺下，把手臂伸在她的金色长发后，用右手揽住她的肩膀，温柔地抚摸她。

他很腼腆。

一些梦境在弗拉莉面前浮现，她用眼睛捕捉，但懒洋洋的她却从未追根究底。既然拉居里会来，不是梦幻，那梦想又有什么用？弗拉莉真的活着，血液流动，她把手指搭在太阳穴上，可以感觉到血液在手指下奔流。她喜欢收拢又松开手掌，以舒缓肌肉。此时，她已经感觉不到沉睡的左腿，故意拖延摆动左腿的时刻，因为她知道那一刻会有什么样的感觉。能够提前感受，真是一种双重愉悦。

阳光把空气幻化成千万个金色的光点，无数个长有翅膀的蜉蝣在其间翩翩起舞，有时又似乎被吞没了一般，消失在阴暗空茫的光线中。弗拉莉常常感到揪心，她又回到了自己的梦境中，不再理会晶莹光片的舞动。她听见房子里熟悉的声音，楼下的门关上的声音，水龙头打开时水在管道中流动的声音。透过关上的门，她能听见有回音的走廊里拉动绳子打开气窗以及因对流不规则变化而发出的声音。

有人在花园里吹口哨，弗拉莉晃了一下左腿，腿部的细胞逐一重组，刹那间乱蹿乱动，几乎让人无法忍受。那感觉真是美妙极了。她伸展肢体，发出充满快感的呻吟声。

拉居里不紧不慢地登上楼梯，弗拉莉感到自己的心开始苏醒。心跳并未加速，相反却变得平稳、踏实、有力起来。她感觉到自己的两腮浮现了红晕，高兴地叹了一口气。这才是生活。

拉居里敲门进来。空白的壁板上，映衬出他的身影，淡茶色头发，宽阔的肩膀，纤瘦的腰板。他穿着茶褐色帆布连体工作服，衬衫敞开着，眼睛是灰色的，珐琅上富有金属质感的那种灰色；嘴唇轮廓分明，下面有块小小的阴影，颈项肌肉发达，优美的线条让衬衣的领子产生了一种浪漫的动感。

他一手靠在门框上，凝视着躺在床上的弗拉莉。她微笑着，眼帘半垂，他只看到她弯弯的睫毛下透出的亮光。她左腿弯曲，轻盈的裙子随之撩起，拉居里心神不定，顺着另一条腿的线条向上看，从精致的鞋跟一直看到膝盖之上的阴暗处。

"你好。"拉居里说，但待在原地不动。

"你好。"弗拉莉说。

他一动也不动。弗拉莉双手拿着她用黄花做成的项链，轻轻地把它拆散，眼睛紧盯着拉居里，伸直手臂，任由项链线掉在地板上。然后，她摸索着镀铬的鞋扣，慢悠悠地脱掉了一只鞋。

她的手停了来，鞋跟在地上发出轻微的响声，然后又解开另一只鞋扣。

拉居里急促地呼吸着，着迷地用目光尾随着弗拉莉的各个动作。她嘴唇湿润、鲜红，犹若温暖的花朵。

此时，她把网眼精致的长筒丝袜卷至脚踝，缩成灰色的小团，第二个小团又马上出现，双双掉落到鞋边。

弗拉莉的脚指甲上涂有蓝色的珍珠贝母色指甲油。

　　她穿着一条丝绸连衣裙，边上一排扣子，从肩膀一直扣到腿肚。她先从上面开始，解开裙子的两枚扣子，然后转到另一端，解开三枚扣子：一枚在上，一枚在下，每边两枚，只剩下腰间的一枚扣子。裙摆落在她光滑的膝盖两侧，阳光照到她双腿间时，可隐约看见颤动的金色阴毛。

　　黑色的蕾丝花边三脚内裤挂在床头灯上，现在只需解开最后一枚扣子了，因为弗拉莉平坦的腹部上轻盈的丝服已与她本人浑然一体。

　　弗拉莉的微笑遽然把房间内的阳光都吸引了过来。拉居里神魂颠倒，摇晃着臂膀，犹豫不决地走过去。就在这时，弗拉莉把裙子完全脱掉，似乎疲惫不堪，双臂交叉、纹丝不动地躺着。拉居里脱衣服的时候，她一动不动，坚挺的双乳却因身子平躺着而像花朵般怒放，粉色的乳头昂然挺立。

第二十九章

　　他在她身边躺下，拥抱着她。弗拉莉侧转过来，以亲吻回应他，用纤细的双手抚摸他的脸颊，嘴唇顺着他的睫毛轻轻滑过。拉居里微微颤抖，感到有一股热流凝聚在腰间，形成巨大的欲望。他不想仓促行事，不想让肉体之欲肆意放纵，而且也有一事，一种真正的担忧在脑后作怪，制止他全面放松。他闭上眼睛，弗拉莉温柔的呢喃使他陷入意乱情迷的半昏睡状态中。他右侧卧躺下，弗拉莉转过身来迎着他。他抬起左手，碰到她白皙的手臂，便顺着抚至金色的腋窝，那里长着富有弹性的细细的腋毛。他张开眼睛时，发现有一滴透明的汗珠沿着弗拉莉的乳房滑落，便低头去吸，汗珠有一股咸咸的薰衣草香味。他把嘴唇贴在她绷紧的皮肤上，弗拉莉因为发痒而笑嘻嘻地收紧手臂。拉居里把右手伸进她长长的秀发里，然后抱住她的脖子，她坚挺的乳房栖息在拉居里的胸膛上，她不再发笑，而是芳唇微启，显得比平常更年轻，犹如即将苏醒的婴孩。

　　弗拉莉的肩膀上方，有个男子，神情忧郁，凝视着拉居里。

　　拉居里一动不动，手在身后轻轻摸索。床比较低，他够得着掉落在旁边的长裤。他摸到了系在腰带上的短匕首，刀刃上刻有深深的槽纹，这是他早年参加童子军时用的匕首。

　　他紧盯着那个男子。弗拉莉纹丝不动，叹着气，洁白的牙齿在微启的芳唇间闪闪发亮。拉居里抽出右臂，那男子一动不动，站在靠近弗拉莉那侧的床边。拉居里紧盯着他不放，慢慢跪起来，把匕首藏在右手中，浑身冒汗，鬓角和上唇冒出滴滴汗珠，汗水刺痛了他的眼睛。突然，他伸出左手，抓住那个男人的衣领，把他推倒在床。他感到自己力大无比，那男人却好像依然毫无生气，形若死尸。拉居里根据种种迹象判断，那人会当场晕倒，融化在空气里，于是便不顾弗拉莉细声细语地让他安静下来，越过她的身子，残忍地将匕首刺进那人的心脏，只听见沉闷的一声，好像插在一桶沙上。匕首深深刺入那人的体内，把衣服压印在伤口上。拉居里拔出匕首，黏稠的鲜血已在刀上凝固，他用那人的外套把它擦净。

他把匕首放在唾手可及之处，又把僵死的躯体推倒在床的另一边，尸体悄无声息地滑落在地毯上。拉居里用右前臂抹了一下大汗淋漓的前额，全身肌肉里隐藏着一股野蛮的力量，随时准备沸腾。他抬起手放在眼前，想看看它是否在颤抖。手安静而结实，犹如是钢做的。

外面刮风了，旋风卷起灰尘，从地面斜着上升，在草地上飞旋，缠绕着木梁和屋角，每到一处，都留下猫头鹰般轻微的呻吟。走廊里的窗户砰砰作响，沃尔夫的书房前，树木在摇动，发出沙沙的声响。

拉居里的寝室里，一切都很安静。太阳逐渐转向，把五斗橱上一张彩色画像照得通亮。那是一张美丽的图画，是一架飞机发动机的剖面图，绿色代表水，红色代表汽油，黄色代表燃烧的煤气，蓝色代表输入的空气。在燃烧室，红色和蓝色重叠成精美的紫红色，恰如新鲜肝脏的颜色。

拉居里的目光落到了弗拉莉身上。她已不再微笑，像一个孩子，毫无理由地感到了失望。

尸体横躺在过道上，心脏部位有一道黑色的伤口，流着黏稠的血。如释重负的拉居里向弗拉莉俯下身去，轻轻吻了一下她侧面的颈项，然后沿着肩膀向下吻，抵达因肋骨而略有起伏的胁部，进入腰间的凹陷处，最后到了髋部。弗拉莉由左卧突然转为仰卧，拉居里的嘴唇吻在她的腹股沟上，透过白皙的皮肤，可见静脉如一条细细的蓝线，若隐若现，弗拉莉双手抱着拉居里的头引导他向下，但拉居里却已停下，猛然站起身来。

床边，有个男子站在他面前，一袭黑衣，神情忧郁地凝视着他们。

拉居里猛力抄起匕首，跳起来去刺他。刺第一下的时候，男人闭上了眼睛，眼皮像金属盖子一下就闭上了，但人仍然站立着，直到拉居里再次把匕首插入他的肋骨，他的身子才左右摇摆，像一根破烂的吊索跌倒在床脚。

拉居里手持匕首，赤身裸体，一脸怒火，打量着阴森可怖的尸体，却不敢踢他一脚。

弗拉莉坐在床上，不安地看着萨菲尔，金色的长发披在一边，遮住了她的半张脸。她把头仰向另一边，以便看得更清楚些。

她拉着拉居里的手，说："来吧，不要理他。你会伤了自己的。"

"这样起码少了两个了。"拉居里说。

他声音苍白无力，恍若在梦中。

"你得安静下来，"弗拉莉说，"什么也没有，我向你保证，什么也没有了。放松点，来，靠近我。"

拉居里灰心丧气地低下头，走到弗拉莉身边坐下来。

"闭上眼睛，"她说，"闭上眼睛，想着我……要我吧，现在就要我吧。求求你了，我太想你了，萨菲尔，我亲爱的。"

萨菲尔手中还拿着匕首，他把匕首放在枕后，将弗拉莉推倒，慢慢滑向他。她搂抱着他，像一棵金色的植物缠绕着他，喃喃细语，让他安静下来。

房间里只听见他们两人的呼吸声，屋外，风在呼啸，狠狠地抽打着树木。此时，天上的乌云犹如被警察驱赶的罢工者，前呼后拥，席卷而来，遮天蔽日。

萨菲尔的双臂紧紧地抱住弗拉莉紧张不安的上身。他睁开眼睛，只见弗拉莉因相互拥抱而鼓起的乳房以及他们之间形成的暗影线，一条圆润而温热潮湿的阴影线。

又一个阴影令他不寒而栗。突然重新出现的太阳在窗上勾勒出一个男子的黑色身影，那个男子穿着深色衣裳，神情忧郁地看着他。

萨菲尔轻声呻吟，更紧地搂住眼前的金发女子。他想闭上眼帘，眼帘却不听使唤。那男人一动不动，似乎无动于衷，略带谴责的神情，等待着。

拉居里松开弗拉莉，在枕头后摸索着，找寻匕首。他仔细瞄准目标，把匕首投了出去。

匕首击中了男子惨白的颈部，刀柄弹出，血开始流出来。男人仍然无动于衷地站立不动，当血流到地板时，他才踉跄几下，整个儿倒下。就在他的身体与地面接触时，风声呼啸更切，淹没了他倒地的声响，但拉居里能感觉到地板的震动。弗拉莉想拉住他，但他从她臂膀中抽身而出，踉踉跄跄地走到男人身边，粗暴地将匕首从伤口中抽出。

当他紧咬牙关，回过头来时，又看见左边有个和刚才三个男人一模一样、穿着深色衣服的男人。他举起匕首，向那人冲去。这次，他是从上面袭击，从两个肩膀之间把匕首刺进去。然而与此同时，又一个男人从他右边冒出，前面也出现了一个。

弗拉莉坐在床上，因恐怖而睁大眼睛，手掩着嘴巴以免叫出声来。当她看见拉居里转身将匕首对准那人，直捣他的心脏时，她吼叫起来。萨菲尔跪在地上，尽力抬起头来，他的手从指头到手腕一片鲜红，在光秃秃的地板上留下了手印。他像野兽那样吼叫着，呼吸时发出水流般声音。他想说话，却开始咳嗽起来。每咳嗽一下，鲜血就喷涌而出，化为千万粒鲜红的血滴飞溅在地。他呜咽了一下，嘴角下塌，手臂放下，整个人随之倒下。匕首的把柄直触地面，蓝色的刀刃从他赤裸裸的背部突出，掀起皮肤并将其刺破。他不再动弹。

这时，弗拉莉突然看见了所有的尸体。第一个躺在床垫旁边，另一个在床脚睡着，窗口的那个颈部裂着可怕的伤口……而每次她都能在拉居里的身体上看到同样的伤口。他是用匕首刺向眼睛而把最后一个男人弄死的，当她扑向男友身边想把他摇醒的时候，发现他的右眼只剩下脏兮兮的黑洞。

此时，屋外风声大作，天色惨白，暴风雨即将来临。弗拉莉默不作声，嘴唇发抖，不断地打寒战。她站起身来，下意识地穿上衣服，眼睛直盯着房间里的尸体，他们都长得一模一样。她又细细地看了一眼。

其中一个男人穿着深色衣服，趴在地上，姿势和拉居里一模一样，两人的侧影居然很奇怪地非常相像，同样的额头，同样的鼻子。那人的帽子跌落在地上，露出同样的头发。弗拉莉觉得自己的灵魂都快要出窍了。她无声地哭泣，不敢再动。所有男人都和拉居里一模一样，后来，第一个男人的身体显得不那么清晰了，轮廓在深色雾霭中变得模糊起来。形状变得越来越快，躯体在她面前开始消失，黑色的衣服散成阴暗的丝缕。在他消失之前，她发现那男人的身躯和拉居里完全一样，但此时他已经开始消失，灰色的烟雾在木地板上游走，从窗户的缝隙中飘出。第二具尸体也开始变形，弗拉莉吓得目瞪口呆，一动不动地等待着。她鼓足勇气看了一眼拉居里，随着那些男人一一化为烟雾，他烧焦的皮肤上的伤口也逐一消失。

当房间里只剩下弗拉莉和拉居里的时候，拉居里的身体又变得年轻俊美，和他生前一样。他脸部放松，毫发无损，右眼在垂下的长睫毛下闪着暗淡的光芒，唯有细小的蓝钢三角形在健壮的背上留下不同寻常的痕迹。

弗拉莉向门口走去，屋里没有任何动静，最后一丝蒸汽悄无声息地滑落在窗台上。她向门口飞奔而去，打开门，瞬间又关上，迅速来到走廊，冲向楼梯。就在这时，屋外狂风大作，响间一阵可怕的雷声，沉重的雷雨突然降临，打在瓦片上。闪电之后就是雷声。弗拉莉跑下楼梯，走进莉儿的房间，她闭上眼睛。一道比刚才更亮的闪电划过眼前，紧接着是一阵震耳欲聋的响声。房子的地基都在颤抖，仿佛屋顶被狠狠地砸了一拳。刹那间，一片寂静，耳朵却仍然嗡嗡作响，就像在深水里潜水时间太长了一样。

第三十章

现在，弗拉莉躺在她的朋友的床上休息，莉儿坐在她身旁，怜悯地看着她。她还在抽泣，搂着莉儿的手。

"好啦，一场暴风雨而已，"莉儿说，"弗儿，别那么惨兮兮的。"

"拉居里死了……"弗拉莉说。

她不再流泪，而是呆坐在床上，眼睛茫然若失，好像什么也不明白。

"瞎说，这是不可能的。"莉儿说。

她一下子反应不过来。拉居里没有死，弗拉莉肯定弄错了。

"他死了，在上面，"弗拉莉说，"躺在地上，赤身裸体，一把匕首插在背上。其他人都走了。"

"其他什么人？"莉儿问。

弗拉莉是不是在说胡话？可她的手并没有发热。

"黑衣人，"弗拉莉说，"他想把他们都杀死，但当他发现做不到的时候，他就把自己杀死了。当时，我全都看见了。我的拉居里，我以为他疯了……可我看见他们了，莉儿，当他倒下去时，我看见他们了。"

"他们长什么样？"莉儿问。

她不敢谈论躺在楼上已经死去、背上还插着刀的拉居里。没等弗拉莉回答，莉儿就站起身来："我们得去看看。"

"我不敢……"弗拉莉说，"他们都融化了……化成烟雾了，而且长得跟拉居里长得一模一样，完全一样。"

莉儿耸了耸肩膀：

"真是幼稚。究竟发生了什么事？你不要他了，他就自杀了……对吗？"

弗拉莉一脸惊愕地看着她："是啊，莉儿！"她说着就哭了起来。

莉儿站起身来：

"我们不能让他一个人待在上面，要把他弄下来。"她低声说道。

弗拉莉也站起身来：

"我跟你一起去。"

莉儿神情呆滞，怅然若失，"拉居里没有死，人不可能就这样死去。"她喃喃自语道。

"他是自杀死的。"弗拉莉说，"他亲吻我的时候我是多么喜欢。"

"可怜的孩子。"

"他们太复杂了，"弗拉莉说，"哦，莉儿，我是多么希望这件事情没有发生，我们还在昨天……或者是在这之前，当他亲我的时候……哦……莉儿……"

她跟着莉儿，开门走了出去，莉儿侧耳听了一下，然后毅然登上楼梯。楼上，左边是弗拉莉的房间，右边是拉居里的房间。弗拉莉的房间还在，但左边却只有……

"弗拉莉，怎么回事？"莉儿问。

"我不知道。"弗拉莉一边抱着她一边说。

拉居里原来的房间现在只剩下了屋顶，下面与走廊相连，颇像一个凉廊。

"拉居里的房间呢？"莉儿问。

"我不知道，"弗拉莉说，"莉儿，我不知道。我想离开，莉儿，我害怕。"

莉儿打开弗拉莉房间的门。一切依旧，梳妆台，床，橱柜，一切井然有序，散发着淡淡的茉莉花香。她们走出房间。从走廊望去，可以看见半边屋顶上的瓦片，第六排有块瓦片被局部砸坏了。

"是被雷击坏的，"莉儿说，"雷电把拉居里和他的房间化为乌有了。"

"不是的。"弗拉莉说。

此时她眼中的泪水已经干涸，全身变得僵硬起来。

"以前就是这样的……"她违心地说道，"那个房间从来就没有存在过，拉居里也从来没有存在过。我谁也不爱，我想离开。莉儿，你得跟我一起走。"

莉儿一脸惊愕，喃喃地说："拉居里……"

她目瞪口呆，走下楼梯打开自己的房门时，几乎都不敢摸门把，怕一切都成阴影。经过窗前时，她打了个寒战，说："这片红草，太可怕了。"

第三十一章

　　沃尔夫来到海边，伸了个懒腰，深深地吸了一口咸咸的空气。大海一望无际，无声息地涌动着，沙滩十分平坦。沃尔夫脱光衣服，向大海走去。海水很温暖，让人的疲劳一扫而光。赤裸的脚底下，是浅灰色的柔软细沙。他走进水中，海滩慢慢下陷，海水渐渐变深，得往前走很长时间水才能及肩。海水清澈透明，他看见自己白皙的双脚被放大了，抬脚时掀起一片细沙。他开始游泳，嘴半张半闭，品着海水灼人的咸味。他不时潜入水中，让自己感觉到完全沉入了大海，他在海里畅游了很久才回到岸边，却发现在脱下的衣服旁边有两个黑色的人影，纹丝不动地坐在细细的折叠椅上。由于她们背对着他，他并没有因光着身子出水而害羞，而是径直走到她们身边去穿衣服。等他穿好衣服，两个老妇人像是出于神秘的本能一般，立即转过身来。她们戴着黑色的草编软帽，披着海边老妇人常用的那种褪色披肩，手中各拎着一个十字绣提包，上有金色仿玳瑁扣环。年纪稍大的那位穿着一双查理九世式样的木底皮面套鞋，灰色的皮革脏兮兮的，鞋跟已经穿坏，配以白色的长筒棉袜；另一位穿着破旧的绳底帆布鞋，透过黑色的线袜，可见曲张的静脉。沃尔夫看见她们俩之间有个小铜牌。穿平底鞋的那位名叫爱洛伊丝小姐，另一位叫阿格莱小姐①。两人都戴着蓝

---

① 此处选用爱洛伊丝和阿格莱两个名字不乏幽默。前者让人联想起12世纪时一著名的才女爱洛伊丝，她出身高贵、才智过人，爱上了哲学老师阿贝拉并成为其情人；后者为希腊神话中能给人间带来欢乐幸福的三大女神之一，为宙斯之女，"阿格莱"原意为"美貌迷人"。

钢夹鼻眼镜。

"您是沃尔夫先生吗？"爱洛伊丝小姐问，"我们负责向您提问。"

"是的，专门负责提问您。"阿格莱小姐附和道。

沃尔夫费了好大劲才想起已忘在脑后的计划，突然害怕得发起抖来。

"问我……关于爱情的事？"

"对了，我们是这方面的专家。"爱洛伊丝小姐说。

"对，是专家。"阿格莱也说。

她发现自己的脚踝露得太多了，便害羞地拉了一下裙子。

"我什么也不能跟你们说……我绝对不敢……"沃尔夫低声说。

"可我们什么都敢听。"爱洛伊丝说。

"对，什么都听。"阿格莱附和道。

沃尔夫看着沙滩、大海和太阳。

"我们不能在这片海滩上谈这些。"他说。

可他第一次感到惊奇却是在海滩上，当时他和他叔叔一起经过更衣间，里面走出一位年轻女子。沃尔夫觉得看一个起码二十五岁的女子不太正常，但叔叔却回过头向那女子大献殷勤，赞叹她大腿长得美。

"你怎么会这样觉得的呢？"沃尔夫问。

"这不是显然的吗！"叔叔说。

"可我没觉得。"沃尔夫说。

"以后你就能觉得了。"叔叔说。

这太让人担心了。或许有朝一日，醒过来的时候，我们可以说：这个女的大腿漂亮，那个不漂亮。从无知一族转到有知一族，会是什么感觉呢？

"我们一起看看，好吗？"阿格莱小姐的声音把他拉回到现实，"您那时候喜欢同岁的小女孩吧？"

"她们让我感到困惑。"沃尔夫说，"我喜欢抚摸她们的头发和脖子，但仅此而已。我所有的朋友都说，他们从十岁或十二岁开始就知道女孩是怎么回事了。我可能特别晚熟，或者是没有碰上机会。但我觉得自己当时即使有这种愿望，也会主动地克制自己。"

"为什么？"爱洛伊丝小姐问。

沃尔夫思考了一下。

"我担心讲起来头绪太乱，"他说，"如果你们不介意的话，我得先想一下。"

她们耐心地等着。爱洛伊丝小姐从包里拿出一盒绿色糖片，递了一片给阿格莱，阿格莱拿了一片，沃尔夫却谢绝了。

"我笼统地谈一下我结婚之前跟女孩子的关系变化情况，"沃尔夫说，"起初，我是有欲望的……或许我已经不记得是什么时候第一次爱上女人的了。肯定是很久以前的事……我大概只有五六岁，不记得是谁了，应该是我父母请客，我在晚会上看到的一位穿着晚礼裙的太太。"

他笑了起来，说："那天晚上，我没有表白。另外几次也没有，然而好几次，我很想……我觉得自己比较挑剔，可有些细节很让我着迷……声音、皮肤、头发等。女人，真的很漂亮。"

爱洛伊丝小姐轻轻地咳着，而阿格莱小姐也摆出一副矜持的样子。

"乳房也很让我着迷。"沃尔夫说，"至于其他，比如说，我的性意识……快到十四五岁才苏醒。虽然和中学同学有过比较露骨的交谈，但我的性知识还是很贫乏……我……你们知道我不好意思……"

爱洛伊丝做了一个让他放心的动作："我重复一遍，您真的讲什么都可以。"

"我们以前是护士。"阿格莱补充说。

"那我就继续吧，"沃尔夫说，"我尤其想摸她们，抚摸她们的胸脯和臀部，而不是她们的性器官。我曾经梦想过很肥胖的女人，挨着她们就像枕着一个鸭绒枕头。我曾经梦想过很结实的女人，黑女人。嘿，我想所有男孩都经历过这些，但想象的狂欢中亲吻比做爱本身更重要。我补充一点：我对吻放得很开。"

"好吧，好吧，给您加一分，"阿格莱很快说道，"您当时喜欢女人，具体有什么表现？"

"别那么急，"沃尔夫抗议道，"为了自我克制……那么多事情……"

"有那么多事情吗？"爱洛伊丝问。

"多得不可思议，"沃尔夫叹气道，"而且都是一些愚蠢的事情……

真实的事情……一些借口。比如说，学业……我总觉得学业更重要。"

"您现在还这样认为吗？"阿格莱问。

"不，我已经不抱什么幻想了，"沃尔夫答道，"如果荒废了学业，我会感到遗憾，就像我现在对自己在学业上花了太多时间而感到遗憾一样。还有自尊心问题。"

"自尊心？"爱洛伊丝问。

"当我看见一个我喜欢的女人的时候，"沃尔夫说，"我绝对不会去向她表白。因为我觉得，如果我对她产生欲望，在我之前肯定也有人对她产生欲望……而我特别讨厌抢别人的位置，这个别人或许像我一样可爱。"

"您的自尊心在哪儿？"阿格莱问，"亲爱的年轻人，我看到的只有谦虚。"

"我明白他的意思，"爱洛伊丝解释说，"您是说如果您觉得那个女人好，别人也会觉得她好，这种想法很奇怪……这好比把您自己的判断上升为普世原则，并授予它完美证书。"

沃尔夫承认说："我当时觉得，不管怎样，我的判断力跟别人一样强。"

"这是孤芳自赏。"爱洛伊丝说。

"我刚才就是这样跟您说的。"沃尔夫答道。

"多么奇怪的行为，"爱洛伊丝继续说，"如果您喜欢某个女人，直截了当去跟她说不是更简单吗？"

"现在谈一下我第三个克制的理由或借口，"沃尔夫说，"如果我遇到一个让我产生欲望的女人，我的第一反应确实是坦率地向她表白，可假设我对她说'您想跟我做爱吗？'她会同样坦率地回答我吗？如果她回答说'我也一样'或'我可不愿意'，那就很简单了。但她们往往找托词，说傻话，或假装一本正经……或一笑了知。"

"如果女人向男人提出同样的要求，男人会更诚实吗？"阿格莱反驳道。

"男人总是会欣然接受的。"沃尔夫说。

"好吧，可是请您不要把诚实与粗暴混淆起来，"爱洛伊丝说，"在您举例过程中，您的表达方式有点……放肆。"

"我向您保证，"沃尔夫说，"同样清晰的问题，但以更礼貌的方式提出来，所得到的回答永远不会清楚。"

"总该献点殷勤嘛！"阿格莱娇媚地说。

"要知道，"沃尔夫说，"我从来没有跟哪个陌生女子搭过讪，无论她是否有愿意。因为我觉得她也像我一样有权选择，而且我很讨厌以一成不变的方式向别人求爱，跟她大讲风花雪月，赞颂她迷人的目光和深邃的笑容。我嘛，我想到的是她的乳房，她的皮肤，或者会想象她脱光衣服后是否仍是一个真正的金发美女。而至于殷勤文雅，如果我们承认男女平等，彬彬有礼就足够了，我们没有理由对待女人比对待男人更有礼貌。不，她们并不诚实。"

"在一个被人刁难的社会里，她们怎么能如此直率呢？"爱洛伊丝说。

"您真是不可思议，"阿格莱火上加油，"难道您想这样去对待她们[1]，就像她们没有受到几百年的奴役？"

"或许她们跟男人一样，"沃尔夫说，"当我希望她们跟我一样有所选择的时候，我就是这样认为的。唉，可惜她们已经习惯了其他方法。不过，她们不改变自己的行为方式，就永远摆脱不了奴隶的枷锁。"

"万事开头难。"阿格莱说教起来，"您试着按自己的方式去对待她们，验证了这一点。您做得对。"

"是的，"沃尔夫说，"可先知们犯错总是有道理的，只需看看我们怎么逃避他们就可证明这一点。"

"应该承认，"爱洛伊丝说，"女人虽然掩饰自己（这种掩饰可能是真实的），却是可以原谅的，但她们如果喜欢您，她们会坦率地告诉您的。"

"通过什么方式？"沃尔夫问。

爱洛伊丝无精打采地说："透过她们的眼神。"

---

[1] 维昂在此借机引出有关女权主义的话题，与西蒙娜·德·波伏瓦当时刚刚发表的《第二性》遥相呼应。

沃尔夫笑得很勉强：“对不起，可我这一辈子从来没能从眼神中解读出什么感情。”

阿格莱严肃地看着他，用蔑视的口吻说：“您干脆就说自己不敢或者害怕看对方的眼神吧。”

沃尔夫疑惑地看着她，这个老处女在他眼里突然变得让人不安起来。

“唉，我本来要说到这一点的。”他叹了一口气，费劲地说。

“这还是因为我父母，”他说，“我害怕染上病。越想跟所有我喜欢的女孩子睡觉，就越害怕染上什么病。当然，我对刚才说到的理由或借口麻木不仁，或视而不见。我不希望耽误自己的学业，害怕强加于人，厌恶采用卑劣的手段去向那些我希望能坦诚相待的女人求爱。但这些问题的真正实质是因为从青少年开始，人们以胸怀开阔为由，反复向我说明我想做的事情风险很大，从而使我心中产生了深深的恐惧。”

“那结果怎么样呢？”爱洛伊丝问。

沃尔夫说：“结果是，我虽然有性欲，却一直保持贞洁。事实上，正如我七岁时那样，当我的精神假装反抗的时候，我虚弱的身体却满足并习惯于各种禁忌。”

“您在各方面都一样。”阿格莱说。

“最初，人的身体几乎都相同，”沃尔夫说，“具有相同的反应和需求，但在此基础上，却叠加了一系列来自社会阶层的观念，它们与上述反应和需求或多或少地相协调。我们当然可以试图改变这些既定观念，有时候也能做到，但到了一定的年龄，道德骨骼也会失去它的可塑性。”

“啊呀，您开始严肃起来了。”爱洛伊丝说，“给我们讲讲您的初恋吧！”

“你们问我这个，真愚蠢，”沃尔夫说，“你们应该明白，在这种情况下，我不可能产生什么激情。由于我自我禁忌，抱有那些错误观念，或多或少我首先必须选择在一个‘合适的’阶层去拈花惹草。所谓合适的阶层，就是对方的教育条件与我本人的教育条件不相上下，这样我就可以肯定能碰上一个健康的、可能还是处女的女孩，万一出了什么事，还可以跟她结婚。又是父母灌输给我的那个安全需求在作怪：多穿一件毛衣总没什么坏处。你们看，要产生激情，即爆发性的反应，必须双方激情投入，其中一方的身体必须渴望它所缺少的东西，而另一方则必须拥有大量可供的东西。"

"我亲爱的年轻人，"阿格莱笑着说，"我曾经是化学老师，我提醒您，有些连锁反应一开始是很温和的，可以维持一段时间，但到了最后会变得非常剧烈。"

沃尔夫也笑着说："我自身的原则构成了一系列强大的抗催化剂，即使在那种情况下也不会发生什么连锁反应。"

"那么，一点激情都没有？"爱洛伊丝显然有点失望。

"我遇到过一些女人，"沃尔夫说，"其中一些是可以和我结婚的。但在结婚之前，我下意识地害怕了，这妨碍了我结婚。之后，就纯粹是由于懦弱……我还有一个理由：害怕自己会伤心。这很美，对吗？这是一种牺牲。为谁牺牲？谁会从中受益？谁也没有。事实上，这不是牺牲，只是一个权宜之计。"

"确实是这样。请谈谈您的妻子。"阿格莱说。

"我给你们讲了那么多，"沃尔夫说，"要了解我的婚姻条件和特性已经很容易了。"

"是很容易，"阿格莱说，"可我们还是希望由您自己来介绍，我们是为了您而来的。"

"好吧。"沃尔夫说，"先讲原因：我结婚是因为在肉体上我需要一个女人，因为我讨厌撒谎和求爱。这就促使我比较年轻就结婚了，趁年轻能取悦对方，而且我也找到了一个我当时认为可以爱的女人，家境、观点、性格都比较合适。我几乎没有认识其他女人就跟她结了婚，其结果呢？没有任何激情，妻子太童贞，入门很慢，我自己则萎靡不振……等到她开始有兴趣的时候，我已经疲倦不堪，无力让她开心幸福。我蔑视一切逻辑，期待强烈的情感，结果是等得疲惫不堪。她长得很漂亮，我也挺喜欢她，也希望她好，但这并不足够，而现在，我什么都不说了。"

"哎呀，真可惜！"爱洛伊丝抗议说，"谈情说爱是一件多么美妙的事。"

"或许吧。你们的心很好。"沃尔夫说，"可经过一番思考，我觉得给小姐们讲这些事还是有点肉麻。抱歉，我得去游泳了。"

他转过身，走向大海，深深地潜入海水中，睁大眼睛，看着被沙子搅混的水。

等他回过神来的时候，发现自己独自一人躺在方地的红草中央。在他身后，机舱门开着，阴森可怖。

他艰难地站起身来，脱下全身装备，放进机器旁的橱柜里，脑海丝毫没有留下刚才所见的景象。他一副醉醺醺的样子，跌跌撞撞，第一次问自己，如果所有的记忆都被毁灭了，自己是否还能继续活下去。这一想法，刹那间闪过脑海，转瞬即逝。这样的面谈，他还要做多少次呢？……

第三十二章

当屋顶掀起来又掉下去时，他模模糊糊地意识到家里发生了一些麻烦。他走着，什么也不想，什么也不看，只想等待。某种事情即将发生。

走到离家很近的时候，他发现房子外观十分怪异，第二层有一半消失了。

他走进屋，莉儿正忙着一些无关紧要的事情，她刚从楼上下来。

"出什么事了？"沃尔夫问。

"你都看见了……"莉儿低声说。

"拉居里在哪儿？"

"什么也没有了，"莉儿说，"他的房间和他一起消失了。"

"弗拉莉呢？"

"她在我们的房间里休息。不要打扰她，她受到了很大的打击。"

"莉儿，究竟是怎么回事？"沃尔夫问。

"我也不知道。"莉儿说，"等弗拉莉回过神来你再去问她吧！"

"难道她什么也没有告诉你吗？"沃尔夫继续问道。

"告诉了，可我听了莫名其妙，"莉儿说，"或许是我太蠢了。"

"当然不是。"沃尔夫很有礼貌地说。

他沉默了一会儿，然后说："肯定是那个男人又来盯着他看了，他又着急起来，跟她吵架了，对吗？"

"不，"莉儿说，"他跟那人打起来了，最后跌倒了，倒在自己的匕首上，被刺伤死了。弗拉莉说他故意刺伤了自己，但这肯定是个意外。据说有好几个男人跟他长得一模一样，在他死后就消失了。这个故事太荒唐了，让人听了简直站着都能睡着。"

"我们都是站着的，"沃尔夫说，"总得乘机做些事情，比如睡觉。"

"后来雷击中了他的房间，之后一切都随着他而消失了。"莉儿说。

"弗拉莉当时不在吗？"

"她刚刚下楼求援。"莉儿说。

沃尔夫思考片刻，雷电能产生很奇怪的效果。

"雷电的效果很离奇。"他说道。

"是的。"莉儿说。

"记得有一天，"沃尔夫说，"我正在围捕一只狐狸，突然下起一场雷雨，狐狸一下子就变成了蚯蚓。"

"嗯……"莉儿似乎不太感兴趣。

"还有一次，"沃尔夫说，"有个男人在路上被脱光衣服，涂上蓝色，外表也发生了变化，简直像是一辆汽车。坐上去的时候，发动机在转。"

"哦，是吗？"莉儿说。

沃尔夫不吭声了。拉居里虽然不在了，但毕竟得上楼去。莉儿在餐桌上铺上一张桌布，打开餐具橱，拿出盘子、杯子、刀叉，摆在桌上。

"把那个大的水晶沙拉盘递给我。"她说。

这是她很珍爱的一个餐具，透明、精致，而且比较重。

沃尔夫弯腰拿出沙拉盘，莉儿刚摆好杯子。他把沙拉盘端到眼前，凝视着盘上丰富的颜色，随后感到了厌烦，松了手，沙拉盘掉落在地上，发出清脆的响声，碎成吱吱作响的白色粉末。

莉儿一下子惊呆了，盯着沃尔夫。

"我无所谓，我是故意的，"他说，"我觉得真的无所谓，即使你很伤心，我知道你很不高兴。但即便如此，我也没有什么感觉。我离开吧，我是该走了。"

他头也不回就走了出去，身体从窗边一闪而过。

莉儿神情呆滞，没有作出任何挽留的动作。她心里突然清醒地认识到，她将和弗拉莉一起离开这座房子，她们一起离开，不带上任何人。

她大声说："事实上，他们生来不是为了我们，而是为了他们自己，而我们却生来什么也不为。"

她会留下女佣玛格丽特，让她照顾沃尔夫。

如果他回来的话。

第三十三章

机舱门一关上，沃尔夫便感到心头一阵巨大的恐慌。他大口喘着气，冰冷的空气几乎无法进入他渴望氧气的肺部，一块圆铁片压迫着他的太阳穴。轻盈的细丝飘过他的脸部，突然，他来到满是沙子的海水中，看见了头顶空气的蓝色薄膜，便绝望地拼命游泳。一个裹着白色丝绸的身影掠过他身边，他本能地用手抓住了她的头发，然后冒出水面。他气喘吁吁，浑身湿透，看见面前有一个褐发的年轻女子，笑盈盈的，头发卷曲，阳光给她的肤色涂上了一层深邃的金光。她挥臂快速游向岸边。沃尔夫转过身来，跟随着她游向岸边，却发现那两个老妇人已经不在沙滩上。但不远处，在沙滩上，出现之前他并未注意到的一个小岗亭，他想先不理会它。他踩着黄色的沙子，走到女子身边。她跪在沙地上，解开背上泳衣的带子，以更好地享受阳光。沃尔夫在她身边躺下。

"您的铜牌呢？"他问。

她伸出左臂："我把它戴在了手腕上，这样不会显得太正式。我叫卡尔拉。"

"您是最后一个来找我谈的人？"沃尔夫有点辛酸地问。

"是的，"卡尔拉说，"也许您会告诉我一些您刚才不愿意告诉我姑姑的事。"

"那两位太太是您的姑姑？"沃尔夫问。

"她们跟我长得很像，您不觉得吗？"卡尔拉说。

"她们是可怕的恶女人。"沃尔夫说。

"天哪，您以前可比现在温柔。"卡尔拉说。

"她们就像两只老母猪。"沃尔夫说。

"唉！您太夸张了，"卡尔拉说，"她们并没有问您什么下流的问题嘛……"

"她们特别想问。"沃尔夫说。

"那谁还会眷恋您呢？"卡尔拉问。

"我也不知道，"沃尔夫说，"曾经有一只鸟，栖息在我窗边的玫瑰枝上，每天早上都用嘴轻轻敲打窗户，把我叫醒；曾经有只小灰鼠，晚上常常散步窜到我身边，舔吃我在床头柜专门留给它的糖；曾经有一只黑白相间的猫，与我形影不离，当我爬上太高的树时，就跑去报告我父母……"

"只有动物对您有感情。"卡尔拉指出。

"正是由于这个原因，"沃尔夫解释道，"我才设法让参议员高兴。就是因为那只鸟、那只老鼠和那只猫。"

"请问，以前，当您爱上一位姑娘时，"卡尔拉问，"我的意思是说当您热烈地爱上她的时候……如果得不到她，您会伤心吗？"

"曾经伤心过，但后来就不再伤心了，"沃尔夫答道，"因为我觉得还没到死的地步就伤心成这样子，这未免太小心眼，我非常讨厌自己小心眼。"

"您抑制自己的欲望，真怪……您为什么不放开身心呢？"卡尔拉说。

"我的欲望总是牵涉到另外一个人。"沃尔夫答道。

"当然，而且您从来不懂得透过眼神去解读对方。"卡尔拉又说。

他看着身边的她，这女孩清新可人，沐浴着金色的阳光，弯弯的睫毛遮住了黄色的双眸。他现在能透过她的眼睛去解读她，胜过一本打开的书。

为了摆脱自己所受到的吸引，他打开了话题："书并非一定是用某种人人都懂的语言写成①。"

卡尔拉笑了，但并没有转过头去。她的表情发生了变化。现在已经太晚，显然太晚了。

"您以前一直能够抑制自己的欲望，"她说，"现在仍然可以。正因为如此，您会失望地死去。"

她站起身来，伸直腰肢，钻入水中。沃尔夫一直看着她，直至她那褐色的脑袋消失在蔚蓝的海水中。他不明白，等待了片刻，但什么也没有再出现。

他目瞪口呆，然后站起来，想起了妻子，莉儿。对她来说，他难道不是一个陌路人，一个已经死去的人吗？

沃尔夫软弱无力地走在软绵绵的沙滩上。他感到失望、空虚，感到自己完全被掏空了。他摇晃着双臂，在烈日下走着，汗流浃背。眼前出现一个阴影，一个岗亭的阴影，他走进去乘凉。岗亭有个小窗口，里面有个衰老的公务员，戴着一顶黄色的扁平狭边草帽，衣领僵硬，系着一条黑色的小领带。

"您在这儿干什么？"老头问他。

沃尔夫斜靠着窗口，不由自主地说："我在等待您提问。"

"您必须交一笔税。"公务员说。

"什么税？"沃尔夫问。

"您游了泳，就应该交税。"

"用什么交？我没有钱。"

"您得给我交税。"老头重复说。

沃尔夫使劲想了一下。岗亭里很阴凉，让他的头脑清醒了一些。这毫无疑问是最后一个提问，或者是那个鬼计划的倒数第二个提问。

"您叫什么名字？"他问。

"交税……"对方说。

沃尔夫笑了："什么税！我这就走人，交个屁税！"

---

① 晦涩难懂的天书意象曾出现在伏尔泰的《查第格》中，此处对方之所以如同一部难以解读的书，是由于主人公的自恋障碍和心理上拒绝解读对方所致。

"那可不行，"对方说，"不只是你一个人，所有的人都得交税，您必须像所有的人那样交税。"

"您的用处是什么？"沃尔夫问。

"我的用处是收税，"小老头说："这是我分内工作。您完成了您分内工作了吗？您有什么用处？"

"存在就已经很不容易了……"沃尔夫说。

"绝对不容易，但总得做好自己的分内工作。"老头回答说。

沃尔夫推了一下岗亭，岗亭并不牢固。

"在我走之前，您好好听着，"沃尔夫说，"计划的最后几个篇章都还不错，我们就一笔带过。我会更改一些东西。"

"做自己的工作，很有必要。"老头重复说。

"没有工作，就没有失业，对吗？"沃尔夫问。

"税，您得交，不要解释。"老头说。

沃尔夫冷笑着，有点夸张地说：

"我得听从我的本能。这是第一次，不，应该说是第二次了。我已经砸坏了一个水晶沙拉盘。您会看到我发泄了自己一生中的最大的情绪：憎恨没用的东西。"

他用身体顶住岗亭，猛力把它推倒。老头仍端坐在椅子上，头上戴着那顶草帽。

"我的岗亭。"他说道。

"您的岗亭已经倒在地上了。"沃尔夫答道。

"您会惹麻烦的。我要写一份报告。"老头说。

沃尔夫扼住老人的脖子，老人呻吟着，沃尔夫强迫他站起来：

"来，我们一起来写这份报告。"

老人一边挣扎一边说："放开我，马上放开我，不然我就喊人了。"

"喊谁呢？"沃尔夫问，"跟我走吧！咱们一起走。我们得做好本职工作，我的工作就是把您带走。"

他们走在沙滩上，沃尔夫的手像钳子那样卡住老头的脖子，老头躬着腰，黄色的靴子不断磕磕绊绊。烈日当空，炙烤着沃尔夫和老人的身体。

"先把您带走，然后……把您扔在地上。"沃尔夫重复道。

他果真把他扔在了地上，老人害怕得呻吟起来。

"因为您是个无用的家伙，您碍我的事，"沃尔夫说，"现在，我得抛开所有妨碍我的东西，所有的记忆，所有的障碍。我不再自我屈从、自我超越、自我愚钝……自我糟蹋，"沃尔夫高声吼道，"我不想糟蹋自己……因为我在耗费自己的精力，您听见了吗！我已经比您还老！"

他跪在老头的身边，老头惊骇地看着他，像一条干涸的鱼，张大嘴巴。沃尔夫抓起一把沙子，塞进老头已掉光牙齿的嘴里：

"一把给童年。"

老人吐掉沙子，满嘴唾沫，透不过气来。

沃尔夫抓起第二把沙子：

"一把给宗教。"

第三把沙子塞进去的时候，老人已经面无人色。

"一把给学业，一把给爱情，把这些都吞下去吧。去他妈的上帝！"沃尔夫骂道。

他用左手将缩成一团的老头按在地上，可怜的老头几近窒息，只发出咕咕哝哝的声音。

沃尔夫戏谑地模仿贝尔勒先生："还有一把是给您的所作所为，它是社会的基本单位。"

他用右手抓起一把沙子，塞进老头的嘴中。

"最后一把，是留给您无意识的焦虑。"沃尔夫最后说。

老头已经不再动弹，最后一把沙子落在他那黧黑的脸上，堆积在他凹陷的眼眶上，掩住了他充血的眼睛。沃尔夫目不转睛地看着他，喃喃地说：

"有什么比死亡更孤独、更宽容、更稳定呢？……嗯，布鲁尔先生，有什么比它更可爱呢？有什么更适合它的功能……更无忧无虑呢？"

他不再说话，站了起来。

"首先，"他说，"我们抛开碍手碍脚的东西，把他变成一具尸体，即一件完美无缺的东西。因为任何东西都没有尸体那么完美无缺。这真是一个卓有成效的行动，可谓一举两得。"

沃尔夫往前走着，太阳已消失得无影无踪，从地面缓慢升起层层雾霭，萦绕成灰色的雾团。他很快就看不见自己的脚趾了，感到地面逐渐变硬，脚下踩着干硬的岩石。

沃尔夫继续说："死人，很好，很完整，记忆没有了。一切都已结束。人不死，就不能完整。"

他感到地面逐渐升高，变得很陡。起风了，烟雾随之吹散。沃尔夫躬着腰，艰难地用手攀着地面往上爬。天色很暗，但他仍依稀看见头顶是一堵陡峭的岩墙，上面长有藤蔓。

沃尔夫说："当然，要想忘记，只需等待。这也是可以做到的。可是，就像其他事情一样……有些人耐不下心来等待。"

他几乎是贴着陡峭的岩壁，慢慢地升起，手指的一个指甲卡在石缝中，他用力一下把手拔出来。手指开始流血，鲜血在血管中快速地流动。

"当我们等待不下去的时候，当我们不太自在的时候，我们总有理由和借口，而如果我们消灭了妨碍自己的东西，自身的东西……我们就可以接近完满，周而复始。"

他的肌肉由于用劲太大而痉挛。他继续往上攀爬，像苍蝇那样紧贴岩墙，长有尖锐荆爪的植物把他撕扯得体无完肤。最后，他气喘吁吁，精疲力竭，终于快到顶峰了。

他嘴里还在说："浅色的砖头壁炉里，燃烧着刺柏的火苗……"

就在此时，他到达了岩墙的顶峰。他犹如在梦中，感觉到手碰到了冰冷的机舱，迎面吹来的冷风抽打着他的脸。他裸着身子，站在冷风中，哆嗦着，牙齿格格作响。一阵飓风吹来，他差点跌倒。

他咬紧牙关，大叫："只要我愿意，我就能抑制自己的欲望……"

他松开双手，脸部线条放松了，肌肉也松弛了下来。

"可是我将其穷尽之后，自己却死去了……"

风把他从机舱中刮了出来，他的身体在空中旋转。

第三十四章

"我们收拾箱子吧？"莉儿说。

"好！"弗拉莉答道。

她们坐在莉儿房间的床上，两个人都神色疲惫。

"这下好了，已经没有正经的男人了。"弗拉莉说。

"是的，没有了，只剩下那些可怕的色鬼，"莉儿说，"那些爱跳舞、穿得漂漂亮亮、胡子刮得干干净净、穿着粉色丝袜的色鬼。"

"或者穿着绿色的丝袜。"弗拉莉说。

"开着二十五米的超长轿车。"莉儿说。

"对了，我们会让他们爬着走，"弗拉莉说。

"膝盖跪在地上走，肚皮贴着地走。"弗拉莉继续说道，"而且他们还得给我们买貂皮大衣、蕾丝花边、珠宝首饰，雇女用人。"

"穿着蝉翼纱围裙的女用人。"

"我们不爱他们，"莉儿说，"我们要给他们脸色看，我们从来不会问他们的钱是从哪儿来的。"

"如果他们是聪明人，我们就把他们甩掉。"弗拉莉说。

"这就太棒了。"莉儿欣赏地说。

她站起身来，出去片刻之后又返回屋里，手上提着两个巨大的行李箱：

"喏，每人一个。"

"我绝不可能装满这个箱子。"弗拉莉说。

"我也不可能装满，"莉儿也同意，"但这更能撑门面，而且拎起来也没那么重。"

"沃尔夫呢？"弗拉莉突然问。

"他走了已经整整两天了，"莉儿十分平静地说，"他不会再回来了，而且我们也不再需要他。"

"我的梦想，"弗拉莉一边思考一边说，"我的梦想是嫁一个有很多钱的鸡奸者。"

第三十五章

莉儿和弗拉莉走出家门时，太阳已升得很高。她们俩都穿得很漂亮，虽然可能有点太招眼，但还蛮有品位。她们最后决定把过于沉重的箱子留在莉儿的房间里，回头再请人来取。

莉儿穿着一条青莲色羊毛紧身连衣裙，衬托出上身和髋部优美的曲线，裙子的一边开有长长的衩口，露出烟灰色的长筒袜；脚下穿着打着饰结的蓝色小鞋，手上提着一个颜色相配的麂皮大包，头上戴有羽饰，与金发融为一体。弗拉莉则身穿一袭线条简洁的黑裙，配以一件有绒毛褶裥的衬衫，黑色的长手套配黑白相间的帽子。如此打扮很难不引人注目，但方地上空无一人，只有那台机器在空旷的天空中显得阴森可怖。

她们抱着幸存无几的好奇心，走过方地。曾接收过记忆的坑穴敞着大口，漆黑一团。她们低头探看，发现里面现在几乎满是暗色的液体，金属支柱上已经出现很深的腐蚀痕迹，十分奇怪。在沃尔夫和拉居里挖开土方安装机器的地方，红草已四处蔓生。

"这不可能持续很长时间。"弗拉莉说。

"是的，他又失败了。"莉儿说。

"他或许实现了原先的目标。"弗拉莉心不在焉地说。

"是的，或许吧。我们走吧！"莉儿也有些漫不经心。

她们重新上路。

"我们一到就去看戏，"莉儿说，"我已经好几个月没有外出活动了。"

"对，"弗拉莉说，"我也特别想去看戏，然后我们再去找一套漂亮的公寓。"

"天哪！我们居然跟男人生活了那么长时间。"莉儿说。

"是啊，我们真是疯了。"弗拉莉很是赞同。

她们穿越方地的围墙，尖尖的鞋跟敲击着路面。宽阔的方地上空无一人，硕大的钢铁机器随着暴风雨的来临和消失时隐时现。往西数百步处，沃尔夫赤裸的身躯躺在地上，面朝着太阳，几乎毫发无损。他的头弯着，以一种不同寻常的角度斜靠在肩膀上，好像与躯体分开了。

他的眼睛睁着，眼里什么也没有剩下，空空如也。

（法）鲍里斯·维昂 著

摘心器

徐晓雁 译

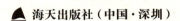 海天出版社（中国·深圳）

《摘心器》法文版封面一

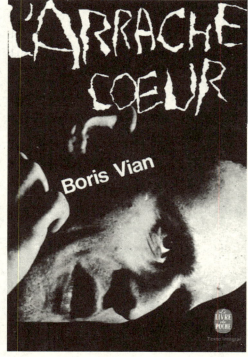

《摘心器》法文版封面二

内容简介

心理医生雅克莫尔无意中路过海边峭壁的一座大房子，房子的女主人克莱芒蒂娜正好临盆，在他的帮助下，产下一对三胞胎。

雅克莫尔在克莱芒蒂娜家里住下，常常去邻近村子。村里有很多稀奇古怪的事，老人被拍卖，小学徒被压榨，连偷腥的种马也被村民虐待致死。雅克莫尔从最初的不解、愤怒到最后的随波逐流。

村外有一条奇怪的小河，河水是红色的，水面上漂浮着腐尸，村民作恶，把虐待致死的小孩和动物的尸体丢进河里，村民付钱给人，让他用嘴把这些腐烂物叼起来扔进小船，以此来承载全村的羞耻。

雅克莫尔觉得自己是"空"的，就像刚出生的婴儿，他需要替别人做精神分析，汲取别人的精神来填充自己，但没人愿意理睬他的提问，唯一接受了他精神分析的是一只猫和一个女佣，雅克莫尔最后也带上了猫的印记，当了用人，在那个匪夷所思的村庄找到了自己的归宿。

这是维昂的最后一部长篇小说，作品直面了童年、道德与宗教三大问题。克莱芒蒂娜对三个孩子有一种病态的爱，认为自己在分娩时吃尽了苦头，所以拥有对孩子们的一切权利。为了防止孩子遭遇不测，她不许他们离开花园和房间，最后甚至发展到以爱的名义把他们囚禁在铁笼子里。与此相对应的是那些小学徒，他们被迫干重活，受尽折磨，死了以后被随便扔进红色的小河里，没有人关注他们的存在。维昂对儿童的苦难和遭受成人的禁锢表现出深刻的同情。

小说所呈现的那个世界没有道德标准，村民虐待老人、孩子、牲口，作恶却从不觉羞愧，他们只需付钱给人就可心安理得地继续作恶。雅克莫尔可以和女佣随便做爱，甚至乱伦也不会让那里的人感到有什么不适。

村民们去教堂做弥撒，但并不敬畏上帝，在他们眼里，宗教只是一种工具，宗教仪式是供人消遣的表演，神甫就是那个滑稽狡黠的表演者。维昂在小说中用充满黑色幽默的笔调和荒诞夸张的情节，对宗教进行了无情的讽刺。

小说还对潜意识问题进行了深入探究，作者杜撰了大量字典中不存在的单词，但每个词又充满深意，能唤起读者丰富的联想。比如书名《摘心器》表面上和小说中的故事没有任何关系，情节也只是一个载体。"摘心器"原本是他的另一本小说《岁月的泡沫中》阿丽丝杀死帕特的武器，而雅克莫尔的名字在法语中是Jacquemort，分开来读就是"雅克死了"。因为他的心已被摘，所以是空的，这就巧妙地呼应了小说的内容。

比起维昂的前几部小说，《摘心器》的叙述显得更加沉重和阴郁。也许是为了缓和这份沉重，维昂在悲惨的现实世界之外，虚构了一个充满诗意的童话世界，那里有人世间没有的奇花异草，有美丽而脆弱的灵鸥，有魔法的鼻涕虫。在维昂的笔下，时间消融、万物有灵、孩子会飞、小鸟会说话、大树会痛。维昂以巨大的才华和不可思议的想象力使小说具有强烈的超现实主义色彩，有读者和评论认为，《摘心器》是维昂最深刻的小说，甚至比《岁月的泡沫》更能体现出作者的写作才华。

第一部分

一

8月28日

小路紧贴峭壁，路边一丛丛盛开的卡拉米娜花①和逐渐凋零的布鲁约丝，发黑的花瓣洒落路面。尖头昆虫在地上挖了无数小洞，踩在脚下就像踩一块僵死的海绵。

雅克莫尔不紧不慢往前走，看着卡拉米娜暗红色的花蕊在阳光下搏动，每一次弹跳，都扬起一层花粉，花粉随即坠落到叶片上。叶子轻轻抖动，昆虫绕花飞舞，漫不经心。

峭壁脚下传来阵阵低沉的海浪声，雅克莫尔止步，俯身悬崖。险峻的深壑，海浪扑进礁石的空穴，泛起阵阵白沫如七月的冰霜。海风飘来一股股海藻腥味，雅克莫尔一阵眩晕，跪倒在夏天的草皮上，双手伸直紧抵地面。这时他触碰到一些边缘不规整的奇怪羊粪蛋。观察了一下后他得出结论：这些动物中有一头索多姆公山羊，他本以为这种动物已经灭绝。

---

① 这里的"卡拉米娜"（Calamine）和"布鲁约丝"（brouillouse）以及下文出现各种植物，都是维昂利用文字游戏自创的植物名称。每一个新造的单词又能让人联想到实际存在的单词。Calamine源自一种矿石，brouillouse让人联想到buisson（灌木）和pellouse（草坪）。

现在他不再那么害怕，敢重新把头探出悬崖。红色的巨大岩石垂直插入不那么深的海水，似乎又立刻反弹到山梁，便成了一排陡峭的红色绝壁，那正是雅克莫尔双膝跪地伸出脑袋的地方。

黑色暗礁一块块露出水面，潮水的浸润仿佛给它们涂上一层釉彩，一圈圈浪花环绕周边。阳光侵蚀海面似乎在用一些海淫的涂鸦玷污它。

雅克莫尔起身继续上路。小路拐了个弯，左侧，他看到叶片发黄的羊齿草和开花的欧石南。裸露的岩石表面，潮水退去后留下一层层盐花。海岸内侧陆地陡峭隆起，羊肠小道顺着黑色坚硬的花岗石蜿蜒，某些地方散落着新的山羊粪。山羊是没有了，由于那些山羊粪，守关的人宰了那些羊。

他加快脚步，突然进入阴凉地带，因为阳光已追不上他的步伐。凉爽的空气让他松了口气，他走得更快了。卡拉米娜花像连续不断的火舌一样晃过眼前。

凭着一些迹象，他知道自己快到了，于是理理红棕色的山羊胡子，继续轻快地上路。突然，在两根锈蚀成棒棒糖状的大理石柱子之间，那座房子整个显露出来了，两根柱子就像立在小路上的一道巨型门柱。道路继续蜿蜒，房子又看不见了，它本来在远处高耸的岩石上。但当他穿过两块巨型黑石后，那座白房子终于一览无余，周围簇拥着奇异的树木。一条清晰可见的小径从栅栏门内伸出，懒洋洋地接上了这端的山路，雅克莫尔踏上小径。快到达山顶时，他奔跑起来，因为他已经听到了惨叫声。

正对房子台阶的围栏大门敞开着，一个手掌形状的指路牌指向一条红丝带，丝带沿楼梯一直通向一个房间。雅克莫尔顺着丝带来到床边，那位母亲正在被分娩的疼痛折磨得死去活来。雅克莫尔放下皮药箱，挽起袖口，到水槽边用肥皂洗了洗手。

二

安热尔独自在房间里，惊讶自己竟然没有感觉到痛苦。他听见妻子在隔壁呻吟，却不能过去握住她的手，因为她用手枪威胁他。她宁愿一个人惨叫，也不愿让人看见她现在的模样，因为她痛恨自己的大肚子。两个月来安热尔一直单独待着，等待一切尽快结束。他思考着最无谓的小事情，经常急得团团转。他看过关于犯人的报道，他们像困兽一样打转，可是哪种困兽呢？他在睡觉，努力只想老婆的屁股，鉴于她的大肚子，他宁可只要她的后背。差不多每隔一天，他都会突然惊醒。总之，错已酿成，令人沮丧。

雅克莫尔的脚步声在楼梯上响起，女人也停止了叫喊。安热尔吃了一惊，悄悄凑近房门，欲探究竟。但床脚挡住了他的视线，他瞪圆了眼睛也未能看清，于是直起身子竖起自己的耳朵，当然不能把耳朵交给任何人①。

---

① 这里维昂说的俏皮话。

三

雅克莫尔把肥皂搁在水槽边，用毛巾擦干手，打开药箱。不远处的电炉上烧着一锅沸水，他把指套放入沸水中消毒后熟练地套在指上，他要看看那女人究竟是怎么回事。

看完后，他挺直身体有点厌恶地说：

"有三个呢！"

"三个……"产妇喃喃道，十分吃惊。

少顷，她又开始大声叫唤，因为腹痛再次袭来。

雅克莫尔从药箱取出几粒补药吞下，他需要这样。随后，他又从墙上摘下一把长柄勺敲敲地面，示意仆人赶快上楼。他听到楼下有人走动、上楼。女仆出现了，像中国人披麻戴孝般穿着一身白衣。

"准备一下器具。"雅克莫尔吩咐道，"你叫什么？"

"我叫居勒布朗①，先生。"她带着浓重的乡村口音答道。

"这样啊，那我宁可不叫你名字。"雅克莫尔嘟哝道。

姑娘不再吭声，开始擦拭那些镍铬器械。雅克莫尔靠近床头，那女人忽然停止了喊叫，她已痛得发不出声。

雅克莫尔从药箱中拿出工具，用一只手熟练地剃光耻毛，然后用白漆画出手术的范围。女仆惊讶地看着他操作，因为她对产科的了解只限于见

---

① 原文Culblanc，是维昂自创的词，把cul和blanc合并一起，是"白屁股"的意思。

过母牛产小牛。

"你有《拉鲁斯医学词典》吗？"他看着手中的毛刷问道。

问话时他也画完圈，俯身把画线吹干。

"我只有《圣埃蒂安武器与自行车法语产品总目录》。"女仆回答。

"这有点儿麻烦，"雅克莫尔说，"不过也许能给我们提供点信息。"

他没听对方回答，不经意地朝房门看了一眼，门后面是焦躁不安的安热尔。

"是什么人在门后坐立不安？"

"是男主人……他被关起来了。"女仆答道。这时产妇从昏沉中醒来，发出一串凄厉的叫喊，拳头握紧又放开。雅克莫尔转向女仆，问：

"有脸盆吗？"

"我去找一个。"女仆回答。

"动作快点，笨女人，"雅克莫尔说，"难道你想让她弄脏这套床单吗？"

她一阵风似的跑出去，雅克莫尔满意地听到她在楼梯上跌跌撞撞。

他凑近产妇，温柔地抚摸她痛苦的脸。她痉挛的双手一把抓住他的手腕。

"您想见您丈夫吗？"他问。

"哦，是的，但先把那边柜子里的手枪给我……"她答道。

雅克莫尔摇摇头。女仆回来了，拿了一只给狗剪毛的腰子形木盆。

"我只找到这个，凑合着用吧！"她说。

"帮我把它塞到她屁股底下。"雅克莫尔说。

"盆口有点锋利。"女仆提醒道。

"看来如此，"雅克莫尔点点头，"你们就是这样惩罚小狗的。"

"不是的。"女仆嘟哝道，"她又没做什么坏事。"

"那她做过什么好事？"

产妇臃肿的后背贴在扁平的盆口。

"现在该怎么办呢？"雅克莫尔叹了口气，"这可不是心理医生干的活呀……"

四

他踌躇着，拿不定主意。产妇闭上了嘴，女仆站着，呆呆地看着他。

"她得先破羊水。"女仆说。

雅克莫尔没有反对，表示同意。随后，他似乎有些触动，抬起头，光线暗了下来。

"太阳落山了吗？"他问。

女仆出去看了看，太阳落到悬崖后，一阵无声的风刮过。

她回来，有点担心。

"我不知道发生了什么事……"她低声道。

屋子里，除了壁炉上方的镜子边缘隐约可辨，其他什么都看不见了。

"我们坐下来等待吧。"他温和地建议。

窗外飘来一股夹杂着尘土的苦涩青草味，天色已全黯黑。在黑魆魆的房间里，产妇开始说话。

"我再也不愿遭这样的罪，永远都不要！"她高声尖叫。

雅克莫尔捂住耳朵，她尖利的声音就像指甲从皮革上划过，女仆吓得哭起来，那声音钻进雅克莫尔脑袋仿佛能穿透头颅。

"他们快出来了，"产妇狞笑着说，"他们快出来，他们让我痛得受不了啊，现在还只是个开头。"

床在吱嘎晃动，产妇喘着粗气安静了一会儿，立刻又呻吟起来：

"这种疼痛的目的，就是为了在以后的很多年很多年里，让我分分秒秒感到痛苦。"

"行了。"雅克莫尔低声抱怨道。

产妇的嗓子已喊哑，心理医生渐渐习惯了镜子里微弱的反光。他看到那个呻吟着的女人，身体扭成一团，四肢拼命用力，发出一声声凄长的惨叫，那声音在雅克莫尔的耳朵里盘旋，仿佛一团黏稠的浓雾堵住耳膜。突然，在她抬高的双腿间依次露出两团东西。他猜测着女仆的动作，她正克服恐惧，用床单裹起两个新生儿。

"还有一个呢！"他自言自语。

那个受尽折磨的母亲，似乎放弃了一切挣扎。雅克莫尔站起身，第三个孩子出来了。他灵巧地抓住孩子，帮助产妇娩出。筋疲力尽的产妇瘫倒在床。黑暗被无声地撕裂，灯光照进了房间。产妇歇息着，头歪到一边，艰难的产程蹂躏了她的脸。雅克莫尔擦擦脖子和额头，惊讶地听到外面花园里有响动。女仆已包好最后一个婴儿，把他放在另两个孩子旁边。她到衣柜里找出一条床单，沿长边抖开。

"我要把她的肚子绑起来，"女仆说，"她得睡一会儿，您走吧！"

"你剪断脐带了吗？要扎紧一点。"雅克莫尔担心地问。

"我打了玫瑰结。"女仆说，"这样很牢，还很好看。"

雅克莫尔心不在焉地点点头。

"您可以去看一下先生。"女仆提议。

雅克莫尔走近那扇门，安热尔就在门后。雅克莫尔转动钥匙走了进去。

五

安热尔坐在一把椅子里，背弯成了弓，身体里似乎还在回荡着克莱芒蒂娜的惨叫声。听到门锁响，他抬起头。心理医生的红棕色胡子吓了他一跳。

"我叫雅克莫尔，"这一位自我介绍道，"我路过这里，听到了叫喊声。"

"她叫克莱芒蒂娜，"安热尔说，"还顺利吗？结束了，是吗？"

"您当了三次父亲。"

安热尔大吃一惊：

"三胞胎？"

"一对双胞胎，外加一个单独的。"雅克莫尔更正道，"第三个晚了许久才出来，表明他很有性格。"

"她怎么样？"安热尔问。

"她很好，"雅克莫尔说，"过一会儿您就可以去看她。"

"她非常恨我，"安热尔说，"她把我关了起来。"

出于礼节，他补充了一句："您想喝点什么？"

他艰难地站起身。

"谢谢，现在不喝。"雅克莫尔回答。

"您来这里做什么？"安热尔问，"度假吗？"

"是的，"雅克莫尔回答，"我想住您家应该不错，既然您这么提议。"

　　"您正好路过，对我们真是一种运气啊！"

　　"没有医生来吗？"雅克莫尔问。

　　"我被反锁起来，没能张罗这事。"安热尔说，"都是农场的那姑娘在帮忙照料，她很忠心。"

　　"是这样……"雅克莫尔说。

　　他们都不说话了。雅克莫尔叉开五指梳理他的红胡子，蓝眼睛在照进屋里的阳光下闪闪发亮。安热尔仔细打量着他：心理医生穿一身料子柔软的黑色套装、长及脚踝的紧身裤和一件长外套，扣子一直扣到衣领，脚上穿了一双镂空的黑色抛光皮凉鞋，领口露出淡紫色的绸缎衬衣。他穿得可真是简约。

　　"我很高兴您能留下来。"安热尔说。

　　"现在，去看看您老婆吧！"雅克莫尔提议道。

六

　　克莱芒蒂娜没有动，平躺着眼望天花板。两个小邋遢鬼①在她右侧，第三个在左侧。女仆已收拾好房间，阳光悄然洒落在窗框上。

　　"明天给他们断母乳吧，"雅克莫尔说，"她没法喂完两个还要喂第三个。再说，她这样恢复起来更快；第三，也能保持美丽的胸脯。"

　　克莱芒蒂娜激动起来，朝他们转过头，睁开沉重的眼皮说：

　　"我自己喂他们，"她说，"三个都喂，这毁不了我的胸脯。如果真毁了，我还巴不得呢！反正我不想取悦任何人。"

　　安热尔上前想抚摸她的手，她把手抽开：

　　"够了，我可不想重新开始。"

　　"听我说。"安热尔低声道。

　　"走开，"她不耐烦地说，"我现在不想看见你，看见你我就难受。"

　　"你没有感到好受一点吗？"安热尔问，"看……让你那么烦恼的大肚子现在没有了。"

　　"加上绑腹的床单，到您能起床时，就看不出任何痕迹了。"雅克莫尔说。

---

①　原文salopiot，是维昂自创的词，来自salopiau（d），民间俗语"邋遢鬼"，"坏蛋"的意思，表示克莱芒蒂娜对生孩子这件事的不满。

克莱芒蒂娜挣扎着半坐起来，喘着气低声道：

"我能感觉好受吗？嗯？像这样……刚刚经历了……肚子被撕裂，背脊钻心似的疼，骨盆散架，眼睛布满血丝……我得尽快恢复，好好听话，然后重新拥有骄人的身材，扁平的腹部，坚挺的乳房……好让你或者另一个男人把我压在身下，把那些脏东西射到我体内，让我再次受难，身子变重，让我流血……"

她猛地扯掉裹在身上的床单，安热尔刚想上前制止。

"别过来！"她咬牙切齿地喊道，她丈夫呆立原地不敢出声。"走开！"她吼着，"你们俩都给我出去！你，你给我带来这些痛苦。而这位先生，您目睹了我刚才的样子。出去！……滚！"

雅克莫尔朝房门走去，安热尔跟在后面，刚走到门口，后脑勺就挨了老婆扔过来的床单，一个趔趄撞到门框上。

七

现在，他们走下铺着红砖的楼梯，楼梯在他们的脚下微微颤动，坚固的房子是用黑色大横梁和石灰墙建造。雅克莫尔没话找话说：

"过一会儿就好了……"

"唔……"安热尔回答。

"您心里不好受吧？"心理医生问。

"不好受，我被关了两个月，就这样。"安热尔说着勉强挤出一丝笑容，"现在自由了倒有些不习惯。"

"那这两个月您都做了些什么呢？"

"什么也没做。"安热尔回答。

他们来到一间铺着与楼梯相同的红方砖的大厅。那里陈设简单：一张浅色实木桌子，一个用整块木头做成的酒柜。墙上挂着两三幅非常漂亮的白色的画，几把与桌子相配的椅子。安热尔在酒柜边停住脚步。

"喝一杯？"他问。

"很乐意。"雅克莫尔回答。

安热尔倒了两杯自制鸡尾酒。

"好极了！"雅克莫尔赞叹。

因为安热尔没说话，他又问了句：

"总的来说，做父亲的感觉怎么样？"

"不怎么样。"安热尔说。

八

8月29日

　　克莱芒蒂娜独自一人，屋子里寂静无声，阳光轻拍窗帘。

　　解脱后的克莱芒蒂娜昏昏沉沉，双手抚摸着又平又软的肚子。她乳房肿胀，对自己的身体生出一种怨恨，一种苦涩，一种羞耻，忘了昨天扔掉的那条床单。她摸着脖颈、双肩和鼓胀的胸脯，感到阵阵燥热，肯定是发烧了。

　　村子里的喧闹声远远地从窗口传来，这是下地干活的时间。可以听见受罚的牲口从昏暗的圈栏发出尖叫，只是叫得有些夸张。

　　小邋遢鬼们躺在她身边。她抱起一个，略感厌恶，犹犹豫豫伸直双臂把他举起。婴儿是粉色的，湿漉漉的小嘴像章鱼，眼睛边有一圈皱褶。她别过头，掀开衣服露出一侧乳房，凑近孩子把乳头塞到他嘴里。孩子握紧小拳头，双颊凹陷，咕嘟咕嘟吮吸起来。这种吮吸并不很舒服，但略微缓解了乳房的肿胀感，也略微损伤了乳房。乳房放空了三分之二，小邋遢鬼吐出乳头，摊开双手打起呼噜。克莱芒蒂娜把他放在身边，婴儿继续呼噜着，嘴里发出奇怪的呢喃，仿佛梦里还在继续吃奶。婴儿脑壳上有一层稀疏的绒毛，囟门突突跳得让人心里发毛，真想伸手去按住，让它别跳。

　　房子里回荡着一记沉闷的声响，那是楼下的门被重重关上了，雅克莫尔和安热尔刚刚出去。克莱芒蒂娜对睡在身边的三个小东西握有生杀大权，这种权利只属于她。她抚摸着肿胀的乳房，她的奶水足够喂饱三个孩子。

第二个小邋遢鬼急不可待地叼住哥哥刚刚让出的褐色乳头，自顾自吮吸起来。她伸了个懒腰。雅克莫尔和安热尔踩在院子的砾石路上，传来吱嘎作响的脚步。婴儿在吮吸奶水，第三个孩子在睡梦中咂吧着小嘴。她抱起他，塞给他另一只乳房。

九

花园的一部分紧贴着峭壁。高不可攀的悬崖上生长着各种奇异树木，因难以攀爬故保留了最原始的风貌。卡拉约丝[①]绿紫的叶片，温柔的绿色中可见白色纹脉伸向叶子边缘；野生奥马德细细茎干上生长着凹凸不平的恐怖结节，绽放的红色干花如血色的烤蛋白。一丛丛海微拉闪着灰色珍珠的光泽，一长串奶油状的加丽亚缠绕着南洋杉下方的树枝，西尔特和蓝色马洋奇及各种贝加棒加织成厚厚的绿毯，活泼的小青蛙藏身其中。高麻寒、卡纳伊丝、桑西耶围成一道道树篱。无数谦卑的小花从石缝中探头，争相斗艳，仿佛给花园挂上一道繁花编织的垂帘，一直铺陈到地上，随后像青苔一样蔓延，也有一些小花悄悄沿着围栏的金属杆攀延。更高处，平坦的花园被砾石小径分割成一块块绿色草坪。各式大树粗大的树干撑破了大地。

安热尔和雅克莫尔就是来这里散步。一夜未眠，他们都有些疲惫。清凉的海风仿佛给整块岩壁涂上一层水晶。头顶，太阳升起，如一团镶了金边的火球。

[①] 这一节中的"卡拉约丝"（Calaïos）、"奥马德"（ormade）等植物名称，也都是维昂自创的，自然界并不存在。Calaïos让人想到Calais，一个海边临悬崖的城市。Ormade让人想到omade（榆木），rêviole让人想到rêve（梦）和raviole（小饺子），卡纳伊丝（cannaïs）让人联想到cannabs（印度大麻）等等，都体现了维昂天马行空般的想象力。

"你有一座漂亮花园。"雅克莫尔说，接着又随口问道，"你在这里住了很久？"

"是，"安热尔说，"两年了。我思维有点混乱，错过了很多事情。"

"这才刚开头，"雅克莫尔说，"事情没完呢！"

"这倒是真的，"安热尔说，"不过我比你用了更多时间发现这一点。"

雅克莫尔点点头。

"别人什么事都会告诉我，"他解释道，"我最终总能知道人们到底在想什么。对了，你能给我介绍几个可以做精神分析的人吗？"

"多得是，"安热尔说，"那个女仆，你想要随时都可以。村子里的人应该也不会拒绝。那些人有点粗鲁，但很有趣，也不缺钱。"

雅克莫尔跃跃欲试。

"我需要一堆人，"他说，"我需要大量的精神消费。"

"什么意思？"

"我得给你解释一下为什么我会来这里。"雅克莫尔说，"我在找一个安静地方进行我的实验。就是说：把微不足道的雅克莫尔看成一个空容器。"

"一只酒桶？"安热尔提议，"你喝过酒了？"

"没有，"雅克莫尔说，"我是空的，只有动作、反射和习惯。我要填满自己，这就是为什么我要分析别人。不过我的桶是达那伊德斯之桶①，我同化不了，我获取他们的思想、他们的心结、他们的犹豫，但最后什么也没剩。要么是我没吸收，要么是吸收得太好了……这是一回事。当然，我保留了那些词、内容、标签；我知道那些词背后隐藏的激情、情绪，但我体会不到它们。"

"那，这个实验，你还是想做的吧？"安热尔说。

"当然，"雅克莫尔说，"我渴望这个实验，那会是怎样的体验呢？

---

① 达那伊德斯之桶，起源于希腊神话，表示"永无休止的徒劳无益的工作"、"无底洞"。

就是这样，我要做一次完整的精神分析，我需要被照亮。"

安热尔耸耸肩。

"你已经试过？"他问。

"没有，"雅克莫尔说，"我要进行这种精神分析的人，必须向我倾诉一切：他最隐秘的想法，最沉重的秘密，身子里隐匿得连自己都不敢承认的念头，一切的一切，及一切的背后。他必须从未接受过任何分析，我想看看可以深入到何种地步。我想要'羡慕'和'欲望'这样的情感体验，我要从别人那里获取这些。我觉得到目前为止什么也没留下是因为我走得不够远。我需要找到某种自我，明知有激情存在却不能感受它，真令人抓狂。"

"我可以向你保证，你至少有这样一个愿望，这足以说明你并没有这么空虚。"安热尔说。

"我做一件事而不做另一件事通常没有任何理由，我想从其他人那里得到理由。"

他们来到花园后墙，与雅克莫尔昨天进来的那道栅栏门相呼应，这里也有金色铁栅栏直立在单调的白墙上。

"我亲爱的朋友，"安热尔说，"允许我向你强调一件事：渴望拥有欲望，这本身就是一种激情。证据？这种渴望让你有所行动。"

心理医生捋捋胡子笑着说。

"这从另一方面证明了欲望的缺失。"

"不，"安热尔说，"为了没有欲望也没有倾向性，你必须遵循完全中立的社会条件，不受任何外来影响，不进入内心。"

"我就是这样，"雅克莫尔说，"我去年才出生，一出生就是你现在看到的样子。你可以看我的身份证。"

他把证件递给安热尔，后者接过来端详一番。

"没错，这是个错误。"安热尔说着把证件还给他。

"你说什么呀！……"雅克莫尔生气地抗议。

"这正好说明问题，"安热尔说，"纸上确实这么写，但写下来的是错误的。"

"我还带着一个证明：心理医生，空，需填满。这是个证明，无可争议，是印在纸上的。"雅克莫尔说。

"那又怎样？"安热尔问。

"那就是说，你很清楚那种想填满我自己的欲望不是来自我本身，"雅克莫尔说，"是很久之前就定了的，我身不由己。"

"不对，"安热尔说，"因为你有一个欲望，所以你是自由的。"

"如果我一点欲望都没有呢？就连对欲望的欲望也没有呢？"

"那你就是个死人。"

"哦，见鬼！"雅克莫尔喊道，"我不和你讨论了，你让人害怕。"

他们走出栅栏门，来到通往村子的路上。泛白的路面扬起阵阵灰尘，路两边生长着一种深绿色的圆柱形草，呈海绵状，像一支支凝胶状的笔。

"其实正相反，"雅克莫尔反驳道，"人在无欲无求时才是自由的，一个真正自由的人是无欲无求的，因为我什么都不想要，所以我自认是自由的。"

"不，"安热尔说，"因为你渴望拥有欲望，你想要某些东西，所以你刚才说的不是真的！"

"哦！哦！哦！"雅克莫尔叫喊起来，越来越愤怒，"得了，渴望某些东西，是因为受制于自身的欲望。"

"不对，"安热尔说，"自由，就是来源于自己的欲望。再说……"

他停下话头。

"再说，"雅克莫尔接口道，"你就是想取笑我，就是这样。我想给别人做精神分析，撷取他们真实的欲望、意愿，他们的选择和一切，而你却让我冒冷汗。"

"这样吧，"安热尔想了想说，"我们来做个试验，你尝试在短暂的时间内诚实地完全放下撷取别人欲望的念头，试一下，保持诚实。"

"我接受。"雅克莫尔说。

他们在路边停下。心理医生闭上眼睛似乎正在放松，安热尔盯着他。

雅克莫尔脸上的神色仿佛出现了碎裂。一种透明的感觉骤然在他的身体、手、脖子和脸上蔓延。

"看看你的手指。"安热尔喃喃道。

雅克莫尔睁开几乎无色的眼睛，顺着右手，看到地上一块黑色燧石。

随后，因为他意识到了这块石头，那种透明的感觉消失了，他重新固化了。

"看见了吧，"安热尔说，"完全放松时，你就不存在了。"

"哈！"雅克莫尔说，"你可真上当了。如果你觉得玩点小花招就可以让我放弃信念……来，给我说说你有什么招……"

"好吧，"安热尔说，"我很高兴看到你是故意的，并且对明显的事实视而不见。这倒合情合理，心理医生嘛，是该有点坏心眼。"

走到村口时，他们不约而同地折回。

"你妻子想见你。"雅克莫尔说。

"你怎么知道。"安热尔问。

"我能预感到，"雅克莫尔说，"我是个唯心论者。"

一回到家，他们就往楼上走。雅克莫尔用结实的拳头摁了摁楼梯的橡木扶手。安热尔先跨一步，走进克莱芒蒂娜的房间。

十

　　安热尔在门口停住脚，雅克莫尔等在他身后。

　　"我可以过来吗？"安热尔问。

　　"进来吧。"克莱芒蒂娜说。

　　她看着他，既不友好也无敌意。他站着，没敢坐到床沿，怕惹她不高兴。

　　"我不能再信你了，"她说，"一个男人让女人生下孩子后，女人就不可能再信赖男人，尤其是那个男人。"

　　"我的克莱芒蒂娜，你受苦了。"安热尔说。

　　她摇摇头，她不需要同情。

　　"明天我就起床，"她说，"六个月后他们要学会走路，一年后学会认字。"

　　"你好多了，又回到从前的样子。"安热尔说。

　　"这又不是一场病，"她说，"现在一切结束了，绝不会再开始。星期天，他们要接受洗礼。他们叫乔埃尔、诺埃尔和西特罗昂，就这么定了。"

　　"乔埃尔、诺埃尔不怎么好听，"安热尔说，"你以前想到过阿什埃尔、纳塔内尔，甚至阿里埃尔或普吕内尔。"

　　"你什么都别改，"克莱芒蒂娜很坚定地说，"双胞胎叫乔埃尔、诺埃尔，另一个就叫西特罗昂。"

她低声自言自语道：

"这个老三，我一开始就得制服他，对付他可能要费点劲，不过他挺乖。"接着她又大声说道，"明天，他们要有自己的床。"

"如果你想采购东西，我可以帮忙，不用客气。"雅克莫尔自告奋勇。

"这倒是个好主意，"克莱芒蒂娜说，"这样你就不会无所事事了。"

"我不习惯无所事事。"雅克莫尔说。

"不过，你在这里可能要习惯无所事事。"她说，"现在，你们俩都走吧，去木匠那里定三张床，两张小的，一张稍大点，告诉他做得精细一点。顺便把居勒布朗给我喊来。"

"好的，宝贝。"安热尔说。

他弯腰吻了她一下后直起身。雅克莫尔走在安热尔前头，安热尔走出屋子，心理医生带上房门后跟上安热尔。

"居勒布朗在哪？"他问。

"楼下……"安热尔说，"在洗衣房洗衣服呢！走，我们先去吃午饭，等会再去采购东西。"

"我去买东西，你留在这里。"雅克莫尔说，"我可不愿再像刚才那样谈话，太累人了，那可不是我的职业。总之，心理医生的角色很清楚，就是研究精神①。"

①　这里又是维昂创造的一个词，他把精神科医生"psychiatre"动词化为"pyschiatrer"。

十一

雅克莫尔第二次从这个方向走出栅栏门，踏上通往村子的路。他的右侧，是花园围墙，过去一点是一排峭壁和再远些的大海。左侧，是耕种过的田野，四处挺立着一些树和树篱。他意外地看见了早晨未曾注意到的一口水井，井沿的石头磨得发亮，两根石柱间用生了锈的粗链条拴着一只榉木水桶。井底的水面微微荡漾，碎裂了映照出的蓝天白云。

远处，最早出现的几栋房屋映入眼帘，风格粗狂。那是些围成U形的农舍，朝着道路伸出双臂。起初，只是路的右侧闪出一两座这样的房屋，院落常见的布局是方形，中间一个大水塘，深黑的水中养着鳌虾和微布罗兹①；右边的厢房通常是农场主和家人居住，左边和底部的二楼是牲畜棚和马厩，牲口通过一条略陡的斜坡进入。地基外围有一道凹槽，牲畜的粪便借重力堆积在凹槽内。没有安顿家畜的棚屋里堆放着麦秸、谷物和干草。在某个收拾好的隐秘角落，可以把农场里的女人扑倒在地。院子铺着灰色花岗石，种着路边可见的那种海绵质圆柱形植物，修剪得整整齐齐。

雅克莫尔继续赶路，路上未见到什么人。农舍渐渐增多，路的左侧也有房子冒出来。现在路面变宽并斜向一侧，而另一侧则突然衍生出一条红色小河，河面几乎与路面齐平，光滑无纹，没一点皱褶。水面上漂浮着一

---

① 维昂生造的一个水产动物的名字，可能是由vibrer（颤动）+brousse（灌木丛）合成而来。

些无法辨认的碎片，就像食物消化后的残渣。他开始小跑起来，从这边或那边的空屋子里传来多余的杂音。房子里混杂的气味扑面而来，雅克莫尔努力分辨其中的独特芳香。

这条小河让他费解。一开始几乎什么都没有，突然河水一下子充沛得几乎溢出河床，仿佛给小河铺了一层绷紧的薄膜。河水猩红黏稠如病人咳出的血，又像是水粉画的颜料。雅克莫尔捡起一块石子扔到水里，石子无声地下沉，没有溅起一点水花，如同被扔进了一堆羽毛里。

道路最后扩展成一个抬高的椭圆形广场，成排的大树投下一片阴凉。道路沿土台一分为二，右侧的路有些热闹的响动，雅克莫尔朝那边走去。

走近了才知道这是个老人拍卖集市。一条木长凳晾在太阳下，几块大石头上坐着最后赶到的人。几个老人并排坐在长凳和其中的三块石头上，一共七个男人和五个女人。村里的人贩子站在那条长凳前，腋下夹着仿皮登记册，穿一件棕色旧丝绒西装，蹬着一双带钉子的皮鞋。尽管天气炎热，他却戴了一顶鼹鼠皮帽，身上散着一股臭味，而那些老人身上更臭。他们呆坐在那里，双手交叉扶着磨得发亮的拐杖，身上是肮脏的破衣服，胡子拉碴，脸上深深的皱褶里积满了污垢。双眼因在太阳下劳作过度而眯缝，缺了牙的发臭的瘪嘴嚅动着。

"来吧，"人贩子喊道，"这一个不贵，还挺管用。你看，拉卢埃，不给你家孩子买一个？他还有个看头，你知道。"

"那让他给他们看一下。"有个人喊道。

"哦，这个当然可以！"人贩子点头道，"过来，老东西。"

他喊那个老头站起来。老头佝偻着背，往前跨了一步。

"给他们看看你的鸡鸡，看看你裤裆里的东西！"人贩子说。

老头哆哆嗦嗦解裤裆的门襟，油腻腻的裤裆边缘已磨破。人群爆发出一阵大笑。

"看这个！"拉卢埃说，"真的，他还是有点存货的！"

他弯腰凑近老头，扯了扯裤裆处那块可怜兮兮的布，笑得直不起腰。

"啊，好吧！我买下了，"拉卢埃对人贩子说，"我给你100法郎。"

"成交！"人贩子应着。

雅克莫尔知道这类交易在乡村很常见，但他第一次看到老人拍卖市场，买卖的场景让他非常震惊。

老头扣上纽扣等着。

"走！老畜生！"拉卢埃朝他踢了一脚，老头一个趔趄。"来吧，孩子们，归你们玩了。"

老头迈着碎步上路，两个小孩离开人群，其中一个用棍子扑打老头后背，另一个勾住他的脖子把他往下扳。老头摔了一个嘴啃泥，沾了一鼻子灰。没人看他们一眼，只有雅克莫尔出神地盯着那些孩子。老头跪在地上，磕破皮的鼻子在流血，嘴里吐出了一些东西。雅克莫尔转身回到那一大群人中。现在人贩子又在叫卖一个70来岁的老妪。她肥胖、粗矮，几根稀拉油腻的头发从破黑头巾里露出来。

"来吧，这个成色不错，"他说，"谁要？她几乎没什么牙齿了，这很实用。"

雅克莫尔感觉有些恶心。他更仔细地看了下周围的人，都是些三四十岁的男人，强壮、粗鲁，戴着压得低低的鸭舌帽。这里的人长得矮壮结实，有的人还蓄胡子，这就是他们的特点。

"六十法郎，阿黛乐！"人贩子继续吆喝，"这个价钱，没有牙齿，绝对划算啦。你，克雷蒂安，怎么样？还有你，尼菲尔？"

他在老妇人背上狠狠地拍了一掌。

"站起来，老母驴，让人家看到你！来吧，这可是桩好买卖。"

老妇人站起来。

"转过身，"人贩子说，"给大伙露出你的屁股。你们，看看吧！"

雅克莫尔竭力不去看，老太婆身上的臭味熏得他直想别过脸去。但他还是瞥到一堆赘肉和凸爆的青筋。

"五十法郎……"有个尖刻的声音说。

"拿走吧，她归你了！"人贩子宣布道。

老妇甚至还没来得及拉上棉布裙子，他就使劲将她一推。雅克莫尔身边那个棕色头发的大块头，开心地笑着。雅克莫尔抓住他的胳膊。

"你为什么笑？"他问道，"你不觉得羞耻吗？"

那个人止住笑：

"你说我不觉得什么？"

"你不觉得羞耻吗？"雅克莫尔轻声重复道，"他们都上了年纪。"

话音未落，他就迎面挨了一拳，嘴唇磕到虎牙上裂开了缝，嘴里泛起血丝的咸味。他踉跄几步跌倒在人行道上，没有人看他一眼，拍卖在继续。

他爬起来，用手掌拍拍裤子上的灰。现在他被围成半圆形的那群人挡在身后，他们的背影阴暗并充满敌意。

"这一个！"青脚鹬一样的声音又响，"他有条木头的腿，这个一定讨人喜欢。开价一百一法郎，一百一！"

雅克莫尔离开了，广场尽头是条横向的道路，看似有些店铺。他往那个方向走，几分钟后走进一间木匠铺，有些慌乱和不安。他身后的门关上了，他等着。

十二

老板没在屋子里，这是一间积满灰尘办公室模样的小房间。一块磨旧发黑的松木案板，一张黑木桌子，墙上贴了张旧日历。屋角有炉火烟熏的痕迹，两把破垫子的旧椅子，就是全部家当。木板的隔断，最里面有扇小门，工场传来断断续续的敲击声。那是两种不同的敲打声，相互重叠却不混淆。

雅克莫尔往里走。

"有人吗？"他轻声问。

敲打声没有停下，于是他走进工场。这里的光线来自顶棚，是一间长方形宽敞的棚屋，堆满厚薄不一的木板，拼接好的半成品。有三四个工作台、一台板锯、一把电钻、一台底座破损的铣床，墙上也挂着少量的各种工具。右侧靠门处，是堆积如山的木屑和刨花。空气里弥漫着一股强烈的胶水味，棚屋尽头是另一扇开向院子的门，一旁架在木炭炉上加热的铁桶里应该就是这些胶水。向下塌陷的屋架上挂着乱七八糟的东西：刨锯旧刀片、一只绿老鼠①、一把弓形夹和一堆破破烂烂的工具。

紧挨左侧是一根横躺的巨大橡树干，用两个木楔垫高。一个小学徒骑跨在上面，正吃力地用斧子将树干削砍成方形正梁。他穿着破烂衣服，骨瘦如柴的手臂几乎抓不住斧子。再往里，老板正给一个白原木蜂房形状的

---

① 这里的绿老鼠是一种文字游戏，可能来自法国的一首儿歌。

奇怪包厢钉皮内衬。老板站在里面，包厢有一扇打开着的厚实挡板，他每敲一下钉子，挡板的铰链就会轻微作响。

老板在敲钉子，孩子在埋头干活，谁也不看一眼站在门槛上不知所措的雅克莫尔。最后，他终于开口。

"上午好！"他大声说。

老板停下活计抬起头。他可真丑，一张下垂的大嘴，生铁锅脚一样狰狞的鼻子，骨节突起的粗糙双手有一层密密的棕色汗毛。

"有什么事？"他问。

"我要定几张床，婴儿床。"雅克莫尔说，"峭壁上那座房子里有婴儿诞生，需要两张床。一张双人的，一张单人的。"

"我做一张三人的，其中两人对着楼梯踏步。"

"第三个人宽一点……"雅克莫尔说。

"宽一点……看情况吧，"木匠说，"你是要手工做还是机器做？"

雅克莫尔看着那个梦游般挥着斧子的小学徒，他被束缚在无休无止的劳作中，像个可怜的机器人。

"手工的便宜些，"木匠说，"因为机器用起来比较贵，但像这样的垃圾学徒，要多少有多少。"

"这里的人教养孩子真严苛。"雅克莫尔说。

"要机器还是手工？"木匠又问了一遍。

"机器。"雅克莫尔说……

"真是的……"另一位嘟哝道，"就想毁了我的机器……"

"明天要。"雅克莫尔说。

随后，为了讨好木匠，雅克莫尔假装对他的活计感兴趣。

"你手上在做的那是什么？"他问。

"是给教堂做的布道台。"那人说。

他看上去既自豪又有点不自在，说话时大嘴吐沫四溅。

"布道台？"雅克莫尔有点惊讶。

他凑上前仔细看，这真是个布道台，还带顶盖，一种奇怪的式样。雅克莫尔以前从未见过。

"我没在农村住过，"他说，"你知道在城里，大家不怎么去教堂了，我很有兴趣去看看。"

"城里，没人相信上帝了。"木匠说。

他不耐烦地看了雅克莫尔一眼。就在这时，小学徒手里的斧子掉了下来，脸朝下瘫倒在砍劈的树干上。突然的安静引起了雅克莫尔的注意，他转身走向孩子，而木匠这时却走了几步，拿起一只装满冷水的旧铁罐，朝孩子兜头浇下去。看孩子还未直起身子，他又朝铁罐方向走去，小学徒叹了口气。雅克莫尔愤然过去想帮助这孩子，但孩子脏脏的小手又举起了斧子，无力而单调地劈砍着。

"你太粗暴了，"雅克莫尔对木匠说，"他还是个孩子！你应该感到羞愧！"

他的下巴挨了重重的一拳，几乎跌倒，他连连后退才保住平衡。他本能地托住下巴，胡子缓冲了一些拳头的冲击力。

木匠又回去干活，仿佛一切不曾发生。他敲了两下锤子后停下说：

"礼拜天你可以去看看，它会被安装好，这是个漂亮的布道台。"

他骄傲地抚摸着它，白色光滑的橡木仿佛在他手下颤抖。

"你的床明天可以做好，"他加了一句，"你明天来取，五点左右。"

"一言为定……"雅克莫尔答道。

锤子的声音再次响起，胶水的味道越来越浓。雅克莫尔看了小学徒最后一眼，耸耸肩走了出去。

街上很安静，他踏上了回去的路。经过几扇窗户，窗帘微颤。一个小姑娘唱着歌走出来，捧着一个几乎和她一般高的搪瓷水罐。但她往回走的时候，却不再唱歌了。

十三

安热尔和雅克莫尔坐在宽敞凉爽的客厅里，女仆来来回回忙着给他们上饮料，把杯子和水罐放到安热尔面前的托盘里。朝向花园的门窗都开着，偶尔有一只昆虫飞入，在高处扇动着翅膀。一切都很静谧。

雅克莫尔开口道：

"床今天五点就可以做好了。"

"那应该已经好了，"安热尔说，"肯定是早上五点。"

"是吗？"雅克莫尔问，"这样的话，确实应该做好了。"

他们都不说话，默默喝饮料。雅克莫尔犹豫片刻，终于再次打破沉默。

"我不想说些你司空见惯的事，它们肯定也令你不快，"他说，"但昨天我在村子里见到的事情实在让我震惊。这里的人们好奇怪啊！"

"你觉得他们奇怪？"安热尔问。

他保持礼貌，但语气不以为然。雅克莫尔感觉到了，于是掩饰道：

"是，我觉得他们有点奇怪。不过当我更多了解他们后，也许能理解他们的想法。反正对其他事情，我肯定也会吃惊，我是新出生的嘛。"

"肯定是。"安热尔心不在焉地回答。

一只鸟从窗框前迅速掠过，雅克莫尔盯着它看。

"当然啦，"他突然转换话题，"你不想被精神分析一下吗？"

"不想，"安热尔说，"我肯定不喜欢这样。再说我这个人不怎么有趣，是我对外界感兴趣，这是两回事。"

"你对什么感兴趣？"雅克莫尔竭力维持对话。

"对任何事，"安热尔说，"对生活，比如。我爱活着。"

"这是种运气。"雅克莫尔喃喃道。

他把杯中剩下的液体一口喝完。

"味道真好，"他称赞道，"我可以再来点吗？"

"就像在你自己家一样，别客气。"安热尔说。

"我去看看你妻子，她一个人可能会有点闷。"雅克莫尔边喝边说道。

"是啊，肯定，"安热尔说，"你过一会儿再来找我，我去把车开出来，我们一起去取小床。"

"待会见。"雅克莫尔说着，离开屋子朝楼梯走去。

他轻轻敲门，克莱芒蒂娜示意他进来。他推开门。

床上躺着克莱芒蒂娜和三个孩子，两个在她右侧，一个在她左侧。

"是我，"雅克莫尔说，"我来看看你需要点什么。"

"什么都不需要，"她说，"床快做好了吗？"

"应该好了。"雅克莫尔说。

"床是怎么样的？"她问。

"唔……"心理医生说，"我想木匠多少有点照着他的想法做。两个位置朝着门，另一个打横。"

"另一个要大一点，"克莱芒蒂娜打断他。

"我对他说了。"雅克莫尔对自己的仔细很满意。

"你安顿好了吗？"克莱芒蒂娜想了一会儿之后问道。

"我安顿得很好。"雅克莫尔答道。

"什么都不缺？"

"不缺……"

一个小家伙开始蠢蠢欲动，脸上露出不舒服的表情，肚子突然咕咕作响，猴子一样的小脸才松弛开来。克莱芒蒂娜轻轻拍拍他肚皮。

"哦……哦……有点肚子痛吧，小家伙。"她说。

第二个也开始哼哼唧唧。克莱芒蒂娜抬头看了一眼挂钟，对雅克莫尔说：

"到喂奶的时候了。"

"我这就走。"他低声道。

然后他无声地离开了。

克莱芒蒂娜抱起婴儿看着，这是诺埃尔，咧开嘴角，发出咿咿呀呀的呢喃。她放下他，迅速掏出一只乳房，随后再次抱起孩子凑近乳房，孩子迫不及待地吮吸起来，几乎顾不上喘息。但她突然拔出奶头，一股奶汁喷涌而出，划出一道弧线，滴落在坚硬的乳房上。诺埃尔被克莱芒蒂娜的行为激怒，大声哭起来。她把乳头凑近他，他又开始哼唧着贪婪地吮吸，但她再次把他举起。

这下他哭得更凶。克莱芒蒂娜觉得有趣，如法炮制了四回。诺埃尔气得脸色发紫。突然，他窒息似的张大嘴却发不出声，眼泪顺着因愤怒而发黑的脸颊滚落。克莱芒蒂娜吓坏了，摇晃着孩子：

"诺埃尔……诺埃尔……别吓我……"

她越来越惊慌，刚想喊人，诺埃尔突然接上一口气，又大哭起来。克莱芒蒂娜颤抖着双手，赶紧把奶头塞给他。

他立刻安静下来，咕嘟咕嘟吮奶。

她抹了把汗津津的额头，再也不敢那么做了。

几分钟后，诺埃尔终于吃饱，停了下来打个饱嗝，接着就进入梦乡，梦中似乎还在叹气。

她抱起最后一个孩子，发现他也在看着她。卷曲的头发，睁得大大的眼睛，一副若有所思的样子，深不可测像个神秘的小上帝，有趣而默契地微笑着。

轮到他吃奶时，他会时不时停下看着她，奶头含在嘴里，口里的奶也不咽下去。

等他吃完，她把他放在左侧，然后转过身体。房间里回响着一片轻柔的呼吸声。她仍有几分心神不定，伸着懒腰发呆。三个褟褓散发着酸酸的汗味。她做了个噩梦。

十四

安热尔刚把车开出车库，等着雅克莫尔回来。心理医生拖拖拉拉，被无与伦比的海天景色吸引。深紫色的大海，天空呈明亮的烟灰色。花园里绿树鲜花，白房子在一大片浓烈的色彩中坚如磐石。

雅克莫尔摘了一朵小黄花，上来走到安热尔身边。这是辆结实的旧汽车，老旧的外壳，不舒服却可靠。后备箱的门关不拢了，用两根链条拴着，清新的海风扑面而来。

"多美的地方！"雅克莫尔感叹，"多美的花！多美的美景！多……"

"是啊！"安热尔附和道。

他们在土路上加速，扬起一阵尘土，落在那些海绵状的植物上。雅克莫尔现在对这种奇怪的植物已见怪不怪。

一头山羊在路中间晃着羊角。安热尔停车。

"上来吧。"他对那动物说。

山羊跳上车，坐到他们后备箱的隔板上。

"它们都会搭车，"安热尔解释道，"我没任何理由不和农民搞好关系……"

他没把话说完。

"我明白。"雅克莫尔说。

又走了一段路，他们捎上一头猪。到达村口，两头家畜自己跳下车，各自回家了。

"如果它们不吵闹，就可以出来散步，"安热尔说，"否则主人就会惩罚它们，暴打它们，把它们关起来，然后无需审判就直接把它们吃了。"

"是……"雅克莫尔茫然地答道。

安热尔的车在木匠铺门前停下，两个男人下车。现在那间小办公室里多了个长方形的箱子，里面躺着前一天还在砍削橡树的小学徒，失血消瘦的尸体上盖了个破袋子。

"有人吗？"安热尔敲着桌子喊道。

木匠出来了。工场传来与昨天一模一样的声音，肯定是另一个学徒。木匠用袖口擦擦鼻子。

"来取你们的床？"他问安热尔。

"是的。"安热尔答。

"行，拿走吧，已经做好了。"木匠说着指指工场。

"过来帮我一下。"安热尔说。

他们两人离开了，雅克莫尔把围着孩子苍白小脸嗡嗡叫的苍蝇赶走。

木匠和安热尔把床放到车上，它们已被分拆成木板。

"你们把这个也给我带走吧。"木匠指着装小学徒尸体的木箱说。

"好吧，"安热尔说，"装上来吧。"

木匠抬起箱子放到车上。他们上路，一会就开到红色小河。安热尔停车抬下箱子，它很轻，也不大。他轻松地抱起箱子走到河边，把箱子推入河中。箱子旋即在河里沉浮了一下，孩子僵硬的尸体被抛到水面，被上过蜡的台布似的缓慢流水带走了。

车上的木板在颠簸的路上发出相互撞击的声音。

十五

8月31日

雅克莫尔的房间在二楼，一条铺砖长走廊的尽头，正对大海。达高纳①直发似的枝条正好映在落地窗窗框里，刀片状绿色叶片的上方就是大海。方形的房间天花板不是很高，墙面从上到下贴着刷过清漆的松木护壁板，散发着松脂的气味。天花板下是几根也刷过清漆的厚重横梁，撑住略微倾斜的屋架，斜角处有一些粗糙的斜撑。家具包括一张柠檬树木的矮床，一只红色包皮的宽大写字台，一把相配的椅子和一个双门衣柜，柜子的镜子对着窗户。像这幢房子里其他地方一样，这里也铺着地砖，不过是淡黄色的菱形多孔砖。一半地面被一条黑色羊毛地毯占据，墙上没有任何装饰，既无照片也无油画，另一道矮门通向盥洗室。

雅克莫尔梳洗穿戴完毕，打算出门。他没穿心理医生的职业套装，而是穿了一条软质紧身裤子，绛红色衬衫和一件宽松咖啡色丝绒外套呼应裤子的颜色。他系上紫色便鞋鞋带，走出房间，去村里参加神甫主持的仪式，所以穿得很简朴。

他在走廊碰到正回房间的克莱芒蒂娜。这是她第一次起床，她刚在花园溜了一圈，扬手与他打过招呼后关上房门。

他下了楼，安热尔还在睡觉。雅克莫尔不等吃早饭就来到花园。阿里

---

① 原文dracoena，又是维昂自创的一个词，可能脱胎于dracena "龙血树"。

约树①浅黄的叶子在晨风中簌簌作响。

地面干燥得像石棉。与昨天一样，井底的水在沸腾。天空透明入骨髓，不见丝毫会下雨的迹象。雅克莫尔走上通向村子的小路，走习惯了，便不再觉得遥远。

他还看不见整个教堂，只能看到略高出周围房子和农舍屋顶的教堂尖顶。要到达教堂，还须沿那条红色小河走很长一段路。看着丰沛的河水，想到水面下隐藏的一切，他不禁起了一层鸡皮疙瘩。

路随着河道拐了个弯。雅克尔莫被左岸的几间灰色农舍挡住视线，看不到河弯后边的景致。

又往前走了50米，远处的教堂已映入眼帘。红色河面上停着一条小船，船桨挂在两侧。在船身四分之三处，隐隐看到有个人影在移动，看不清在做什么。雅克莫尔走过去探个究竟。

走到小船边，他看见有个人扒着船沿，正竭力往上爬。红色河水滑过那人的衣服，仿佛珍珠滚动，并没有浸湿衣服。那人的头刚露出船舷，小船被弄得来回摇晃。他终于看清了那人的脸，那人通过最后的努力，把一只胳膊和一条腿搭到船上，顺势翻滚到船底。这是个上了年纪的男人，双颊凹陷，深邃的蓝眼睛，胡子刮得很干净，白色长发衬托得这男人既尊严又温和，不过嘴角闭着时，会流露出一丝苦涩。这男人的齿间咬着什么东西，雅克莫尔没看出那究竟是什么。

他用双手圈着嘴喊道：

"你碰到了麻烦？"

那人挣扎着坐了起来，放下嘴里叼着的东西。

"你说什么？"他问。

他弯腰拿起桨，划了几下小船就靠岸了。这时雅克莫尔才发现河道就是一条裂缝，两岸几乎直插入水中。

"你需要帮助吗？"雅克莫尔问。

那人看了雅克莫尔一眼，他穿着麻袋样破烂不堪的衣服。

"您是外乡人吧？"他问。

---

① 原文ariole，又是维昂自创的植物名。

"是的，"雅克莫尔回答。

"不然的话，您不会这么和我说话。"那人几乎在自言自语。

"你刚才差点淹死。"雅克莫尔说。

"这种水不会淹死人，"那人说，"它变幻无常，有时托不住木头，有时石头却可以浮在水面上，但尸体从不会下沉。"

"出了什么事？你从船上掉下去了？"雅克莫尔问。

"我在干我的活，"那人说，"人家把死烂东西扔到河里，我必须用牙齿把它们捞上来。他们付钱给我干这个。"

"用一张网岂不是更省事。"雅克莫尔说。

雅克莫尔有些不安，感觉就像在与外星人说话，这种感觉似曾相识？肯定，肯定。

"我必须用牙齿把那些死烂的东西捞上来，"那人说，"人家把东西扔到河里就是为了这个。通常他们会故意等到东西腐烂后再扔，而我要用牙齿把它们捞上来，就是为了让它们在我牙齿间破碎，然后糊我一脸。"

"别人付钱让你做这个？"雅克莫尔问。

"他们给了我这条船，然后用羞耻和黄金来支付我。"

听到羞耻两字，雅克莫尔后退了一步，有些自责。

"我有一间房子，"那人说，他注意到雅克莫尔刚才的动作，露出一丝笑容，"人家给我吃的，给我金子，很多很多金子，但我没法用掉它们，因为没人愿意卖东西给我。我有一间房子和许多金子，但我必须消化整个村子的羞耻。他们付钱给我，就是为了让我替他们承受良心谴责，替他们犯下的恶行或亵渎上帝的事受谴责：他们的邪恶，他们的罪孽，他们的老人拍卖集市，他们对动物的虐待，对学徒的虐待，他们的无耻。"

他停了一会儿。

"但是这些，你是不会感兴趣的。"他接着又问，"你不会打算留在这里吧？"

一阵长长的沉默。

"不，我会留下。"雅克莫尔终于开口道。

"那么，你就会很快与别人一样，"那人说，"你也会心安理得地活着，把你要背负的沉重羞耻卸到我身上。你也会给我金子，但什么都不卖给我。"

"你叫什么？"雅克莫尔问。

"拉格罗伊①，"那人回答，"他们叫我拉格罗伊，其实那是船的名字，我没名字。"

"我以后还会来找你的……"雅克莫尔说。

"你会和他们一样，"那人说，"你不再理我，你会付钱给我，你会把你的腐烂物和你的羞耻扔给我。"

"你为什么同意这么做？"雅克莫尔问。

那人耸耸肩。

"在我之前，有过另一个人干这活。"他说。

"那你怎么取代了他呢？"雅克莫尔刨根问底。

"干这个活的前一个人比我的羞耻还多。"那人说道，"这个村子里的人历来如此，他们很虔诚地信教，有自己的观念，从不觉得内疚，但如果有人无法忍受……有人想反抗的话……"

"人家就把他扔到拉格罗伊上……"雅克莫尔接过话头，"你，你反抗了。"

"哦，这样的事不常发生了……也许我是最后一个。我母亲不是这里的人。"那人应道。

他摆好姿势，弯腰划桨。

"我得干活了，"他说，"再见。"

"再见。"雅克莫尔说。

他看着那人在波光粼粼的红色河水中慢慢远去，继续赶路。那个像卧在鸟巢中的鸟蛋一样的教堂不远了。他来到跟前，快步登上七个台阶走了进去。在与神甫说话前，他要先看一眼里面。

---

① 原文La Gloïre是维昂自创的词，从La gloire变异而来，意为"荣誉"，这里是反讽。

十六

　　纵横交错的梁架撑起椭圆形中殿的黑色板岩屋顶。雅克莫尔面前竖着深色祭台和台上的绿色祭祀用品。两根横梁之间靠右侧的下方就是那个崭新的布道台，敞开的挡板让它看起来不是那么高。雅克莫尔第一次见到一座教堂建造得如此巧妙，像一个大鸡蛋。没有石柱，没有拱廊，没有扶手，没有犬牙交错的尖形穹窿，没有小门厅，没有管风琴，没有明日的烦恼。木结构组件奇怪地顺着坚固墙壁排列，组成几何形框架。主构件上点缀着一些刻得很深的雕刻画，他猜雕刻是彩色的，有圣人的眼睛、蛇及在黑暗中发光的魔鬼。布道台上方是一扇椭圆形的彩绘玻璃窗，让布道台沐浴在一片天蓝色中。倘若没有这扇窗，教堂里就十分昏暗。布道台两侧烛台上跳跃的火苗，在幽暗中发出一圈圈光晕。

　　从门口到布道台之间的地上铺着一层厚厚的稻草，雅克莫尔踏上去。因为眼睛适应了黑暗，他辨认出布道台右后方那个灰色的长方形是一扇半开的门。他走过去，猜那里可能是圣器室和本堂神甫的住处。

　　他推开门，走进一间狭长的小室，这里堆着柜子和各种物品。屋子尽头有另一扇门，里面传出说话声。雅克莫尔在木门上敲了三下。

　　"可以进来吗？"他低声问。

　　说话的声音停下。

　　"进来！"雅克莫尔听见有人回答。

　　他寻声推开第二扇门。

神甫在那里正和圣器管理人说话。看见雅克莫尔，他站起来。

"您好，您就是神甫吧？"雅克莫尔说。

"您好，先生。"神甫回答。

这是个骨骼粗大的男人，消瘦的脸上有一双黑色的眼睛和粗黑惹眼的眉毛，他说话时干瘪修长的双手合在胸前。雅克莫尔注意到他走路时有些轻微跛足。

"我想和您谈谈。"雅克莫尔说。

"说吧……"神甫回答。

"是想请您做一次洗礼，"雅克莫尔解释，"星期天，您有空吗？"

"这是我的职业，每个人都有其职业。"神甫说。

"峭壁上的那家人家生了三胞胎，"雅克莫尔说，"乔埃尔、诺埃尔和西特罗昂，星期天晚上之前要受洗。"

"星期天来做弥撒吧，随后我可以告诉您什么时间。"神甫说。

"可是我从来不做弥撒……"雅克莫尔辩解。

"那就更应该来了，"神甫说，"可以让您散散心，至少有一个人觉得我说的那些还是新鲜的。"

"我反对宗教，"雅克莫尔说，"不过我不否认宗教在乡村也许还是件有用的事。"

神甫冷笑道：

"有用？……宗教是一种奢华。是这些粗鲁的人把宗教变成一种实用的东西。"

他自豪地挺直身子，在屋子里一瘸一拐地大步走了起来。

"但是我拒绝，我的宗教必须保持奢华的本质！"神甫斩钉截铁地说。

"我想说的是，"雅克莫尔补充道，"在乡村，神甫是很有发言权的：他引导粗俗乡民的思想，教育他们谴责自己所犯的错误，帮助他们睁开眼睛看到过于现实的生活有什么危险，在他们有作恶冲动时起刹车作用……我不知道您是否了解这个村庄里发生的……唔……我刚来这里不久，我不想轻易做评价，也不想让我对这件事的反应惊扰您，这种事似乎由来已久……嗯……一个神甫，比如，他会在布道台上居高临下谴责偷盗行为，裁决年轻人过于匆忙的性行为，以免混乱和淫荡控制他们的命运。"

"应该说神甫大人……"圣器管理人纠正道。

"神甫大人……"雅克莫尔重复了一句，"我说到哪了？"

"我不知道。"神甫很干脆。

"好吧，"雅克莫尔终于忍不住，"那个老人拍卖集市，太荒谬了！"

"您是活在本世纪吗？"神甫朗声问，"那个老人集市？老人集市对我并不重要，先生！这些人在受苦……在人间受苦的人会在天堂占一席之地。实际上苦难本身并非一无是处，是造成这些苦难的方式让我讨厌，我不悦是因为他们并非为上帝而痛苦。我刚才说过，先生，这是些野蛮人，宗教对他们只是一种工具，一群只追求物质的野蛮人……"

他说话时手舞足蹈，双眼放出热切的光芒。

"他们以主宰者的姿态来教堂，他们只是肉体来了。您能想到他们向我要求什么吗？要求我让驴食草长快一点。灵魂安宁？先生，他们根本无所谓！他们很安宁，因为他们有拉格罗伊！我会斗争到底，我不会屈服，我不会让驴食草长快一点的。多亏了上帝……我有一些忠实的朋友，不多，但是他们支持我。"

他冷笑几声。

"礼拜天您来，您会看到……看他们如何物质化到极点。我要让这些野蛮人自己面对面……他们的麻木将碰撞到更大的麻木……让这种碰撞催生出一种忧虑，引领他们走向宗教，靠近奢华。这份奢华，是仁慈的上帝给予他们的权利。"

"那么，这个洗礼，礼拜天下午，可以吗？"雅克莫尔问。

"弥撒结束后我再和您确认时间。"神甫说。

"好吧，"雅克莫尔说，"神甫大人再见。刚才我欣赏了您的教堂，这是座奇怪的建筑。"

"奇怪。"神甫点点头，心不在焉。

他重新坐下，雅克莫尔则从刚才进来的门走出去，有些倦意。

"克莱芒蒂娜老用这些苦差事烦我，"他心想，"等三个孩子长大就好了……还有那被迫参加的弥撒……"

　　暮色降临。

　　"被迫参加的弥撒，这太气人了！"

　　"太气人了！"蹲在墙角的一只大黑猫表示赞同。

　　雅克莫尔看看它，黑猫发出一串呼噜噜的颤声，黄色的瞳孔眯成一道竖线。

　　"太气人了！"雅克莫尔折了一根圆柱形软绵绵的草，心头愤然。

　　走出几步后他回过头，迟疑地看看那只猫，继续上路。

十七

9月2日，星期天

雅克莫尔在走廊里踱来踱去，准备出发。他穿得一本正经，感到浑身不自在，就像套上戏服的演员站在空荡荡的舞台上。女仆终于来了。

"你磨蹭了半天。"雅克莫尔说。

"我得把自己打扮得漂亮点呀。"女仆争辩说。

她穿了一条白色的星期天长裙①，黑皮鞋黑帽子，白色的粗绢丝长手套，手里还捧了本皮封面磨旧的经书，红扑扑的脸蛋上，没有涂匀的唇膏溢出嘴唇，丰满的乳房几乎撑破紧身衣，粗犷的腰身尽责地塞满裙子的剩余空间。

"我们走吧。"雅克莫尔说。

他们出了门。她有些慌乱，出于尊重，呼吸时尽量大气不出。

"我什么时候给你做精神分析？"走出一百米后，雅克莫尔问道。她脸红了，朝他下身看了一眼。他们走过一道厚密的树篱。

"我们不能在去做弥撒前干这事……"她满怀希望地说。

心理医生感到自己的红棕色胡子抖了一下，他明白她误解了自己的意思，便趁势拉起她的手来到路边。他们消失在那道长满树莓的树篱后面，雅克莫尔还不小心钩破了衣服。

---

① 原文 robe de dimanche，又是维昂自创的一种说法，含有讥讽的意味。

现在他们来到一片隐蔽的田里，女仆小心地摘下黑帽子。

"我可不能把它弄坏了，"她说，"而且，如果我们躺在地上的话，我会沾一身绿……"

"你四肢撑地跪着。"雅克莫尔说。

"当然啦。"她应声道，仿佛这是她觉得唯一可行的方式。

心理医生在猛烈操她的时候，看着她粗短的脖子前后摇晃，没有扎牢的金发，耷拉下几缕刘海，在风中晃动。她身上的味有点大，但雅克莫尔自从来到这座房子后还没行动过，并不讨厌这种带点兽性的气味。出于另一种谁都可以理解的担忧，他尽量避免把她弄出个孩子。

他们赶到教堂时，弥撒刚刚开始了十分钟。看看外面停着的汽车和马车数量，就能估计到那蛋形教堂里挤满了人。

走上台阶前，雅克莫尔看了一眼那姑娘，她红着脸有些羞愧。

"我晚上去您那？"她低声问。

"好的，"他说，"给我讲讲你的生活。"

她有点吃惊地盯着他，发现他不是在开玩笑，于是茫然地点点头。他们走进教堂，挤入打扮光鲜而又急迫的人群。雅克莫尔紧贴着她，她身上牲口般的味道充胀他的鼻翼，汗水在她腋下浸湿出一个圆圈。

神甫结束开场白后准备登上那个布道台。令人窒息的炎热，女人们解开紧身衣，男人们却依然包裹严实，黑色上衣一直扣到领口。雅克莫尔看看周围的那些脸，似乎都很生龙活虎，粗壮结实，太阳和海风把他们的皮肤晒得如同皮革，人人踌躇满志的样子。神甫走上白色布道台的踏步，护板是打开着的，一个式样奇怪的布道台。雅克莫尔记起那个木匠，那个小学徒，不禁颤抖了一下。当他想到那个学徒时，女仆身上的气味却让他反胃。

当神甫出现在两根橡木立柱之间时，有个男人跳上一条凳子大声招呼大家安静，嘈杂声渐渐平息。教堂中殿笼罩在一片满怀期待的安静中。雅克莫尔注意到，穹顶投来的明亮光线反衬着杂乱无章的人群，照亮了巨大屋架上的雕刻和祭台上方的蓝色彩绘玻璃。

"下雨，神甫！"那人说。

人群齐声道：

"下雨！……"

"驴食草太干了！"那人补充道。

"下雨！"人群叫嚷着。

雅克莫尔完全惊呆了，他看见神甫张开双臂示意要讲话。嘈杂声渐渐停止。

"村民们！"神甫说。

他声如洪钟，响彻大堂。雅克莫尔猜有个扩音器才能让他的声音如此洪亮。大家的脑袋转向天花板转向墙壁，没看见任何喇叭。

"村民们，你们向我求雨，"神甫说，"你们求不到。你们今天来这里，像来航鸡一样傲慢，追求物质生活。你们来这里是作为祈求者，却咄咄逼人，你们想要你们不配拥有的东西。不会下雨的，上帝才不管你们的驴食草呢！弯下你们的腰，低下你们的头，让你们的灵魂谦卑一些，我才给你们传递上帝的旨意，但你们别指望得到一滴雨水，这里是教堂，不是浇花壶！"

人群里发出不满的窃窃私语，雅克莫尔觉得神甫讲得太好了。

"下雨！"凳子上的男人重复道。

在神甫暴风雨般的慷慨陈词后，这个人的叫喊显得那么苍白无力，帮腔的人意识到他们暂时处于下风，都不吭声了。

"你们声称相信上帝！"神甫声震如雷，"因为你们每个礼拜天来教堂，因为你们残忍地对待同类，因为你们不知羞耻，因为你们不会受良心的折磨。"

当神甫说出"羞耻"两字时，人群的愤怒爆发了，抗议声、叫喊声此起彼伏。男人们握紧拳头跺着脚，女人们不出声，紧抿嘴唇满怀敌意地看着神甫。雅克莫尔有点沉不住气了。喧闹声小下去后神甫开腔道：

"我无所谓你们的田地，无所谓你们的牲口和孩子！"神甫叫嚷，"你们只会过着物质和肮脏的生活，你们不懂什么是奢华！这份奢华，我奉献给你们：我把上帝奉献给你们……上帝不喜欢驴食草，上帝才不管你们的鸡毛蒜皮，不管你们的喜怒哀乐①。上帝是鎏金的锦缎靠垫，是镶嵌

---

① 这句的原文前半句用了plates-bandes，后半句用plates aventures，是一个文字游戏。

在阳光里的钻石，是爱情中的华美装饰；是奥特伊①，是帕西，是丝绸长袍、刺绣袜子，是项链是戒指，是无用之物，是宝藏，是电动圣体显供台……天不会下雨！"

"必须下雨！"说话的汉子吼道，这次他得到了人群的呼应，他们的吼声宛如掀起一场暴风雨。

"回你们的农场去！"神甫咆哮道，"回你们的农场！上帝，是一种额外的享受，而你们只想着最必需的那点东西，对他来说你们是些迷失的人。"

雅克莫尔身旁的一个人突然蹿出，冲向布道台扔了一块石头，但橡木挡板刚好关上，神甫的声音还在继续。石头重重砸在木板上发出一记沉闷响声。

"不会下雨的，上帝不是功利主义者。上帝是一份节日礼物，是一种无偿馈赠，是白金金条，是一幅艺术画，是一道清淡甜点。上帝是锦上添花，他不正不反，是一份额外馈赠。"

石块冰雹似的砸向布道台顶盖。

"下雨！下雨！下雨！"人群现在节奏一致地喊起来。

被人群疯狂的情绪裹挟，雅克莫尔吃惊地发现自己居然在和他们一起喊。

他低头看，左右两侧的农民都在原地跺脚，这种充斥整个教堂的脚步声仿佛一队士兵正从一座铁桥上经过。最靠近布道台的几个人被后面的人往前推，开始摇晃支撑布道台悬空的四根粗木柱。

"不会下雨的！"神甫顽固地说，人们可以想象他躲在挡板后气急败坏的样子。

"天上会掉下天使的翅膀，翠绿的羽毛，美丽的图画……但是不会下雨！上帝才不会管驴食草、燕麦、小麦、黑麦、大麦、啤酒花、荞麦、三叶草、苜蓿、白景天和鼠尾草……"

雅克莫尔不得不赞叹神甫的博学，但布道台的四条腿一下子都断了，人们听到扩音器里传来神甫头撞木板上时骂出的脏话。

---

① 奥特伊Auteuil 和帕西Passy都是巴黎比较富裕的地区。

"好吧！好吧！"他喊道，"天会下雨！下雨！下雨！"过了一小会儿，人们拥向教堂敞开着的门。天色突然阴沉下来，最初落下的雨点打到台阶上就像跳跃着的小青蛙，紧接着是一场真正的大暴雨，把屋顶砸得叮咚作响。人们七手八脚勉强把布道台扶起来，神甫打开了挡板。

"弥撒结束。"他简单地说了一句。

人们划着十字，男人们戴上鸭舌帽，女人们站起身，大家往外走去。

雅克莫尔想去圣器室，但不得不扶住一条长凳才不被人群挤到门口。他往里走时，被那个木匠撞了一下，他认得出木匠的大嘴巴和酒糟鼻子。那人朝他不怀好意地笑了笑。

"你看到了吧？"他说，"这里，我们信仰上帝，这不是神甫能阻挡的。他根本不懂上帝是派什么用场的。"

他耸耸肩继续道：

"好吧，我们随便他闹去，没什么坏处，倒是让人寻个乐子。有没有神甫不管，这里的人喜欢做弥散。反正，我的布道台还是挺牢的。"

他走了。雅克莫尔不知道女仆去了哪里，决定不去管她。人群散得差不多了，他终于来到圣器室门口。他没有敲门径自走到第二间屋子。

神甫跛着脚在屋子里来回踱步，被圣器管理人的溢美之词夸得心花怒放。这个小个子男人是那么不起眼，雅克莫尔费了很大劲才想起上次在这里见过他。

"您太了不起了！"圣器管理人说，"您太完美了！这是怎样的聪明才智啊！这是您最好的表演！"

"哈！我想我戏弄了他们一番。"神甫说。他额头上撞了一个巨大的乌青块。

"您是多么令人惊叹！"圣器管理人说，"太有创造力，太有灵感了！如此精彩的现代科学！我深信不疑，我被折服了，深深折服！"

"不过……你有点夸张吧……"神甫说，"真的很好？……我真精彩到这个地步？"

"请允许我在刚才那位先生的赞美中加入我的赞美。"雅克莫尔插话道。

"哦！……何等的才华，"圣器管理人赞叹道，"您……太棒了！"

"听着，你真的太过奖了，先生。"神甫有暗自得意，微笑着对雅克莫尔说。

"请坐。先生。"

雅克莫尔拉过一把椅子。

"啊！……"圣器管理人激动地说，"当您对他们说'这是教堂，不是浇花器'时，我跪拜了。多么机智，多么机智啊，神甫大人！还有'上帝不喜欢驴食草。'多么艺术！"

"这倒是真的！"神甫赞同道，"不过别耽误了这位先生。"

"我来是为了洗礼的事。"雅克莫尔解释道。

"我记得，我记得，"神甫连声道，"行……我们马上办这件事。4点钟你们都过来，我会在3点40分敲钟。马上，没问题。"

"非常感谢，神甫先生。"雅克莫尔站起身说，"我要再次赞美您一下，您真的很惊心动魄。"

"哈，惊心动魄，就是这个词，惊心动魄！神甫大人。"圣器管理人说。

心满意足的神甫紧紧握住雅克莫尔的双手使劲晃了晃。

"很遗憾您这么匆忙就走了，我很想留您一起午餐……但又怕耽误您的时间……"

"我确实有点着急回去，"雅克莫尔说，"下次吧。谢谢，非常棒！"

他大步向外走，教堂中殿阴暗肃穆。雨几乎停了，外面，太阳重新露脸，地上升腾起一股水汽。

十八

"我今天的剂量已经足够，"雅克莫尔心想，"一天内去了两次教堂，以后十年或者九年半我都不用踏进教堂门。"

他坐在客厅里等待。楼上女仆、安热尔、克莱芒蒂娜的脚步声，穿过厚厚的楼板和砂岩地砖后变得有些沉闷。时不时，三个小家伙中两个的哭声毫不费力地传过来，钻进雅克莫尔耳膜。那是诺埃尔或乔埃尔，西特罗昂从来不哭。

居勒布朗特地为洗礼仪式穿了一条粉红色宽花边的塔夫绸连衣裙，黑皮鞋黑帽子，十分碍手碍脚，撮着指尖拿东西，已经摔碎了三个花瓶。

安热尔穿得和平时一样。克莱芒蒂娜穿黑裤子和相配的上装，三个小家伙在缀着花边的小提篮里神气活现。

安热尔下楼把车开出。

克莱芒蒂娜抱着诺埃尔和乔埃尔，把西特罗昂交给女仆。西特罗昂时不时看看他母亲，小嘴微微咧开，但是不哭，西特罗昂从来不哭。克莱芒蒂娜有时略嘲讽地看他一眼，便满怀爱意去轻吻诺埃尔和乔埃尔。

汽车停在台阶前，大家走出屋子，雅克莫尔走在最后，手里提着装杏仁糖、钱和面包片的大包，仪式结束后他们要把这些分发给村里的孩子和牲口。

天空一如既往的湛蓝，把花园衬托得姹紫嫣红。

安热尔发动汽车，开得很慢，因为车里有孩子。

　　女仆每次晃动身体，大家都能听见塔夫绸发出的窸窣声。这是条非常漂亮的裙子，雅克莫尔却喜欢另一条提花裙，更能衬托出她的身材，现在这条让她看上去十分土气。

十九

9月2日

浓重的夜色包围了雅克莫尔，他坐在书桌前沉思，有些倦怠，甚至懒得起身开灯。这真是疲惫的一天，是疲惫的一周里的最后一天，他试着平复情绪。这几天过得热闹躁动，他几乎未感觉到精神分析的需要。但现在他一个人在房间里，放松下来，那种精确的、令人不安的空虚感又卷土重来，蜂拥而至的思绪掩饰着百无聊赖。他心神不定，无所事事，等着女仆来敲门。

上过清漆的房间里很热，散发着木料的气味，而附近大海的气息冲淡了这种浓烈味道，使空气变得安宁和清新，窗外传来几声鸟叫和昆虫快速振翅的声响。

少顷，有人轻轻拍门。雅克莫尔起身开门。那个年轻乡下姑娘走进来，羞怯地站在门口不敢动。雅克莫尔笑了，关上门，插上插销。

"怎么，害怕了？"

他立刻有些后悔自己的粗鲁，但一想到女仆那样的粗鲁之人肯定习惯了粗鲁，便又释怀。

"坐吧……坐床上吧……"他提议。

"我不敢……"她说。

"没事，没事，"雅克莫尔说，"跟我不用拘束，躺下，放松就好。"

"我要脱衣服吗？"她问。

"随便你怎么做，"雅克莫尔说，"你想脱就脱，不想脱就不脱，放松自然……这是我唯一的要求。"

"您也脱衣服吗？"她鼓起勇气问。

"哦，听着，"雅克莫尔有些不满，"你是来做精神分析的还是来私通的？"

她羞愧地低下头。

"我不懂您那些深奥的词，"她说，"但我很乐意做您让我做的事。"

"我不是说了随便你怎么做吗？"雅克莫尔强调。

"我很乐意别人告诉我该怎么做……反正也不是我指挥……"

"那就在那里躺下吧。"雅克莫尔说。

他回到书桌前坐下。她揣摩着他的心思，下了决心，熟练地脱掉裙子，是她从洗礼仪式回来后换上的日常棉布花裙。

雅克莫尔打量着她。她有些丰满，很结实，乳房圆润肥硕，腹部还未遭受过分娩的蹂躏。她躺在床上，他寻思等她走后，这个女人留在床上的气味会让他睡觉时心神不宁。

她笨拙地走了几步，仍然有些害羞。

"你多大了？"雅克莫尔问。

"20岁。"她说。

"哪儿人呢？"

"就是这村里的。"

"你是怎么长大的？最初的记忆是什么？"

雅克莫尔尽量用轻松的口气闲聊，以打消她的戒心。

"你还记得你的爷爷奶奶吗？"

她想了一分钟说：

"您叫我来就是为了这个？为了问我这些事？"

"也是为了这些。"雅克莫尔谨慎地回答。

"可这些事与您无关。"她说。

她从床上坐起来，把腿搁在床沿。

"您上不上我？"她问道，"我来就是为了这个，您很清楚。我不会说话，但我还不至于笨到让您随便嘲笑我。"

"哦，你走吧。"雅克莫尔说，"你脾气真大，明天再来吧。"

她从心理医生面前走过，她的喉咙让他心中一动。

"好吧，待在床上，我过来。"

她有些急迫地回到床上，当雅克莫尔靠近时，她转过身去，把屁股对着他，他就在这个位置干了她，和上午在草地上一样。

二十

安热尔躺在克莱芒蒂娜身边，小床上传来三个孩子睡梦中轻微的鼾声。他知道克莱芒蒂娜还未睡着，一个小时以来，他们就这么并排躺在黑暗中。

他挪挪身体，想找一处更凉爽的位置。移动中他的腿不小心碰到了克莱芒蒂娜的腿，她惊跳起来打开灯。安热尔睡意蒙眬，支着枕头看着她。

"你怎么了？不舒服？"他问。

她坐起来摇摇头。

"我再也受不了了。"她说。

"受不了什么？"

"我再也受不了你，受不了睡在你身边。只要一想到你会靠近我、碰我，我就再也没办法睡觉。感觉你腿上的汗毛触到我腿上时，我几乎要发疯，想大喊大叫。"

她声音紧张、颤抖、竭力克制着叫喊出来。

"你睡到别处去吧，"她说，"可怜可怜我，放过我。"

"你不爱我了？"安热尔傻傻地问。

他看着她。

"我无法再触碰你，"她说，"或者我还可以碰你一下，但我不能想象你要来碰我，哪怕只是一小会儿，这太可怕了。"

"你疯了？"安热尔问。

"我没有疯，任何与你的身体接触都让我害怕。我是爱你的……就是说我希望你快乐……但不是这个样子，这样对我代价太大了，不该是这样的代价。"

"可是，我并没要怎么样，我只是翻一下身就把你吓成这样。不要这种样子吧。"

"我不是故意装样子，"她说，"这就是我正常的样子，现在，睡到你自己的房间里去吧！……求你了，安热尔，可怜可怜我吧。"

"你没事吧。"他嘟哝着摇摇头。

他按着她的肩，她在颤抖，但没有阻止他。他在她鬓角轻轻吻了一下，然后站起来。

"我回我的房间，小甜心，"他说，"别担心……"

"听我说……"她还想解释，"我也不想这样……我不知道该怎么对你说……我再也不想要……别指望我还会重新开始……试着另外找个女人吧，我不会嫉妒的。"

"你不爱我了……"安热尔伤感地说。

"不再是这样的爱法。"她说。

他走了。她看着身边枕头上的凹陷处，他睡觉时总喜欢枕着枕头的最下端。

其中的一个孩子在睡梦中动了一下，她竖起耳朵，婴儿又睡过去了，她抬手关灯。现在，她独自拥有整张大床。再也不会有男人来碰她。

二十一

　　雅克莫尔在房间里也刚刚关灯。女仆在床垫上翻身的声音轻了下去。有那么一会儿，他仰面躺着一动不动。最近几天发生的事情在脑海里翻腾，让他心跳气喘。他渐渐平静下来，意识开始模糊。他合上沉重的眼皮，一条狭长粗糙的光带出现在视网膜上。

第二部分

一

5月7日　星期二

越过花园，远处高耸的悬崖直插入海，撕裂海面，海浪日夜翻滚，泛起一层层白色泡沫。岩石堆积的悬崖，一块不规整的蘑菇形巨石傲然耸立，一任风吹雨淋，让人望而却步，只有蕨类和山羊方能驻足。从房间里是看不到这块巨石的，人们称它为"大地之子"，呼应对面大海拍打礁石腾起的千层巨浪——大海之子。大地之子的三面都很容易攀爬，但北向的那面对攀爬者来说就是一连串的陷阱，几乎是一道不可逾越的屏障，仿佛出自一个狡黠的建筑师之手。在这里攀登完全靠运气。

有时候海关人员会来这里训练，一整天都绑着他们的绿白相间棉背心，尽力向新来者传授攀爬技巧，如果没有这些技巧，走私货早就泛滥成灾了。

但这一天，巨石处杳无人迹。克莱芒蒂娜贴着岩壁，小心移动双脚。以前的日子，从东面、西面和南面爬到顶峰，简直如同儿戏。但今天她豁出去了，没有任何可抓手的地方，手下只有"大地之子"光滑坚硬的岩壁。

她腹部紧贴一道几乎垂直的斜坡，离她头顶三米远处，有一个隆凸处可以让她抓住。从那里开始才是真正的考验，因为"大地之子"的上半段几乎都是悬垂的岩石，不过当务之急是爬完眼前的三米。

借助草底帆布鞋，她把脚尖伸进一条沿陡坡展开的裂缝中，才得以悬空贴住崖壁。裂缝淤积的少量泥土中长出一些微小的植物，在灰色光滑的石壁上留下一条绿线，就像小学老师的衣襟上别了一枚农业勋章。克莱芒蒂娜慢慢深吸一口气，像苍蝇那样贴着墙壁缓缓移动。三米，仅仅三米，连她双倍的身高都不到。

人凑近了，还是可见岩石表面有些凹凸，只有很近距离时才能看清，但这些凹凸还不足以保证人不摔下去。她双手抓住犄角般凸出的石块，勉强移动。隔着裤子干燥的布料，岩石摩擦着她的膝盖。她的双脚朝那条绿线又上升了三十厘米。

她喘口气，观察一下后继续攀爬。十分钟后她在一个小龛站住脚并准备下一步攀登。她额头汗如雨下，湿漉漉的头发贴住太阳穴，她闻得到自己呼出的植物气味。

她几乎无法动弹，因为空间太小。她转过头，从一个不常见的角度看到"大海之子"和缠绕其间、腰带似的海浪泡沫。太阳已经升得很高，把云彩的影子投到岸边嶙峋礁石上。

"大地之子"就耸立在她头顶，宛如打开了四分之三的书脊，微斜于万丈深渊之上。现在她必须爬过一个向后倾的锐利尖角。

克莱芒蒂娜仰头看着那尖角，有一种快感在喉咙口徘徊，两腿间忽然湿润了。

二

三个小家伙吃奶前在关着他们的屋子里乱爬，他们开始丢弃二十四小时都在睡觉的习惯，喜欢时不时伸展一下他们小小的双腿。诺埃尔、乔埃尔尖声叫着。西特罗昂则更矜持，只是围着一只矮桌打转。

雅克莫尔观察着他们，常去看他们，他们现在看上去更像个小人儿而不再是毛毛虫的样子。受惠这里的气候和细心照料，他们看上去比实际年龄大许多。两个大的有着光滑的淡色金发，老三则是褐色鬈发。像他出生的那天一样，他看上去要比哥哥们大上一岁。

他们滴滴答答流着口水，仿佛从嘴巴里拉出一根透明、柔软、脆弱的长线，他们所经之处地上便留下一摊水迹。

雅克莫尔看护着西特罗昂，小家伙鼻尖朝地，用最后一点儿力气继续打转，随后动作慢下来，最后一屁股坐了下来，抬头看着矮桌。

"你在想什么？"雅克莫尔问。

西特罗昂"啊"了一声。

他朝矮桌伸出手，桌子太远，于是他坐在地上，屁股往前挪了一点儿，然后毫不犹豫地抓住桌子边缘，站了起来。

"你赢了，"雅克莫尔说，"就该这样。"

"噢，吧。"西特罗昂一松手又一屁股坐在地上，很惊愕的样子。

"你看，"雅克莫尔说，"不能松手的，很简单。七年后你会第一次领圣体，二十年后你会结束学业，再过五年你会结婚。"

西特罗昂摇着头，一副不以为然的表情，又迅速站了起来。

"好吧，得去找鞋匠或马蹄铁匠了，"雅克莫尔心想，"你知道，这地方的人抚养孩子的方式真严酷。给马掌钉，它们也不见得更难受。这或许也是你母亲希望的。"

他伸伸懒腰，这是什么日子啊，没人可做精神分析，女仆总是不配合，毫无进展。

"到时候我带你们去那儿，小家伙们。"他说，"我有好几个星期没去村里了。"

西特罗昂还在围着桌子打转，但这回是站着打转。

"嚯嚯，你学得挺快，"雅克莫尔心想，"可能你要快于我的计划。不过这样倒是有个人可以陪我一块儿散步。"

乔埃尔和诺埃尔开始烦躁不安，雅克莫尔看看手表。

"哦，时间到了，甚至已经超过。但又能怎样，迟到这种事，谁都会碰上。"

乔埃尔开始哭起来，诺埃尔跟着哭。只有他们的弟弟没有反应，冷眼看着他们。

克莱芒蒂娜回来时已经三点半，发现雅克莫尔仍然坐在老地方，神思恍惚，似乎完全没有听见双胞胎们的大哭小叫。同样无动于衷的西特罗昂坐在雅克莫尔腿上，正扯着他的胡须玩。

"你终于回来了！"雅克莫尔说。

克莱芒蒂娜左腿的裤管完全撕烂，脸上青一块紫一块。

"看起来玩得挺过瘾呀。"他说。

"还不错，"她冷冷道，"你呢？"

她故作镇静的口吻与她显然还很兴奋的肢体形成一种反差。

"太折腾了！"一分钟后她终于老实说道。

"这个，他们渴了，他们需要你，你知道。就像你需要那些石头。"

"我没能更快赶过来，"她说，"我先喂最乖的那个。"

她从心理医生腿上抱下西特罗昂，坐到另一把椅子上。雅克莫尔识趣地别过头。他不喜欢见她喂奶，因为见不得雪白皮肤下那些清晰可见的血管。他觉得哺乳背离了乳房的真正用途。

"你知道吗，他会走路了……"心理医生继续道。

她吓了一跳，不禁把乳头从孩子嘴里拔出……孩子也不哭闹，只是静静等着。

"他会走路了？"

她把他放到地上。

"走走看！……"

西特罗昂抓着她的裤子，站得好好的。她重新抱起他，有点儿不敢相信。

乔埃尔和诺埃尔还在那里哭，手脚并用爬过来。

"那他们呢？"她问。

"他们还不会。"心理医生说。

"那好。"她点头道。

"你似乎有点担心他会走路？"雅克莫尔试探道。

"哦，他们还走不了几步，可怜的小宝贝。"

西特罗昂吃完奶。她抓过乔埃尔和诺埃尔的围兜，把他们拖到身边。雅克莫尔站起身。

"你会一直爱他们吧？"他问。

"他们看上去那么勇敢，"她回答，"再说他们需要我。你要出去？"

"我需要散散心。"雅克莫尔承认。

"为西特罗昂的事，你到马蹄铁匠家拐一下吧。"克莱芒蒂娜说。

"你为什么非要像农民那样抚养孩子？"

"为什么不呢？"克莱芒蒂娜有些不快地应道，"你看不惯？"

"看不惯。"雅克莫尔回答。

"装高贵！"克莱芒蒂娜说，"我的孩子很朴实。"

他离开了屋子。西特罗昂看着他，脸上的表情很凝重，就像那些被炸坏的石雕圣人头像。

三

女仆来了。

"您找我？"她问。

"把这三个孩子带走，给他们换衣服，让他们睡觉。"克莱芒蒂娜说。

克莱芒蒂娜仔细看了女仆一眼：

"你脸色真难看。"

"哦，太太，您觉得？"

"你继续和雅克莫尔睡觉？"克莱芒蒂娜问。

"是的。"女仆答道。

"他是怎么搞你的？"

"哦，他趴到我身上。"女仆说。

"他问你问题吗？"

"问，他一直在问我问题，搞得我什么感觉都没有。"

"永远都不要回答，还有，别再和他睡觉了。"克莱芒蒂娜说。

"可这让我有件事做。"姑娘说。

"你让我恶心，如果他让你怀上孩子，有得你好受……"

"还没发生呢！"

"会发生的，"克莱芒蒂娜颤抖着说，"总之，你最好别跟他睡觉了，这让人恶心。"

"我，我们那样子，我没觉得有恶心的地方呀。"姑娘说。

"给我滚吧。"克莱芒蒂娜说。

居勒布朗牵着三个孩子出去了。

克莱芒蒂娜回到自己房间，脱下衣服，用古龙水擦洗脸上的伤口，然后躺在地上做起体操来。

做了一会儿，她从地上换到床上，这次她可以准时喂奶了。这样让孩子们等待没有任何意义，孩子饿了就该吃，其他都不重要。

安热尔蜷缩在自己床上，心情沮丧到极点。他看着天花板，听到三声敲门声。

"进来！"他说。

雅克莫尔进来：

"肯定又是什么都不想做……"

"一向如此。"安热尔回答。

"你还好吧？"心理医生问。

"还好，"安热尔说，"我发烧了。"

"我看看。"

他凑近安热尔，搭搭他的脉搏。

"是发烧了。"他点头道。

雅克莫尔在床沿坐下：

"把你的脚往里挪点。"

安热尔腾出一半地方，雅克莫尔坐下，摸着自己的胡须。

"你干了些什么呢？"他问。

"你很清楚。"安热尔说。

"找女人？"

"找了一个女人。"

"和她睡觉了？"

"我没能够……"安热尔说，"我们俩一到床上，我的体温马上升高。"

"克莱芒蒂娜一点儿都不想要了？"雅克莫尔问。

"一点儿都不想，而其他女人让我心里火燎燎的。"安热尔诉苦道。

"那是因为你居心不良。"雅克莫尔不客气地说。

安热尔狡黠地笑笑：

"那天，我这么说你的时候，你生气了吧。"

"怎么说呢，"雅克莫尔说，"听上去肯定不舒服……尤其是当人家没有居心的时候。"

安热尔未搭腔，很明显他身体有些不适。他解开衣领，大口呼吸着五月的空气。

"我刚才去看了你老婆，"雅克莫尔说，"她想放松一下自己，孩子们成长的速度太惊人了，西特罗昂已经会站了。"

"可怜的小东西，"安热尔说，"他这个年纪就会站，以后要变罗圈腿的。"

"不会的，"雅克莫尔说，"他能站得住，说明他的腿可以支撑。"

"顺其自然吧……"安热尔嘟哝道。

"你老婆派我去找马蹄铁匠，"雅克莫尔说，"你不担心她抚养他们的方式有点野蛮？"

"我不能说什么，"安热尔叹道，"是她吃了很多苦，不是我。这就赋予了她某种权利。"

"我最反对这种扯淡的说法：痛苦可以赋予随便什么人，对任何人任何事拥有特权。"雅克莫尔反驳道。

"她真的虐待他们了？"安热尔转移话题。

"没有，"雅克莫尔说，"她对自己更严苛，但这不能作为她那么做的理由，她是存心的。"

"我想她是爱他们的。"安热尔说。

"哦……是的……"雅克莫尔答道。

安热尔不说话，看得出他的状态不好。

"你需要找点事排遣一下，"雅克莫尔说，"玩玩船吧。"

"我没有船……"安热尔回答。

"那就造一条。"

"这倒是个好主意。"安热尔嘟哝着。

雅克莫尔没有说话，站了起来。

"我得去找马蹄铁匠了，因为她对这件事很上心。"雅克莫尔说。

"明天去吧，"安热尔建议，"让这个可怜的小东西多太平一天吧！"

雅克莫尔摇摇头。

"我不知道，如果你反对，就应该说出来？"

"我处于弱势，"安热尔说，"再说，我想她肯定有她的道理，她是当妈的。"

雅克莫尔耸耸肩走了，宽宽的方砖楼梯在他匆忙的步履下微微颤抖。他穿过客厅来到室外。春天让大地万物复苏，色彩缤纷，就如同在台球桌似的绿草地上划下一道道绚丽的痕迹。

四

5月8日

第二天是礼拜三，雅克莫尔去村里。他避开那条通向老人拍卖集市的大路，到达居民区之前，他斜穿到房舍后侧的小路上。那里生长着一些绿色的野生植物，麻刀样扎人，农民叫它们割人藤。

猫儿们蹲在墙头或趴在窗台上懒洋洋地晒着太阳，一切那么死寂。尽管心理医生常常觉得百无聊赖，此刻还是浑身轻松，每一个细胞都感受到了活力。

他很清楚在右侧的这些房子后面，就是那条缓慢流动的红色小河，他知道再远一点小河会左拐，所以他看到小路顺着同样的角度拐弯时一点儿都不吃惊。突然，他生出一种感觉，所有这些农舍都显现出一种恒久的深沉。

几十米开外，有一群人似乎在忙碌着什么事。他正好朝那个方向走去，一声惨叫刺痛他的耳膜。那是因疼痛发出的嘶叫，听上去却和因愤怒而发出的吼声差不多，但这种细微的差别没能逃过他的耳朵。

他加快脚步，心跳也随之加快。在一扇高大笨重的橡木门前，一群农民正围着折磨一匹马。雅克莫尔凑上前，看见六个男人合力将马抵在门板上，剩下的两个男人朝马左前腿敲钉子，是那种钉木梁用的大钉子，钉子已经穿透皮肉，钉尖散着寒光。一缕血水顺马儿棕色的皮毛往下滴，这就是雅克莫尔刚才听到惨叫的缘由。

农民继续忙着手头的事，才不管心理医生是否来自远方，比如来自英伦群岛之类的。只有那匹马饱含泪水的大眼睛盯着雅克莫尔，咧嘴露出一丝苦笑。

"它怎么了？"雅克莫尔问。

五六个人中的一个淡定地回答：

"这是匹种马，它偷腥了。"

"那也没什么大不了的吧？"雅克莫尔说。

跟他说话的那个人朝地上啐了一口，没理他。现在他们开始往种马的右腿上钉钉子，看到钉子穿过马儿因恐惧而失色的皮肤，被一下子敲进肉里，雅克莫尔不禁打个冷战。种马像刚才那样，发出一声凄厉的长嘶。刽子手们把它的腿死死抵在厚重的门板上，它的双肩在重压下咯咯作响。马儿弯曲的前蹄形成一个锐角，正好框住凄惨的马头。闻到血腥味的苍蝇已围住蹄子，在钉子边嗡嗡打转。

抓住马后臀的那几个人分开身，把马蹄内侧按到门板后方形的枕木上。雅克莫尔目瞪口呆，不放过他们的每一个动作。他感觉喉咙口被一团东西卡住，好不容易才咽下去。种马的肚子一直在颤抖，硕大的阳具似乎也缩小了，耷拉在皮囊下。

路对面传来一些低语，有两个人走过来，一个成人，一个年轻人。雅克莫尔刚才没看见。成年人手插在衣袋里，身材高大多体毛，胳膊露在贴身马甲外，铁皮围裙的下摆撞击着他的小腿。年轻的那个显然是备受欺凌的学徒，端着一口装了烧红木炭的生铁锅，里面露出一把弯钩的长柄。

"马蹄铁匠来了……"有人说。

"你们对这牲口真的太残忍了。"雅克莫尔忍不住低声说。

"这不是头牲口，它是种马。"那农民说。

"它也没做什么大不了的事。"

"它本来是自由的，谁让它偷腥。"那人回答。

"可这是它的职责啊！"雅克莫尔说。

学徒把生铁锅搁地上，吹了口气让火苗燃起，师傅把铁钩子在炭火里翻了翻，判断烧得差不多了，便拿出弯钩走向种马。

雅克莫尔转身逃走，双手捂住耳朵，抱着脑袋笨拙地奔跑着，自己也在大声吼叫，为了遮盖种马的绝望惨叫。走到小广场，他终于停下来，他知道教堂就在边上，双手也终于放了下来。他刚从红色小河的木桥上穿过，河里没有一丝波纹，河水几乎凝固。远处，拉格罗伊正用牙齿衔着那些苍白腐肉的碎片，往小船里丢。

五

　　雅克莫尔惶恐地看看四周，根本没人在意他疯了似的逃跑。教堂就在眼前，状如巨蛋，蓝色彩绘玻璃窗像一道被撕裂的口子，正好让人下嘴。教堂里传来隐隐的唱诗声。雅克莫尔绕过去，定定神踏上台阶走进去。

　　神甫站在祭台前打着拍子，二十来个孩子唱着首次洗礼的赞美歌。那些巧妙的歌词尤其打动了心理医生，他凑近祭台想听个真切。

　　　　山楂花，是一种花

　　　　脂肪，是一种肥肉

　　　　M……是一种幸福

　　　　耶稣，比这些都好

　　　　草，是给牲畜

　　　　肉，是给爸爸

　　　　头发，是给脑壳

　　　　耶稣，比这些都好

　　　　耶稣，是余粮

　　　　耶稣，是额外

　　　　耶稣，是奢华……

　　心理医生听出这些歌词的作者就是神甫本人，就不再那么专心致志地听了，心想要神甫抄一份很容易。音乐略微平复了他混乱的思绪。他不想打搅神甫排练，便找个地方默默坐下。教堂里很凉爽，孩子们的歌声在大殿里回荡，声波传到墙体的齿形构件，形成回声。雅克莫尔随意地东看西看，看见布道台已被放回原处，并且加了两个大铰链。下次万一它再被推倒时也不会摔坏了。雅克莫尔突然意识到，在三个小家伙的洗礼之后，他再也没来过教堂，时间过得可真快。真快，因为已经暗下的天色缓和了蓝色彩绘玻璃的冷硬，孩子们的歌声也愈加显得温柔，所以暮色和音乐的组合最能打动人心，可以包扎灵魂的伤口。

他带着平静的心情走出教堂，想着该去找马蹄铁匠了，免得回去后克莱芒蒂娜絮絮叨叨。

夜色降临，雅克莫尔朝村头广场走去，隐约闻到空气中马蹄烧焦的煳味。为了不迷失方向，他干脆闭上眼睛，用鼻子顺着气味找到那间昏暗的店铺。小学徒正对着火炉拉风箱，门前有匹马，等着掌最后一只蹄子。他们刚给它全身剃过毛，除了四个蹄子。雅克莫尔欣赏马儿饱满滚圆的臀部、略微下凹的背和强健的脊梁。粗硬的马鬃，如修剪过的黄杨。

马蹄匠从黑黑的门洞走出来，就是雅克莫尔一小时前见过的从路对面走来折磨种公马的那个人。

"你好。"雅克莫尔说。

"你好。"铁匠答道。

他右手握一把长长的钳子，夹了一块烧红的铁片，左手臂上挂了一把锤子。

"抬起你的腿。"他对马儿说。

马顺从地抬起腿，一眨眼工夫，马蹄就掌好了，在暮色中腾起一股蓝色的烟雾，夹带一股焦煳味，雅克莫尔咳嗽起来。马儿把腿踩在地上试试新铁掌。

"怎么样？没有太小吧？"铁匠问。

马儿示意没有太小，并把头搁在马蹄铁匠肩上，后者摸了摸它的鼻子。马儿随即迈着轻快的步子走远了，在地上留下一堆毛，就像理发店那样。

"嗨！你过来把它们扫掉！……"铁匠对小学徒喊道。

"好的。"学徒说。

铁匠准备进屋，雅克莫尔拉住他：

"那个……"

"什么事？"铁匠问。

"你能不能到峭壁上那人家去一趟？有个孩子会走路了。"

"很着急吗？"

"是的。"雅克莫尔说。

"他们不能过来？"

"不能。"

"那我看一下。"铁匠说。

雅克莫尔走进铺子，撞上拿着旧扫帚，正把地上凌乱的毛扫成让人恶心的一大坨的学徒。雅克莫尔走到门口，里面非常暗，他被炉火晃花眼睛，只见一团橘黄色的斑点映射出一些不协调的黑影。靠近火团，雅克莫尔认出那是一块铁砧，一旁的钳桌上躺着一个模糊的人形物件，门口透进的光勾勒出金属的反光。

铁匠看完记录本后回来，看见雅克莫尔时不禁皱了皱眉头。

"你在外边等，"他说，"这里可不是个磨坊。"

"对不起。"雅克莫尔很尴尬。

"我明天过去，"马蹄铁匠说，"明天上午10点，希望一切都准备好，我可没有多少时间。"

"一言为定，谢谢。"雅克莫尔说。

铁匠回到铺里，小学徒在扫拢的毛发上点了一把火，刺鼻的臭味差点熏倒雅克莫尔，他落荒而逃。

回家的路上，他注意到一间裁缝铺。橱窗后明亮的屋子里，可以清楚看见一个老太太正在缝一条白绿相间、镶着英国花边的连衣裙。雅克莫尔停住脚步，想了一会儿，又重新上路。快到家门口时，他终于想起克莱芒蒂娜几天前穿过一条一模一样的裙子，也是白绿相间的条纹，领口和袖口镶着英国花边。然而克莱芒蒂娜从来不穿村里人做的衣服，是不是这样呢？

六

3月9日

雅克莫尔站起身。整个晚上他都设法让女仆开口，未果。和平时一样，他们最终以交媾收场，仍然是四肢跪地，那是她唯一肯接受的姿势。雅克莫尔烦透了这种令人沮丧的沉默。他手上沾着那姑娘阴户的气味，他需要这种味道安慰自己，他提了许多具体问题，得到的却是泛泛的回答。她不在场时，他充满了对她的恼怒，孩子气似的准备着攻击她的理由，但一旦找到她，那种沉默，那种不由自主的倦怠便让他斗志全无，除了泄气，他找不到其他感受。他嗅嗅手掌，在意念中重新体验和固化那种占有。——尽管他觉得倦怠，但回忆这些场景，他的肉体又渐渐亢奋起来。

盥洗时他避免洗那只手，洗完后他决定去找安热尔，他需要有个人说说话。

安热尔没在自己房间里，雅克莫尔敲了三次门，每次敲三下，都无回应。他又去别的房间敲了一圈，心想安热尔一定出去了。

花园里传来锯齿的声音，安热尔一定在那儿。

雅克莫尔拐到一条小径，悄悄嗅嗅手指，指上的气味还在。

锯木的声音越来越清晰。在车库那儿，雅克莫尔看见安热尔身穿蓝帆布裤，没穿外套，正在锯一块搁在架子上的厚木板。

雅克莫尔走上前，木板不规整的一端刚好被锯下，掉在地上发出沉闷的响声。

　　安热尔直起身放下锯子，向心理医生伸出手：

　　"你看，我听从了你的建议。"

　　"一条船？"雅克莫尔问。

　　"一条船。"

　　"你会造船？"

　　"我不要求它有多完美，"安热尔说，"能在水上漂就行。"

　　"那就做个木筏子吧，"雅克莫尔说，"方的，更容易做。"

　　"是的，"安热尔说，"可那不够漂亮。"

　　"像漂在水里的一摊油漆。"雅克莫尔说。

　　"像漂在水里的一摊油漆。"安热尔说着放下锯子，抬起他刚刚锯好的木板。

　　"这块板派什么用？"雅克莫尔问。

　　"我不知道，"安热尔说，"目前我先把不整齐的那端锯掉，我喜欢用规整的木板干活。"

　　"你这是重复劳动……"

　　"无所谓，反正我也没其他事要做。"

　　"真有意思，"心理医生嘀咕道，"木料未切割规整，你就不能开始干活？"

　　"可以开始，但我不喜欢。"

　　"你这样子有很久了吗？"

　　安热尔狡黠地看了他一眼。

　　"怎么，这算例行提问？"

　　"完全不是！……"雅克莫尔辩解道，一边把手指放到鼻子下嗅，假装是一侧鼻子不通气。

　　"你这是职业习惯？"

　　"不，"雅克莫尔说，"因为我早对别人不感兴趣了，你让我对谁还有兴趣呢？"

　　"对你自己。"安热尔说。

　　"你很清楚我是空的。"

　　"你想过为什么会空吗？这就填充一点空了。"

“填不了多少。”雅克莫尔说。

“一直没人可分析？”

“没人……”

“那试试动物吧，现在有人这么做的。”

“你怎么知道？”雅克莫尔问。

“书上看来的。”

“不能全信书上的。”雅克莫尔教训道。

他拇指内侧确实保留了某种特殊的气味。

“还是试试吧。”安热尔说。

“我想告诉你……”心理医生一开口就突然打住了。

“告诉我什么？”

“算了，”雅克莫尔继续说，“还是不对你说了，我想自己看看这是不是真的。”

“这是一种假设？”

“一种理论。”

“好吧，反正这是你的事。”安热尔说。

他转身走到车库，从开着的门可以看到汽车右后侧，一堆捆扎好的轻度弯曲的木板靠在墙上。

“你倒是不缺木料。”雅克莫尔赞叹道。

“不管怎样，这会是一艘相当大的船。”安热尔说着走进去选木板。雅克莫尔抬头看看天，天空没有一丝云彩。

“我得走了，我去村子里。”他说。

“祝你好运！”

锯子的声音继续响起，随着雅克莫尔走远，声音越来越小。走到花园栅栏门时，已完全听不见，他走上土路。刚才和安热尔说话时，他突然想起了那只大黑猫，蹲在村口墙头的大黑猫，是少数赞同他的人之一。

那堵墙肯定是黑猫喜欢的地方，他加快脚步想过去看看，并且又把拇指放到鼻尖下猛嗅几口。气味能让一些图像具体化：女仆厚实的背脊，自己对着那个浑圆屁股的撞击，这些场景促使他往前走。

七

3月24日

麦秸枯草被风从门缝里，从谷仓四周，从被遗弃在太阳下的石磨上吹到路上。风从大清早开始刮，掠过海面，波浪卷起的泡沫，仿佛扬起一把砂糖；风攀上岩壁，从一片欧石南中呼啸而过，围着房屋打转，发出凄厉的呼啸，飞沙走石；风扬起去年秋天残留的未被腐蚀的落叶，吹散遗留在车辙缝里的干马粪。

一股旋风在村口升腾，裹挟着残枝败叶打转，形成一道模糊的柱形漩涡。它的尖端任性地舞动着，仿佛铅笔芯划出一道道曲线。一堵高高的灰墙上有一团黑乎乎、蓬松松、塑料模样的东西，那个柱形漩涡顶端歪歪扭扭摇摇摆摆地靠近那团黑色。那是黑猫空空轻飘的皮囊，一只无骨无肉的猫，干瘪、空灵。旋风卷走了它，挤压、撕裂，就像海滩上被狂风吹刮的一张报纸。狂风宛如伸出无数条线撕扯着高处的草，发出呜呜之声。黑猫的幽灵夸张地从地面一跃而起，随即又歪歪斜斜地跌落。一阵狂风把猫儿贴到一堵树篱上，随后又摘下，仿佛用一根线扯着一个皮偶。猫儿忽然又跳到路堤上方，因为小路有个急转弯，它一头窜进路边的田里，在片片点点的绿色庄稼里，如一只醉酒的黑乌鸦，触电般地跳跃飞腾，却空之又空，如干草，如太阳下被碾压的旧麦秸。

八

3月30日

雅克莫尔一个大步跳到路上，猛吸了几口新鲜空气，闻到了各种新鲜的气味，这些气味唤起他一些难以名状的记忆。一个星期来，他不断惊讶着吸收黑猫的全部精髓，辛苦地学习如何应付这个情感剧烈的复杂世界。说他继承了一种全新的行为模式，并不正确：他的行为习惯、深层反射早已根深蒂固，与这只猫的少许接触难让其改变多少，收效甚微也就不难解释。现在他觉得很可笑，他曾试图让人相信（也是为了让自己相信）他需要用双脚挠耳朵，或需要双手弯曲垫在下巴下趴着睡觉；但他仍然保留了猫的整体欲望和感受，甚至思想，只是感受得并不深刻，这些对他也不怎么有吸引力。比如说缬草：他能感觉到几米外的灌木丛里就长着缬草，然而他却毫不犹豫背转身，朝与村子反向、通向峭壁的小路走去。他想到一个绝好的主意，这主意引着他向前。

他来到崖壁边缘，没费什么劲就发现了一条依稀可辨的小路，路很可能是由掉落的碎石砸出的。他没有迟疑，背对悬崖走上去，四肢并用往下爬。当脚下有石子滚落，他还是有些惊心，但毫无疑问，他的行进中有一种以前没有的灵巧和坚定。不一会儿他就下到悬崖的谷底，底部的海岸露出一圈鹅卵石，像一条狭窄的飘带，四周斧劈刀削般的岩石深深插入水底。雅克莫尔灵巧一跃，跳上一块贴近水面的石头，找了个可以落脚的地方，挽起袖子蹲下，用僵直的手指撩拨水面。

过了十来秒，一条黄色小鱼从绿色水草下探出脑袋，在绿色水面的背景下很难被发现，但雅克莫尔看见了它扇动的优雅鱼鳍，心中一阵狂喜。

他突然伸出手，一把抓住那条鱼，放到鼻尖下嗅着，真是好闻。

他舔了舔嘴唇，张大嘴巴，毫不迟疑地嚼起还在扭动的鱼头。

真是美味，这水域里多的是鱼。

九

安热尔在工作台上放下铆锤和一些物件，用袖口擦擦额头的汗。他刚钉完右舷的船壳板，红色铜钉在弯曲的船板上排出一条漂亮直线。船已经成形，停在朝向海面的橡木船坞里，橡木板搭建的轨道一直通到悬崖下方。

三个孩子就在附近，在角落里的一堆木屑和刨花中玩耍。他们长得实在太快，现在都会走路了，穿着他们的小铁靴。只有西特罗昂的脚还会出血，乔埃尔和诺埃尔要皮实得多，脚上已长出一层茧子。

安热尔有些惊讶，时间已到，可女仆还没过来，孩子们该吃饭了。他突然想起女仆今天出门了，于是叹了口气看看手表。确实，克莱芒蒂娜越来越少忘记给孩子们吃饭，但每当他对她有任何不满，她总用一种令人气愤的蛮横无理回答他。而看到孩子们站立在母亲身边，略带讥讽地看着他时，安热尔有些尴尬。

他看着他们，视线与西特罗昂的黑眼睛相遇时，他竟有些不安。他有点气恼地想，他们那也是自找的，他虽然很想去宠溺他们，亲吻他们，但他们从未这样恳求过他。

他们喜欢别人摧残他们，安热尔苦涩地想。

不过他还是朝他们走去。

"来吃东西吧，小宝贝们。"他说。

乔埃尔和诺埃尔抬起头，嘟囔。

"我要芒蒂娜。"乔埃尔说。

"芒蒂娜。"诺埃尔跟腔。

"克莱芒蒂娜不在。走吧，我们去找她。"安热尔说。

西特罗昂威严地走在前面。安热尔伸手去牵两个双胞胎，但他们不去抓他的手，而是摇摇晃晃踏过木屑和刨花堆，去追赶弟弟。安热尔有些酸涩和恼怒，但还是远远地跟在后头，因为花园的陡坡埋藏着很多危险。尽管心头不悦，他也不愿看到他们遭遇不测。

他与他们前后脚来到屋门口，把他们拽进屋里。诺埃尔尖着嗓子喊妈妈，乔埃尔附和着。

"行了。"安热尔厉声说。

他们吃惊地闭上了嘴。

"去厨房。"

他很惊讶没找到任何准备好的食物，她至少可以把点心准备好吧。他笨拙地把他们安顿好，拿出牛奶和面包片。他们大声吃东西时，他朝门外走去，差一点撞到雅克莫尔身上。

"你没有看见克莱芒蒂娜？"他问。

心理医生像猫一样用手挠挠耳朵。

"呃……"他含混不清道。

"别再装猫样了，"安热尔说，"你不见得比我过得更有意思。告诉我，我老婆去哪了？"

"我不知道，"雅克莫尔说，"不过刚才我不经意走过餐厅时，她在那里。"

"什么？"安热尔埋怨道。

他丢下雅克莫尔气冲冲地走了，雅克莫尔跟在他身后。安热尔把自己对孩子的无能为力转换成一种怒气，这显而易见，但雅克莫尔没有点破他。

安热尔酝酿着说句狠话，他很少失去控制，每次也总是因为孩子的问题而发火，他应该更多关心他们。他很烦躁，心跳加快，她把谁当傻瓜。

他猛地推开门，却呆在了原地。克莱芒蒂娜横躺在餐厅饭桌上，裤子退到膝盖，正喘着粗气扭动身子，灵魂出窍。她搁在一边的手收缩着，痉挛着，贴着桌面的腰背波浪形起伏地、抖动着，双腿微微张开，嘴里发出阵阵轻微的呻吟。安热尔站了一会儿，目瞪口呆，随即退了出来，脸有点涨红。他关上门快步来到花园，雅克莫尔站在台阶上，看见他消失在小路拐弯处，便定定神，走到厨房里。

"怎么回事……"他嘀咕着。

他三下两下收拾好小家伙们留下的烂摊子。他们吃饱喝足了，在那里快活地唧唧嘎嘎。雅克莫尔替他们擦干净脸，把他们推到门外。

"去和爸爸玩……"他说。

"我要……芒蒂娜……"乔埃尔说。

"芒蒂娜……"诺埃尔说。

西特罗昂什么也不说，朝车库方向走去，哥哥们跟在他后边。雅克莫尔皱着眉头等了一会儿，犹豫片刻，转身去餐厅。

克莱芒蒂娜现在趴在桌上，继续着她的淫秽动作。心理医生深吸一口屋子里的气息，然后不情愿地离开，回到自己房间。他躺在床上，不太自信地试着学猫的呼噜声，最后不得不承认，很难让自己满意。他几星期前分析过的那只黑猫到底会不会猫颤？随后他开始思考一个有意思的主题：克莱芒蒂娜。也许他刚才应该碰她一下，他又嗅了嗅手指，手上仍然残留了女仆的气味，但那是昨天留下的，已不那么真切。虽然他躺在床上很舒坦，但楼下那个女人肯定还在颤动着。他从床上坐起来，起身下楼，在餐厅门前站了一会，竖起耳朵，什么也没听见，于是推门进去。

克莱芒蒂娜半裸着身子睡着了，至少是停止了颤动，在休息，脸贴着桌面，臀部露在外面。雅克莫尔闻到了什么，凑上前。她听到响动后动了一下，撑起身子。雅克莫尔站住不动。

"对不起，我以为你在喊人。"他说。

她眼神迷离。

"我在这张桌子上做什么？"她问。

"唔……我不知道，"雅克莫尔搪塞道，"可能你太热了。"

她发现自己衣衫凌乱。

"我做了个梦。"她开口道。

而后，她像安热尔刚才那样，脸红到耳根。

"我是不是……"她继续道。

她坐起来，并不急于遮盖自己露出的大腿。

"反正，"她喃喃道，"你早就看到过我的样子。"

雅克莫尔一时语塞，说不出一句话。

"我猜想我刚才有点胡乱的动作吧！"她边穿衣服边说。

"恐怕是的……"

"唉，"克莱芒蒂娜说，"我也不知道怎么回事，我本来要去给孩子们准备午后点心，然后……就在这里了。"

她摸摸脑袋。

"我只记得自己跌倒在这张桌子上，头上还撞了个包。"

"某个女妖附体了……"雅克莫尔说。

她系上裤子，理了理头发。

"好吧，没什么！有时会碰上，"她总结道，"不过我会很快忘掉这事，现在我要去给他们准备点心了。"

"他们已经吃过了。"雅克莫尔告诉她。

克莱芒蒂娜的脸色一下子拉下来。

"谁给他们吃的点心？"

"你丈夫，"雅克莫尔说，"然后是我给他们擦干净了大花脸。"

"安热尔来过这里？"

"是的。"雅克莫尔淡淡地说。

她抢在他前面，急匆匆朝花园走去，到了小路转弯处就几乎小跑起来。雅克莫尔上了楼，思考着，他思故他在，但只有他自己。

十

安热尔用铆锤钉另一侧的船舷。他正从里面往外敲钉子时，克莱芒蒂娜过来了，因走得太急而涨红脸。双胞胎看到她，高兴地欢呼起来，西特罗昂过来抓住她的手。安热尔抬头看到这一切，心头一紧。

"谁给他们吃的午后点心？"克莱芒蒂娜问。

"我。"安热尔生硬地回答。

他的语调让她吃了一惊。

"你有什么权力？"

"够了！"安热尔粗暴地打断她。

"我问你，你有什么权力给他们吃点心？这些孩子，早说过的不用你管！"

她还没来得及闭上嘴，脸上就重重地挨了几巴掌。震惊之下，她一个踉跄，而安热尔脸色苍白得像一张白纸，气得发抖。

"够了！"他吼道。

见她用手捂着挨打的脸，他冷静了一点。

"很遗憾，"他终于说道，"但是你太过分。"

孩子们开始大哭，西特罗昂弯腰捡起一枚钉子，凑近安热尔，用尽他小小的力气扎在安热尔小腿上。安热尔没有动。克莱芒蒂娜开始大笑起来，带着哭腔的笑。

"够了！"安热尔厉声重复道。

她停止了笑。

"实际上，我不后悔自己的行为，"他继续道，"而后悔没有早点儿打你。"

克莱芒蒂娜摇摇头走了，三个孩子跟在她身后。西特罗昂时不时回过头，恶狠狠地瞪他父亲一眼。安热尔陷入沉思，回想刚才发生的一幕，心绪难平，苦涩不堪。他老婆躺在餐厅饭桌上的情景随即又浮现在脑海，让他禁不住脸上发烫。他知道自己不会再回家，工场有足够的木屑和刨花，完全可以在夜里舒舒服服暖暖地睡一觉。他感觉左小腿有些发痒，弯下腰拔出那枚钉子，一枚金色的小细钉，在他暗绿色的粗麻布裤子上留下图钉大的一个褐色斑点，让人发笑。可怜的小屁孩。

十一

5月20日

安热尔搬到工地去住以后，雅克莫尔也很少待在家里。克莱芒蒂娜在的时候，他感觉不自在，她母性太强，和自己完全不在同一个世界。倒并非他觉得有何不妥，他用不着撒谎，因为早已放空自己，也就没什么伦理上的考量。他感到的是一种生理上的不适。

他在花园一个角躺下，那里长满芙叶贝檀①，给他隐秘的行为带来勇气和决心。他心不在焉地嚼着几根多棱角的花茎，在等居勒布朗，她应该会来找他，一起度过无聊一天中最后的时光。想到有聊无聊，他不禁用手扯了扯裤裆。像是约定俗成，精神分析最后总是在鸡巴上收场。

他听到砾石小路上的吱嘎声，便坐起身。矮胖笨拙的女仆穿着厚厚的上衣，摇摇摆摆走来，坐在他身边。

"活干完了？"他问。

"干完了，"她叹了口气，"孩子们睡觉了。"

她已经开始解裙子，但雅克莫尔阻止了她。

"我们聊聊天好吗？"他建议道。

"我可不是为聊天来的，"她提醒道，"我挺想要那个，不想聊天。"

---

① 维昂虚构的一种植物名称。

"我只问你一件事。"他说。

她扯掉衣服坐到草地上，在这个花园隐秘的一角，他们就像在一个盒子里，完全不用担心被人撞见，不管是安热尔还是克莱芒蒂娜都不会过来。雅克莫尔让她等着，自己也开始脱衣服。她避免直视他，两人光着身子在草地上，显得有些可笑。她趴到地上，四肢跪地。

"我等你进来。"她说。

"妈的，"雅克莫尔抱怨，"我受够了这个可笑的姿势。"

"来吧。"她说。

"无法忍受。"他说。

他猛然扑过去，让她失去平衡，她还没来得及重新跪起来，他就把她仰面紧紧压在地上。她愤怒地挣扎着。

"不，"她喊道，"不要这样！色鬼。"

雅克莫尔死死压住她。

"我很想放开你，"他说，"但你得先告诉我为什么你不愿意采取其他姿势。"

"我就是不愿意。"她挣扎道。

他压得更紧，只要他愿意，他就可以在这个位置干她。

"如果你不说，我就这样操你。"

这下她大哭起来，结结巴巴地说：

"不……滚开，我不要这样。你太恶心了。"

"你他妈的疯了！"雅克莫尔怒道。

"我不想告诉你。"她说。

"你会开口的。"雅克莫尔说。

他低下头，咬住她一块乳房。

"如果你不说，我就咬下这块肉。"他嘴里塞着乳头，含混不清地说。

他很想笑，结果下体的力道就减了三分，于是不得不咬得更重一点。她大叫，眼泪都出来了。他毫不心软，咬得更狠。

"我告诉你，"她颤抖着说，"但你要先放开我，马上放开。"

"你把什么都告诉我？"雅克莫尔问。

"我保证，"她说，"放开我……哦……"

雅克莫尔放开她，喘着气退到一边，按住她可是件费劲的事。她坐起身。

"说吧，"雅克莫尔厉声道，"不然的话，我就重新开始。你为什么要那样做？到底什么意思？"

"我一直是那样做的。"她说。

"从什么时候？"

"从一开始。"

"你第一次是和谁做的？"

"和我爸。"

"为什么用那个位置做？"

"他说他不能看着我，他不敢。"

"他感到羞耻？"

"我们这里不懂什么是羞耻。"她冷冷地说。

她双手捧着乳房，但仍然跷着叉开的双腿。这是个廉耻问题，雅克莫尔心想。

"你当时多大年纪？"

"十二岁。"

"我明白了他为什么不敢看你。"

"不，你不明白，"她说，"他不想看我是因为他说我太丑了。父亲这么说，那他肯定有道理。现在，你让我违背了父亲的话，我成了一个坏女儿。"

"那你喜欢那样做吗？"

"什么？"

"喜欢像你以前一直做的那样做吗？"

"这，这不是问题，"她说，"你到底还想不想做啊？"

"不想一直这个样子做，"雅克莫尔说，"再好的东西也有厌倦的时候。"

"那，你和那些牲口差不多。"她说。

她站起来去找裙子。

"你想干吗？"

"我走了，我对自己感到羞耻。"

"你是无辜的。"雅克莫尔安慰道。

"不，我不该这么做，一开始就不该。"她说。

"如果你对我多说一点事情，"雅克莫尔说，"也许我能帮你克服一些障碍，但你几乎不说话。"

"太太关照过我，"女仆低声嘟哝，"我再也不想见到你了。"

"那就随你便，"心理医生冷冷地说，"我会习惯的。"

"我什么都不会告诉你的，我才不会满足你那些肮脏的癖好。"

雅克莫尔冷笑一声，开始穿衣服。他从没奢望过能严肃分析这个可怜的女孩。他能找到更好的对象。他套上鞋子站起来。她还在抽泣。

"滚吧。"他平静地说。

她抽泣着顺从地走了，她应该恨死他了。他微笑着心想，从某种角度来看，这也算是一次成功的精神分析。

他随即机敏地一跃，抓住一只迟飞的蝴蝶，吞进嘴里，心满意足。

十二

7月13日

房子的台阶前有一片平整的砾石地，三个孩子吃完饭喜欢在那里玩，等着女仆来带他们去睡午觉，她现在正忙着伺候家里的大人。从餐厅的窗户可以看到他们，雅克莫尔就临窗坐着，监护孩子的任务落在他头上。坐在他对面的克莱芒蒂娜正漫不经心地捻着面包屑。除了吃饭，他们几乎很少碰面。她看上去很乐意让他在家里继续住下去，但界限分明，通常只在一些无关紧要的小事上有接触。而他呢，也几乎不敢触及私人问题。

居勒布朗黑着脸默默把一个托盘放到雅克莫尔面前，雅克莫尔看到后礼貌地说：

"你先用吧，克莱芒蒂娜。"

"这是给你的，"她说，"是专门为你准备的一份美食。"

"哇，是红肉！"他高兴地说。

"是的。"克莱芒蒂娜说。

"我倒是更喜欢吃生的，"雅克莫尔说，"但你这份心意真是太贴心了……克莱芒蒂娜，你就是个天使。"

"我很喜欢你，"她说，"不管怎么样，我受不了见你吃生东西。"

"我明白，"雅克莫尔边说边吃了一大口，"说说红肉吧！它比地球上所有老鼠和鸟类都好吃。"

"我很高兴你这么喜欢吃。"她说。

"鸟，"雅克莫尔说，"当然不错，但羽毛太讨厌！……"

"那倒是，"克莱芒蒂娜同意，"这就是硬币的另一面。那老鼠呢？"

"纯粹为了尝尝，"雅克莫尔说，"不好吃。"

"总之，"她说，"这拓展了你的食谱，令人高兴。你最近在给谁做分析呢？"

"你，"雅克莫尔说道，"你很友善，因为你知道你的女仆抛弃我了……"

"是的，"她说，"我承认这让我很高兴。你在村子里找到什么没有？我觉得你似乎经常去？"

"哦，"雅克莫尔说，"没什么有意思的人，你知道，我经常去看拉格罗伊。"

"我说的是女人。"克莱芒蒂娜说。

"没怎么找，"雅克莫尔说，"你知道那只猫阉过吗？我不信，不过这对我影响不大。"

他在撒谎。

"我知道你在找女人。"克莱芒蒂娜说。

雅克莫尔看着三个孩子，他们一个跟着一个转圈，直到转得跌跌撞撞。

"说点别的吧！"他说。

"你有没有翻过我的衣橱？"她突然问道。

雅克莫尔很吃惊：

"什么？"

"你听到了。"

"没有，"他回答，"那不是我，我到你衣橱里去找什么？我又不缺衣服。"

"哦！……没什么要紧的，也许我搞错了。我时不时觉得有人动过所有东西，当然没有任何理由这会是你。"

他用下巴示意背对着他们的女仆。

"噢！不，"克莱芒蒂娜说，"肯定不是她。再说，她把那些衣服藏起来又有什么用？不过我无所谓，我从来不穿它们，几乎不穿。"

十三

7月24日

"成了。"安热尔站起身来说。

他刚刚把在船坞上固定船体的木锲锯掉一半，完工了。一条10米长的木船，船头像腓尼基人的双刃短剑一样翘起，配有一根轻巧的桅杆，用闪亮的铜钉固定在船体上。船尾甲板舱的凸起部分高高隆起在甲板上。雅克莫尔俯身看船身，一字排开的11对支架支撑着船体。

"进展很快呀。"他说。

"是不慢。"安热尔回答。

"对一个业余爱好者来说，你对付得实在太好了。"雅克莫尔继续说道。

"我不是业余爱好者。"安热尔回答。

"哦，这样，"雅克莫尔接口道，"那对一个职业造船人来说，造得太好了。"

"我不是职业造船的。"安热尔回答。

"那你到底是做什么的？"雅克莫尔有些不快地问。

"你别又打破沙锅问到底，这真是个可悲的怪癖。"

雅克莫尔原本该很生气，只是他天生不爱生气。对这个靠一条不靠谱的船（尽管有11对支架撑着）即将长久远行的男人，雅克莫尔想说点什么：

"你和你老婆还是老样子？"

"是的，"安热尔说，"这是个……"

他停了一下。

"没什么大不了的，我没什么要说的。女人和男人生活在不同的世界，我没什么要遗憾的。"

"对孩子也没有遗憾？"

"谢天谢地，"安热尔说，"我还没来得及了解他们，我就不会痛苦。"

"他们会想你的。"雅克莫尔肯定道。

"我知道，"安热尔说，"人总会想念点什么，不如想点重要的东西。"

"孩子在没有父亲的情况下长大……"雅克莫尔继续说。

"听着，"安热尔说，"没必要再纠缠这个问题，我想离开，想离开，就这样。"

"你会淹死的。"雅克莫尔说。

"我没那么好运气。"

"你不过就是个稀松平常的人。"雅克莫尔蔑视地说。

"非常稀松平常。"安热尔说。

"我不知道对你说什么好。"

"显而易见，"安热尔挖苦道，"现在轮到我提问题了，你的那些伟大计划怎么样了？"

"毫无进展，"雅克莫尔说，"迄今为止，我只分析了一只猫，就这些。我还试了一只狗，但先前的那只猫表示了强烈不满，我只好放弃。再说，我想分析的是一个男人或女人，总之是个人。"

"最近你勾搭上谁了？"

"我想通过布店女老板认识一下马蹄铁匠家的女仆。"

"你现在去布店女老板家？"

"没有，我不知道，或者说是女裁缝。对了，很有意思，你老婆所有的裙子都是她做的，对吧？"

"从来没有，"安热尔说，"克莱芒蒂娜所有东西都是她自己带来的，她从来不去村里。"

"那她错了，"雅克莫尔说，"去村里会很有收获。"

"哦，是么？"安热尔嘲笑道，"那些人，他们会让你发疯的。"

"确实如此，但这很有意义。反正……嗯……怎么说呢……很奇怪，女裁缝有你老婆所有裙子的式样，我在这里见她穿过的所有式样。"

"哦？"安热尔无动于衷。

他看看船。

"我得走了，"他说，"你愿意和我一起试试么？"

"你不能就这么走了，老天爷……"雅克莫尔绝望地说。

"当然要走，不是今天走，但我会走的。"

安热尔走近锯好一半的支架，抬起胳膊，狠狠击了一拳。木块断了，发出响亮的喀嚓声，船体摇晃一下后开始下滑。橡木轨道涂着油脂，穿过花园和陡峭的山坡，一直通到海里。船箭一样飞速下滑，沉入水中不见了，在一股油脂的气味中，溅起一片巨大的水花。

"船应该在那了，"安热尔等了二十秒后说，"我们去走一圈，看看到底行不行。"

"你太疯狂了吧，"雅克莫尔说，"把一个东西从这么高的地方推下去！"

"这很好啊，"安热尔保证道，"越高越壮观。"

他们往下走，比船走得慢，斜坡很陡。天气晴朗，悬崖上充斥着植物的气味和嗡嗡作响的昆虫。安热尔亲热地揽着雅克莫尔的肩，心理医生有些站立不稳。他很喜欢安热尔，但心中有些害怕。

"你会很小心的吧？"他问。

"当然了。"

"你有吃的东西吗？"

"我有淡水和钓鱼线。"

"没别的了？"

"可以钓鱼吃，有大海，这就足够了。"

"哦，你有大海，你的恋母情结①。"雅克莫尔咆哮道。

---

① 法语"大海"（la mer）与"母亲"（la mère），读音一样。

"别那么粗鲁，"安热尔说，"我知道回归母亲，回归大海，相同的路数。还是去分析你的那些蠢货吧！关于母亲，我有我的选择。"

"因为克莱芒蒂娜只是你老婆，"雅克莫尔说，"但是你母亲，你在怀念她。"

"不对。再说了，我没有母亲。"

他们在深谷边缘都闭上了嘴。安热尔首先下行，在一个小凹坎立住脚。现在可以看到那条船了，就在他们脚下。雅克莫尔看到那些木轨道从山顶落下来后，几乎是垂直插入水中。根据下冲时的速度，可以推断船现在离岸边至少有三百米，他说出了自己的担忧。

"有一根缆绳牵着的。"安热尔说。

"好吧。"雅克莫尔似懂非懂地点点头。

鹅卵石海滩上，响着他们的脚步声。安热尔灵巧地抓住一根有弹性的麻绳一端，船被慢慢拖到岸边。

"上船吧。"安热尔说。

雅克莫尔顺从地上船，船摇晃了几下。到了船上，发现它比看起来的要宽敞。安热尔也跳上船，钻入甲板舱。

"我把桅杆升起来，我们出发。"他说。

"不是真的出发吧？"雅克莫尔担心了。

安热尔探出头。

"不用害怕，"他微笑着说，"我还没完全准备好呢！至少还要等八天。今天只是小试一下。"

十四

6-7月27日^①

通往村子的这条路，雅克莫尔已经不知道走过多少次，熟悉得就像一条避难走廊，又像刮光了胡子的下巴，一览无余。一条简单的路，其实就是一根线条，没有厚度，直至消失在远方。路越来越窄，双脚知道，脚步已丈量过（是脚步的pas，不是否定句的pas^②），思绪纷杂，路和思维都不足以改变方向和纠缠一起，那是词语的累赘和逻辑的累赘。路上，没有烦恼，心思简单，每次他都能坚持到底，他还唱道：

> 大炮的歌声
> 出发的欢呼
> 拿撒勒的台烛
> 阴户的梅毒
> 小穴的大蒜
> 发泡的房间^③

---

① 原文juinet是维昂生造的一个词，把六月（juin）和七月（juillet）合并在一起，是臆想中的时间。以后各章同样。

② 法语中"脚步"与表示否定的"不"拼法相同，故作者在此特别说明。

③ 这一段歌词没有实质性的意思，完全是发音的关系，作者从音乐性的角度把这些词语罗列在一起，转换成中文便丧失了这种音乐的节奏感。

这些熟悉的歌，未来的歌，可怜的雅克莫尔即使再笨，也不会对号入座。他来到村口，因为那里地势更高，村子就像一道沉重的罩子掉在他头上罩住他。现在终于来到了值得称赞的女裁缝（他认为）家。他"笃，笃"敲两下门。

"进来！"

雅克莫尔进去。像村里所有的房子一样，里面有些阴暗。一些杂物在屋子深处泛着幽暗的光。暗红色的地砖已磨旧，地上散落着线头、碎布、给母鸡的粮食颗粒、给公鸡的血粒和给编织爱好者的针脚①。

老太婆裁缝可真老，正在缝一条裙子。

"瞧瞧。"雅克莫尔心想。

"你在替克莱芒蒂娜做衣服？"他问。为了让自己心情平静，只需提一些问题来保护心脏的清洁，这是个被保护得很好也容易保养的器官。

"不是。"她回答。

这时雅克莫尔看见了马蹄匠。

"你好！"雅克莫尔热情招呼道。

铁匠从角落里出来，他一直那么引人注目，但在阴暗中尤其如此，因为身影是模糊的，并且被放大。

"你来做什么？"他问。

"我来看看这位女士。"

"这里没你什么事。"铁匠断然道。

"我想知道这里有什么名堂，"雅克莫尔说，"这些裙子的式样和克莱芒蒂娜的一模一样，这让我很困惑。"

"你真是吃饱了撑的，"铁匠说，"这些裙子又没有专利，谁都可以做。"

"她不该这样抄袭所有裙子吧，这挺下流的。"雅克莫尔严肃地说。

"你说话注意点。"铁匠警告道。

他的手臂可真粗，雅克莫尔摸摸下巴，看了一眼下垂的天花板，上面

---

① 作者在这里把一些不同的物品罗列在一起，原文中每一个物品词语的背后立刻会让人想到另一个词语，是一种对于读者潜意识的唤醒。

的黏胶纸沾满了死苍蝇。

"她倒锲而不舍。"雅克莫尔说。

"是我定做的，"铁匠冷冷地带着威胁的口吻，"我付钱。"

"是吗？给你年轻的老婆定做的？"雅克莫尔庸俗地问道。

"我没老婆。"

"唔，唔……"雅克莫尔支吾着支开话题说，"那，她是根据哪个式样拷贝的呢？"

"她没有拷贝，"铁匠说，"她看见了，做她看见的。"

"哦，哦……"雅克莫尔揶揄道，"你糊弄人很有一套啊！"

"我是个马蹄匠，不糊弄任何人。"

就在这时，雅克莫尔才发现裁缝老太婆的眼睛是画在合着的眼皮上的。铁匠顺着他的目光说：

"画假眼睛，是为了不让路过的人发现，如果你不进屋子，你也什么都不会发现。"

"我可是敲过门的。"雅克莫尔说。

"是的，"铁匠解释道，"因为她看不见，所以她说'请进'，她并没发现其实是你。"

"但她还是说了'请进！'"

"是啊，这个老婊子有教养。"马蹄铁匠说。

这时，老裁缝正在缝裙子腰带上的一道褶饰，那是条漂亮简洁的白色提花连衣裙，克莱芒蒂娜昨天晚上穿过同样的裙子。

"她真的可以闭着眼睛干活？"雅克莫尔又惊讶又赞叹地追问，仿佛是为了说服自己相信。

"说闭着眼睛是不对的，"铁匠反驳道，"没有闭着的眼睛，因为人们在眼前放了一道眼皮，眼皮里面的眼睛是睁着的。如果你把一块石头滚到一扇开着的门里，门不会为此关上，窗户也不会关上。因为要看得远，用的并不是眼睛。所以，你根本就没搞懂。"

"好吧，"雅克莫尔叹了口气，"如果你以为你那些莫名其妙的话可以说服我，倒是勇气非凡。"

"我没什么非凡，"铁匠说，"尤其对你。现在让这个老女人好好干活，别再来烦我们。"

"行，行，"雅克莫尔说，"我这就走。"

"再见，雅克莫尔先生。"老裁缝说。

她像帕尔卡女神那样用牙齿咬断线头（因为女神的剪刀在磨刀人那里）。

雅克莫尔有些生气地走出门外，为挣回面子最后回敬了一句：

"我要去睡你的女仆。"

"再好不过了，"铁匠说，"我在你之前已经睡过她了，这有什么了不起的，她不动屁股。"

"我要她加倍动，"雅克莫尔保证道，"我还要对她精神分析。"

他自豪地回到路上，三头猪迈着小步呼哧呼哧走过。他朝最后一头看上去有点毛病的小猪踢了一脚，继续上路。

十五

6-7月27日（略晚些）

　　马蹄匠的女仆，人称红鼻子①。她和小学徒一起住在铁匠铺的阁楼上。小学徒常常累得筋疲力尽，女仆的活虽然也不轻，倒还能撑得住，尤其自从铁匠减少了钻到她床上的次数，不再那么饥渴难耐之后。至于小学徒，提都不用提，累成那样，就像一块软塌塌的抹布，根本没法睡她。他自己睡都来不及，眼下他不在房间，在铺子里照看着炉火。雅克莫尔来到铺子时看到了他，尽管红鼻子打扫过，铁匠铺还是被烟熏得脏兮兮。

　　"你好，小学徒。"雅克莫尔招呼道。

　　小学徒一边嘟囔着回应，一边用双手抱住脑袋，因为那些进出的顾客都会在他脑袋上猛敲两下，似乎成了他们一种快活的习惯。小学徒敲打完一块铁片后正要放回去。

　　"老板在吗？"雅克莫尔满怀期待地问。

　　"不在。"学徒答道。

　　"好吧！那我走了。"雅克莫尔说。

　　他出来后左拐，绕到房子后院，从靠墙的木楼梯上楼，楼梯连着粗木地板走廊。走廊右侧斜屋顶下就是红鼻子的房间。往前是一扇高门，那是老板的住处，左侧是老板房间的另一堵墙，房间占了这一层的四分之三，

───────────────

①　原文Nëzrouge 是维昂用nez（鼻子）和rouge（红）两词并在一起变异而来。

右侧墙壁隔着的就是红鼻子的房间，整个楼层布局简单而实用。

雅克莫尔没敲门就进去了。那姑娘坐在床上，正在看一张7年前的报纸。新闻需要很长时间才能传到村子里。

"怎么，学文化呢？"心理医生打趣地说，像护套套在粪水泵上那样自然。

"我也有权利看报纸吧？"红鼻子不客气地回敬道。

这些农民可真难对付，雅克莫尔心想。

红鼻子的房间看起来不怎么舒适，磨旧的地板，光秃秃的石灰墙，人字形的横梁承受着屋顶石板瓦的重量。一切都灰蒙蒙的。家具有床和桌子，桌上放了一桶水，盥洗就全靠它了。墙角摆着一口箱子，存放她有限的几样东西，女孩子的用品。

这种苦行僧般的简单却激起雅克莫尔一种世俗的淫荡冲动，一种值得琢磨的对于原始肉体的喜好。

他在吱嘎作响的铁床上坐下，坐到她身边……因为没别的地方可坐。

"最近，你都做了哪些有意思的事？"他问。

"呃，什么都没有。"她答。

她继续看报，看完后叠好报纸放到枕头下。

"把衣服脱了，在床上躺下。"雅克莫尔说。

"哦，麻烦，"姑娘说，"如果老板回来，我还得重新穿上衣服去做汤。"

"不会这个时候回来的，"雅克莫尔说，"他不在，他去女裁缝那里了。"

"那他肯定就要回来了。"她说。她想了想又加了一句：

"不过我们倒可以太平。"

"为什么？"雅克莫尔问。

"因为一直这样，只要他从那里回来。"姑娘说，"你为什么叫我脱衣服？"

"这是有效精神分析最基本的前提……"雅克莫尔借口说。

她脸红了，双手抓紧衣领角。

"噢！……"她垂下眼睛说，"我老板都没敢和我这么做呢。"

雅克莫尔皱皱眉头，她理解成什么了？可是怎么对她说明白呢？

"唔……"她喃喃道，"我不知道做这个我够不够干净，你大概不会喜欢的……"

雅克莫尔预感到……解释清楚会有点费劲。

"精神分析就是……"他开始道。

"等等……"她嘀咕了一下，"现在不要。"

天窗透进的日光照亮了房间。她起身到箱子里找出一块旧窗帘，钉在那个四方的小窗口上。光线透过蓝色布料照进来，在斜屋顶的房间便有了一种身处洞穴的感觉。

"床会摇晃的，"雅克莫尔说，决定把精神分析先扔在一边，"我们可以把你的床垫子放到地上。"

"好……"她兴奋地说。

他能嗅到她的汗味充斥房间，她肯定湿透了，那样会很舒服。

十六

6-7月27日（更晚些时候）

木楼梯上响起沉重的脚步声，把他们从沉迷中惊醒。雅克莫尔立刻反应过来，放开那姑娘，她一半身体趴在垫子上，一半在地上。

"是他……"雅克莫尔喘着气说。

"他不会来这里的，"她低声道，"他去自己房间。"

她扭动身体。

"不做了，"雅克莫尔抗议道，"我不行了。"

她顺从地同意了。

"你还会再来给我做这个……分析么，"她嘶哑着嗓子说，"我挺喜欢，挺舒服的。"

"是的。"雅克莫尔说，却不再兴奋。

至少得等上十分钟，欲望才能恢复吧。女人们一点分寸都没有。

老板的脚步声越来越近，走廊微微颤动，房间的门吱呀一声打开又关上。雅克莫尔跪在地上，竖起耳朵，接着又爬到墙根。突然，一束细微的光线照到他眼睛里，隔板上肯定脱落了某个木节。他用手摸去，马上找到了木板上的小孔，稍有迟疑后贴上眼睛，但即刻缩回。因为他感觉自己也会被看个一清二楚，不过他很快镇定下来，重新扒孔窥视。

马蹄铁匠的床就在下方，一张古怪的矮床，没有床罩，没有这地方常见的红色鸭绒被。一个床垫和铺展的床单，就是全部。

雅克莫尔扫了一眼房间其他地方，先是看到铁匠光着的后背，好像正专注于一件很精细的工作，但看不清他的双手，然后见他举起手，似乎做了个拍拍某人的动作，接着双手回到自己的裤带，解开搭扣。裤子褪下，露出十分粗壮的大腿，粗糙不平的皮肤和浓密的汗毛让他的腿看上去像一截棕榈树树干。他那条肮脏的棉布衬裤，也被褪到脚踝。雅克莫尔似乎听见他在低声说着什么，但无法兼顾到眼睛和耳朵。

铁匠把脚从衬裤和长裤裤腿里挪出，甩着手转身朝床铺走去，坐了下来。见他走近，雅克莫尔不由自主再次往后一仰，不过很快又把眼睛贴到小孔上，即使感觉红鼻子在身后靠过来，他也没动弹一下，心想如果她来烦自己，就朝她屁股上踹一脚。接下来他什么都顾不上想了，因为他的心跳几乎停滞。现在，他终于看清刚才被铁匠挡住的东西，那是一个穿白色提花连衣裙，用铜和钢打造的精美机器人，雕琢成克莱芒蒂娜的模样，迈着不真实的步子朝矮床走去。雅克莫尔视野外的那盏灯，照到机器人身上，勾勒出她精致的轮廓，带着金属光泽的双手竟有一种绸缎般的质感，如一件无价的珍宝。

机器人停下脚步，雅克莫尔见铁匠早已急不可待。机器人用灵巧的双手熟练地从领口一下子扯下裙子。

白色织物滑落到地板上，雅克莫尔看得入迷，目不转睛地盯着机器人乳房柔软的皮肤，富有弹性的腰肢和灵巧的膝关节、肩关节。机器人在床上缓缓躺下，雅克莫尔往后退了一步，正好撞到从他身后贴上来的女仆，她还想和雅克莫尔重温战事，而他却恼火地去找他的长裤，他的手表留在裤子口袋里。就着天窗的微弱光线，他看到：4点三刻。

自从那天他在餐厅撞见克莱芒蒂娜后，每天下午4点半，克莱芒蒂娜都要把自己关在卧室里说是要睡午觉。就在机器人的胯部让铁匠欲仙欲死的同时，克莱芒蒂娜在自己房间里，双手紧紧抓着床单，喘着粗气，如痴如醉。

雅克莫尔再次靠近那个小孔，贪婪地看着，越来越兴奋。他的手同时在红鼻子身上游走，她一点都不知道发生了什么，却很享受。显然，那些农民倒是很开放，雅克莫尔看着铁匠心想。

十七

6—7月39日

雅克莫尔双脚浸在水里，裤管卷起，手里拎着鞋子，呆呆地注视着那条船。他在等安热尔，船也在等。安热尔终于从悬崖后出现，带着毯子和最后一桶淡水。他身穿出海的黄色半透明油布上衣，快速穿过卵石滩的小海湾来到雅克莫尔身边，雅克莫尔却心情沉重。

"别这样拎着鞋子哭丧脸，"安热尔说，"看上去像个星期天的乡巴佬。"

"我才不管看上去像什么。"心理医生回答。

"别和你的胡子过不去。"

雅克莫尔走回陆地，把鞋放到一块大石头上。他抬起头，看见船下水用的木轨一直延伸到礁石后方。

"我一见这玩意儿，心里就堵得慌。"他说。

"别，你不用担心。"安热尔说。

他灵巧地走上木船驳岸的弹性跳板，雅克莫尔没动。

"你带这些盆花做什么？"安热尔从船舱出来时，雅克莫尔问。

"我没有权带些花么？"安热尔不悦地回答。

"当然有，当然有，"雅克莫尔连忙说，又加了句，"不过你拿什么浇灌它们啊？"

"用水呀，"安热尔说，"你知道，海上也会下雨的。"

"当然。"对方同意道。

"别一副苦相了，"安热尔说，"你这样让我难受，就跟丢了个朋友似的。"

"事实就是这样，"雅克莫尔说，"我挺喜欢你。"

"唔，我也是，"安热尔说，"不过你看我还是决定出发。我们不会因为喜爱什么人就留下，但会因为讨厌什么人而离开。只有丑陋才让人有所行动，你看人就是这样怯懦。"

"我不知道是不是怯懦，"雅克莫尔说，"反正我挺难过的。"

"为了不至于表现得太怯懦，我增加了点危险的小细节：比如不带给养，船壳上留个小孔，很少的淡水。怎么样？这够抵消一点怯懦吗？"

"真是个蠢猪。"雅克莫尔恼火地低声咒骂。

"这样的话，从道德上来说是一种怯懦，从肉体来说就是一种大胆。"

"这不是大胆，是愚蠢，"雅克莫尔说，"再说，从道德层面何为怯懦？我们不会因为不爱或者不再爱某个人就变得怯懦了。就是这样。"

"我们又扯远了，"安热尔说，"每次我们开始谈论事情，都会南辕北辙，这是让我离开的又一个理由。我借此机会可以避免给你灌输不良见解。"

"你认为其他人就能给我良好见解？"雅克莫尔喃喃道。

"这倒是，请原谅，我忘了你是出了名的'空'。"

安热尔笑着又钻进船舱，一阵轻微的轰鸣声响起时，他又钻出来。

"一切正常，"他说，"我该出发了。再说，我宁可她一个人抚养大这些孩子，我肯定会和她有不同意见，而我最讨厌吵架。"

雅克莫尔看着清澈的海水，水下的鹅卵石和水草被放大。美丽的大海此刻风平浪静，海浪轻拍岸的汩汩涛声，宛如湿润唇间吐出的喃喃低语。他低下了头。

"呵，算了，别瞎扯了。"

"我从没像现在这样认真过，"安热尔说，"至少，我是被迫离开，现在我已经没有退路。"

他认真看了一眼跳板，从口袋掏出一盒火柴，划亮一根，弯腰点着了露在木轨道外的一截捻子。

"这样一来，你也不用惦记它们了。"

蓝色火苗朝高处蜿蜒，他们对视了一眼。火势变大，火焰变成桔黄色，烧焦的木板发出劈啪声。安热尔再次上船，抽下跳板扔到岸上。

"你不把跳板带上？"雅克莫尔从火焰上收回目光。

"不需要，"安热尔说，"我得向你承认一件事：我最讨厌孩子了。再见，老伙计。"

"再见，老混蛋。"雅克莫尔说。

安热尔笑了，但眼里有泪光闪烁。雅克莫尔身后，火舌咝咝作响。安热尔钻入舱房，只听见一阵马达轰鸣，螺旋桨劈开水花。他回到甲板上操作操纵杆，船迅速驶离海岸，随着速度加快，船在海面上浮升。当船速达到极点时，船只几乎飘起来，仿佛从平静的水面上划过，吐出一道白色的泡沫。远处的安热尔小得像一个布娃娃，在挥手致意，雅克莫尔也向他招招手。现在是傍晚六点，火舌几乎舔到心理医生，他抹把脸，赶紧逃开，这是个好借口。一股浓烟升腾而起，撕裂了黄色火焰，旋风似的跃过高高的悬崖，冲天而去。

雅克莫尔打了个冷战，突然意识到自己正在像猫一样尖叫了几分钟，一种混杂着遗憾和痛苦的喊叫，就像猫刚刚被阉割。他闭上嘴，笨手笨脚地穿上鞋，朝峭壁走去。在爬坡之前，他朝大海看了最后一眼，金色的夕阳照在波光粼粼的海面，一只小小的昆虫在水面漂浮，可能是仰泳蝽或灰蝎蝽或蜘蛛，或这就是在水面上独行的什么东西，就像安热尔，孤独地待在他的船上。

十八

6-7月39日

她坐在窗前出神，花园就在眼前，紧贴峭壁。夕阳斜斜地照进，抚摸她皮肤上的细毛，那是黄昏降临前的最后一次抚摸。克莱芒蒂娜深感倦怠，想着满腹的心事。

她沉浸在自己的世界中，所以当远处六点的钟声敲响时，她吓了一跳。

她疾步离开屋子，他们没在花园里。她狐疑地走下楼梯径自朝厨房走去，推开门时传来隔壁洗衣房居勒布朗洗衣的水流声。

孩子们拉了一把椅子到吊柜前，诺埃尔双手扶住椅子，西特罗昂站在椅子上从篮筐里拿出面包，一块块递给乔埃尔。果酱瓶还放在椅子上，在西特罗昂的双脚之间。孩子们花猫似的脸蛋早就暴露了这些果酱的去处。

听见母亲进来，他们回过头，乔埃尔已经忍不住哭出来，诺埃尔也跟着哭，只有西特罗昂不哭。他拿起最后一块面包咬了一口，当着她的面坐在果酱瓶边上，不慌不忙地嚼起来。

想到自己又一次忘记了时间，克莱芒蒂娜感觉内疚，这种内疚感比她有时晚回家的内疚更为强烈。甚至西特罗昂挑衅似的行为，也是与哥哥们的态度互补的，是一种自我防卫的体现。他肯定以为母亲会狠狠收拾他们仨，以为她会惩罚他的偷嘴。这样一想，克莱芒蒂娜心如刀绞，自己也想哭。但为了不至于让厨房间泪流成河，她总算忍住了微微发痒的泪腺。

她朝他们走去，把西特罗昂揽在怀里，温柔地在他脸颊上亲了一下。

"可怜的孩子，"她充满爱怜地说，"该死的妈妈忘了给你们吃点心。来吧，我们去喝一杯好吃的牛奶巧克力。"

她把他抱到地上。双胞胎的眼泪突然停止，高兴地扑向她，小脸贴着她沾了黑灰的裤子。她到灶台边拿一个平底锅，往里倒了一些牛奶。西特罗昂手里拿着面包片，呆呆地看着她，皱着的眉头舒展开来，眼里闪着泪花，但仍有些迟疑。她朝他微笑，哄骗似的笑，西特罗昂终于像个蓝色小刺猬似的也怯生生地笑了。

"你看着，现在你会多么爱我，"她喃喃低语仿佛是说给自己听，"从今以后你不会有任何可指责我的地方。"

"现在，他们会自己找吃的了，"她苦涩地想，"也许他们已经会开关水龙头了。"

没关系，她会重新赢得他们。她会给他们无尽的爱，让他们一生都交织着她的关心和操劳，如果她不走，他们的生活便会没有意义。

她无意中往窗外看了一眼，看见一股浓烟在车库附近升腾，那是船下水用的木滑道，正在燃烧。

她出去看个究竟，身后跟着三个叽叽喳喳的孩子。不用核实，她已经知道这场火灾意味着什么。她最后的障碍被扫清了。

车库发出噼噼啪啪被火舌吞噬的声音，烧焦的木块从屋顶往下掉。车库门前，雅克莫尔呆立着凝视火焰。克莱芒蒂娜伸手拍了拍他的肩，他吃了一惊，但没说什么。

"安热尔走了？"克莱芒蒂娜问。

雅克莫尔点点头。

"等全部烧完了，你和女仆一起打扫一下，正好给孩子们当做一处绝佳的游玩场地。给他们造一个柱廊，你给他们搭一个，他们可以像国王一样玩耍。"

他有些吃惊地看看她，知道没什么可讨价还价的。

"你能做好，"她鼓励道，"我丈夫就可以做得很好，他手很巧。但愿那几个小家伙能像他。"

第三部分

一

1−4月55日

我在这里已经四年零几天了，雅克莫尔心想。

他的胡子也长了。

二

1-4月59日

细雨恼人地下个不停，下得人咳嗽。花园浸透了水，泥泞。大海与铅灰的天空同色，几乎难以分辨。海湾里斜斜飘落的雨丝切割着天幕。

下雨的日子什么也做不了，只好在房间里玩。诺埃尔、乔埃尔、西特罗昂在自己房间里玩淌口水。西特罗昂四肢着地，沿着地毯边缘爬，在地毯的每个红点处停下，歪着头让口水滴到红点上。诺埃尔和乔埃尔跟随其后，把自己的口水努力滴在同一个地方。

雨还在下，克莱芒蒂娜在厨房准备牛奶土豆泥。她发胖了，不再化妆，照看着三个孩子。干完活，她重新回到楼上看护孩子们，推门进去时，居勒布朗正在责备孩子们：

"真是太恶心了，你们这些肮脏玩意。"

"外面在下雨。"西特罗昂提醒道，嘴里的口水滴成一条线。

"外面在下雨。"乔埃尔附和道。

"下雨。"诺埃尔说得更简短，努力跟上节奏。

"那谁来打扫你们这些脏东西？"

"你。"西特罗昂说。

克莱芒蒂娜正好进门，听见了后面几句对话。

"当然是你，"她说，"你来就是干这个的，他们有权在屋里玩耍，可怜的小宝贝。难道你觉得天气足够好？"

"这不是一回事。"居勒布朗说。

"够了，"克莱芒蒂娜说，"你回去熨衣服吧，我来照看他们。"
女仆出去了。

"如果你们喜欢，想淌口水就淌吧。"克莱芒蒂娜说。

"我们不想玩这个了。"西特罗昂说。

他站起身。

"我们来玩小火车。"他对哥哥们说。

"来亲我一下。"克莱芒蒂娜说。

"不。"西特罗昂说。

"不。"乔埃尔说。

诺埃尔什么也没说，因为他无法再简化兄弟们的话了。

"你们不喜欢妈咪了？"克莱芒蒂娜蹲下来问。

"当然喜欢，"西特罗昂说，"我们要玩小火车，你到车上来。"

"好吧，我上车！"克莱芒蒂娜说，"哦耶，开车！"

"你大声叫，"西特罗昂说，"学火车的声音，我是司机。"

"我也是。"乔埃尔说，嘴里模仿着呼哧呼哧的火车声。

"我……"诺埃尔想说什么，不过又闭嘴了。

"哦，小心肝们！"克莱芒蒂娜说着开始亲吻他们。

"你叫呀，火车来了。"西特罗昂说。

……

乔埃尔慢下来。

"好了，"克莱芒蒂娜说，她的嗓音因为过度叫喊有些嘶哑，"这火车开得真好，现在去吃你们的土豆泥吧。"

"不。"西特罗昂说。

"不。"乔埃尔说。

"让我高兴一下嘛。"克莱芒蒂娜说。

"不。"西特罗昂说。

"不。"乔埃尔说。

"那我要哭了。"克莱芒蒂娜说。

"你不懂怎么哭。"诺埃尔不屑地说，母亲自负的态度刺激了他，他一反平时的言简意赅。

"什么，我不懂怎么哭？"克莱芒蒂娜说着泪水就在眼眶里打转了。西特罗昂打断她：

"是的，你不懂怎么哭，你只会呜，呜，呜，我们哭起来是啊，啊，啊。"

"好吧，啊啊啊。"克莱芒蒂娜应道。

"不是这样的，"乔埃尔说，"听着！"

诺埃尔被这种气氛传染，真的哭起来了。入戏的乔埃尔也跟着哭，只有西特罗昂从来不哭，但他很忧伤，甚至很绝望的样子。

克莱芒蒂娜害怕了：

"你们怎么真的哭了！西特罗昂、诺埃尔、乔埃尔！别再胡闹了！小宝贝们，小亲亲！好了，不哭了！这到底是怎么了？"

"你坏！"乔埃尔生气地说。

"坏蛋！"西特罗昂愤怒不已。

"喂！"诺埃尔更加气愤地喊起来。

"哦，不，小宝贝们！没关系，瞧瞧，这只是个玩笑。唉，你们要把我逼疯了！"

"我不要吃土豆泥！"西特罗昂大声嚷嚷。

"不要土豆泥！"乔埃尔说。

"不要！"诺埃尔说。

乔埃尔和诺埃尔一激动，说话就会像小小孩。

克莱芒蒂娜不知所措，只是搂住他们不停亲吻。

"小甜心，"她说，"好吧，我们一会再吃，现在不吃。"

他们神奇地立刻停止了吵闹。

"我们去玩船吧。"西特罗昂对乔埃尔说。

"哦，是的，玩船。"乔埃尔说。

"玩船。"诺埃尔最后说。

他们要离开克莱芒蒂娜。

"别打搅我们，我们要玩。"西特罗昂说。

"我不打搅你们，"克莱芒蒂娜说，"我可以留在这里织毛衣么？"

"去隔壁。"西特罗昂说。

"去隔壁，"乔埃尔说，"呃，船！"

克莱芒蒂娜叹了口气，无奈地走了出去。她是多么怀念他们更年幼更羸弱时候的样子，比如他们第一次吸吮她乳汁的时候。她低头陷入回忆。

三

2-6月73日

> 忧伤的雅克莫尔，
> 走向村口。
> 他想他在老去，
> 他吞噬苦涩。
> 他空空如也，这是事实
> 他无甚进展
> 天空灰暗潮湿
> 土坑里的泥浆
> 如炒烂的鸡蛋……

　　一只鸟这么高声唱着。"啊！呸！呸！"雅克莫尔心中骂道，"你吵得我心烦。不过这个开头不错，今后，说到自己时我只用第三人称，这给我灵感。"他往前走，一直往前。路边随处可见的树篱上停满了小小的绒鸭（绒鸭就是绒鸭的孩子，如同绅士就是绅士的孩子）。所有这些用长喙挠肚皮的白色绒鸭都挤在山楂树上，宛如洒了一层人工白雪。路边的沟渠里溪水流过，绿意盎然，青蛙静静等待七月旱季的来临。

　　"我被套住了，"雅克莫尔继续寻思着，"这个地方套住了我。我来此地时是个充满活力的年轻心理医生，现在成了毫无活力的年轻心理医生。这肯定是个巨大差别，都怪这个该死的、腐朽的村庄。在这里，我第一次看到拍卖老人，现在我已经对老人集市不在乎了；我为小学徒难过，现在也开始恶毒对待拉格罗伊，因为否则我就是有错。这一切都结束了，我要打起精神工作。"雅克莫尔是这样对自己说。人的脑子里怎么可以发生那么多事，太不可思议，却发人深省。

雅克莫尔踩得砾石路吱嘎作响，有时双脚打滑有时黏滞。天空中，美丽的乌鸦呱叫着，却听不见它们的声音，因为风吹向另一边。

雅克莫尔突然想到一个问题，为什么这个地方没有渔民，而大海近在咫尺，海里多得是鱼虾和丰饶物产？为什么？为什么？为什么？为什么呢？

为什么？因为这地方没有港口。他非常高兴找出这样一个理由，不禁得意地笑了。

远处树篱上方探出一头奶牛的脑袋，他走上前想打招呼。奶牛的脑袋转向一侧，雅克莫尔双手围嘴呼唤它。待到走近才发现，这是个挂在尖矛上的牛头，肯定又是一头受了惩罚的奶牛。告示牌还在，只是掉到水塘里了。雅克莫尔把它捡起来，辨认出泥浆下的一些字母——下次——斑点——倍——斑点——你给——斑点——老鼠——斑点——更多奶——斑点、斑点、斑点。

他郁闷地摇摇头，无能为力。他已经习惯小学徒的悲惨……但还不习惯牲口的悲惨，他重新扔掉指示牌。飞虫吃掉了牛头的眼睛和鼻子，所以它看上去像一个令人发笑的大瘤子。

这又是一件需要丢给拉格罗伊的东西，他心想，肯定会落到拉格罗伊头上，他会收到黄金，但黄金没有用，因为他什么也买不到，所以这是唯一值钱的东西，无价的。

> 雅克莫尔就这样
> 迈着敏捷的步子
> 找到黄金价值的
> 有力证据。

瞧，瞧，我又恢复了最初的口才，尽管这种恢复没什么意义，因为拉格罗伊这种手握金子却无处可用的窘境是事先就设计好的。再说了，金子，我毫不关心，不过这一切又让我行走了100米。

村子已可见。红色小河上，拉格罗伊的船漂着，守候那些垃圾碎片。船靠过来时，雅克莫尔叫住他，跳上了船。

"怎么样？有什么新鲜事？"雅克莫尔高兴地问。

"没有。"拉格罗伊回答。

雅克莫尔从早上开始就转着一个念头。

"听着，"他建议道，"我们去你家里坐坐怎么样？我想问你几个问题。"

"嗯，为什么不呢？"拉格罗伊说，"走吧，你先让一下。"

他突然一个猛子扎跳进河里，哆嗦着费力靠近漂在水面的一块残渣，用牙齿熟练衔住。那是一只小孩的手，上面还有墨水的痕迹。他回到船上：

"得，夏尔的儿子又没好好写作业。"

四

4-8月98日

我真的是越来越受不了这个村庄，雅克莫尔对着镜子里的自己说。他刚刚修剪好胡子。

五

4–8月99日

　　克莱芒蒂娜饿了，中午几乎不吃东西，忙着照顾三个孩子吃饭。她查看了一下卧室的房门，把钥匙塞进锁孔。很安全，没人会进来。她走到房间中央，稍稍松开布裙的腰带，悄悄从衣柜镜子里看了看自己，走到窗口关上窗，然后来到橱柜跟前。她慢吞吞地做着这些动作，享受着时间的流逝。她取下用细绳拴在腰带上的橱柜钥匙，看了一眼，随即把钥匙插入锁孔。橱柜里发出一股臭味，完全是尸体腐烂的那种味道。臭味来自一个纸板盒。克莱芒蒂娜捧起盒子闻了闻，盒子里有一个托盘，内盛一块吃剩的已腐烂的牛排。那是一种干净的腐烂，没有苍蝇也未长蛆，仅是变绿并发出恶臭。她用手指戳了戳肉块，手指感觉到了肉的腐烂。她小心翼翼地用拇指和食指捏住牛排，小心咬了一口，咬下完整的一小块。这并不难，肉很软。她慢慢咀嚼着，品味变质牛排黏稠的质地，腮帮子泛起一股微微的酸涩。腐肉刺鼻的味道从盒子里直往外冲。她把吃剩一半的肉放回盒子，再把盒子放回原处。旁边有一块差不多情形的三角形腐烂奶酪，被丢弃在盘子一角。她用手指蘸了一下奶酪，然后放到嘴里舔，这样来回几次。她似乎有些不太情愿地关上橱柜门，到水池边洗净双手，然后仰面躺在床上。这一次，她不会呕吐了，她知道，她可以把这些东西都留在肚子里，只需饿得够狠。她下次会注意的。总之，必须遵守一个原则：最好的肉留给孩子们。一想到最初她只是满足于吃孩子们留下的残羹冷炙，比如带肥肉的火腿皮，碎布丁块蘸一点早饭时的剩牛奶，她就觉得好笑。因为这样的举止谁都可以做到，每一位母亲都可以，这太常见了。水产品残羹，已经稍难下咽，因为舌头上会有一层绒毛样的感觉。不过水产品的剩汤剩水也没什么了不起，捎带些残肉，许多人都会吃。但只有她能让这些渣滓腐烂掉。孩子们值得她做出如此牺牲——这些食物越是腐烂越是恶臭，越能让她感觉自己对他们坚定不移的爱，仿佛她在蒙受折磨的过程中能绽放出某种更纯洁更真实的东西——她要赎回那些迟到的爱，赎回没想到他们的每一分钟。

但她还不甚满意，因为她还做不到吞下那些蛆虫，她感觉为避免苍蝇而把剩肉放在橱柜的行为是一种作弊，也许最终的报应会落到他们头上……

明天，她要试一下吃蛆。

六

4—8月107日

"我是多么担心啊！"克莱芒蒂娜手支窗台，心想。

花园沐浴在金色的阳光中。

我不知道诺埃尔、乔埃尔和西特罗昂在哪里。此时此刻，或许他们掉到水井里，或许吃了有毒的果子，或许被路过的某个玩弓弩的孩子射中了眼睛。或许他们碰上了结核杆菌的播散染上肺结核，或者吸入太浓烈的花香失去知觉，或者被村里某个孩子的祖父带来的毒蝎咬了一口，那是个刚从蝎子国回来的有名的蝎子贩。也许他们会从树上摔下来，也许跑得太快摔断一条腿，也许玩水时被淹死，也许走下悬崖时摔入深谷折断脖子，或者被旧铁丝钩破皮肤染上破伤风。他们会在花园深处翻转某块石头，石头下一条飞虫正破壳而出，飞到村里，潜入某头暴躁公牛的牛圈，在它鼻子下咬一口。公牛于是从牛棚冲出，撞毁一切。现在公牛就在路上，在通向我们这里的路上发疯似的冲过来，转弯处留下一丛黑毛挂在刺梨上。它低头猛冲，撞倒一辆半瞎老马拉的马车，车被撞翻，金属碎片飞到惊人的高度，也许是一枚螺丝、一个螺帽、一个铁钉、车辕上的某块金属片，车套上的某个挂钩。修理过的桪木车轮坏了，铆钉碎片呼啸着腾飞到空中，飞过花园围栏。天哪，碎片掉落、掉落，掠过飞蛾的翅膀，吸住它。失去平衡的飞蛾摇摇晃晃撞到大树上然后突然落到草坪上。天哪，乔埃尔、诺埃尔和西特罗昂在那里玩，飞蛾落在西特罗昂的脸颊上，他脸上也许还留着未擦干净的果酱，飞蛾叮咬他……

"西特罗昂，你在哪？"

克莱芒蒂娜奔出房间，疯了似的喊着，三步并两步冲下楼梯，在前厅一头撞上女仆。

"他们在哪？我的孩子在哪？"

"他们在睡觉呀，"女仆惊讶地回答，"现在是他们的午睡时间。"

哦，是，这次虽然没发生什么意外，但这种可能性完全存在。她回到自己房间，心口还在怦怦直跳。显然，把他们单独留在花园里很危险。总而言之，要禁止他们翻石头，谁都不知道石头底下会压着什么玩意。有毒的鼠妇，咬一口就置人死地的毒蜘蛛，蟑螂带有无药可医的殖民地的病菌；或某个刽子手医生逃跑时留下的毒针头，那个医生杀害了11名病人，修改他们的遗嘱谋利，他的卑鄙行径被诊所的年轻医生发现，那是个长着红胡子的奇怪家伙。

雅克莫尔最近怎样了？她心想。我几乎见不到他，他也差不多。他借口既是心理医生又是心理分析学家，也许会介入乔埃尔、诺埃尔和西特罗昂的教育。我倒想问，他有什么权利？孩子属于他们的母亲，因为她们吃尽苦头才生下他们，他们属于母亲，不属于父亲。母亲爱他们，因此他们要按她说的去做。她比他们更清楚他们需要的是什么，什么是对他们有益的，什么能让他们尽可能久地留在童年，就像中国女人的小脚。中国女人小时候，大人把她们的脚放到特殊的鞋子里，或绑上裹脚带，或穿上特制的金属模子，总之设法让她们的脚停止长大。而对孩子们，我们要做同样的事，阻止他们长大，停留在这个年纪对他们更好，没有忧虑、没有欲望、没有非分之想。过一段时间，他们自然会长大，自然会走得更远，面临新的危险。如果他们走出花园，更有上千额外的危险，我说上千？不，上万，我还算口下留情。要想尽一切办法阻止他们走出花园，即使在花园里，他们也面临数不清的危险，比如一阵突如其来的狂风折断树枝砸到他们；比如他们在花园玩骑马游戏，玩小火车或警察抓小偷或其他游戏，玩得满头大汗后一场大雨把他们淋成落汤鸡，他们会染上肺炎、胸膜炎、关节炎、小儿麻痹症、伤寒、猩红热、麻疹、水痘或谁都叫不上名字的新疾病。如果雷雨来了，还有闪电、雷鸣，还有我不懂的别人说的电离现象，光听这名字就觉得可怕，让人想到营养不足①。还可能发生诸多其他情况，如果他们走出花园，问题肯定更严重。不过现在顾不上想那么多，但就花园里可能发生的事已经让人想破脑袋。等他们长大一点，哎呀呀！他们长大及他们走出花园，这是两件多么恐怖的事。有多少危险要防备啊，是的，做母亲的必须什么都想到。不过暂时先放一放，我以后再来想这事，我得记着长大和走出花园这两件事。我现在还是先对付花园，这花园中可能发生的意外不计其数。对了，路上的砾石，我已经说过多少次，让孩子们玩小石子是多么荒唐的事。万一石子被吞到肚子里怎么办？并且不是一下子就能发现，三天后引发阑尾炎，必须急症开刀。可找谁开刀？雅克莫尔？他不是医生。村里的医生？村里只有一名兽医。所以他们只能在受尽折磨后等死。高烧、叫喊，不，不是叫喊，是呻吟，这更让人心碎。没有冰块，找不到冰块敷在他们肚子上。体温上蹿，烧爆体温表，破裂的碎片飞到正看着西特罗昂受苦的乔埃尔眼睛里，乔埃尔眼睛会出血，瞎掉，但是没人顾得上他，因为大家都手忙脚乱围着西特罗昂，他的呼吸正越来越微弱。诺埃尔乘着混乱潜到厨房，火炉上正烧着一大锅开水。他饿了，大人们没顾得上给他吃下午点心。弟弟病了，大家忘记了他。他爬上火炉前的椅子，去拿吊柜里的果酱瓶，但是够不着。由于有灰尘，女仆把瓶子放得比平时远了点。要是她打扫得更勤快，就不会出现这样的情况。诺埃尔身体前倾，脚下一滑，一下子掉在沸腾的水锅里，只来得及发出一声惨叫，只有一声。他死了，却还机械地挣扎了一下，就像被扔到沸水里的虾蟹，变得浑身通红。他死了，诺埃尔！

克莱芒蒂娜冲到门外喊女仆。

"我在，太太。"

"我禁止你中午做虾蟹。"

"没有虾蟹呀，太太，今天中午是烤牛肉和苹果泥。"

"反正我禁止。"

"好的，太太。"

"再也不许做虾蟹！不许做螯蟹！不许做蝲蛄！总之不许做龙虾类的

---

① "电离"，法文为ionisation，"营养不足"法文为inanition，两者拼法颇为相似。

东西。"

"知道了，太太。"

她回到自己房间，是否该趁他们睡觉时把食物都准备好，然后让他们吃冷餐？这样，他们醒来时就无火源之虞。当然，火柴盒要小心锁起来，不过已经锁好。他们要喝煮过的水，今晚等他们上床就煮开水。把水煮开了给他们喝真是个好主意。煮过的水，水里的病菌就失去杀伤力。可是他们在花园里仍能把不干净的东西塞到嘴里。哦，花园！应尽量避免让他们去花园，比起干净的屋子，花园肯定不安全。一间每天打扫的干净屋子肯定比花园牢靠。当然，也许他们会在地砖上受凉，可在花园里也会受凉，那里风那么大，还有潮湿的草地。一间干净屋子，对！当然方砖也会有危险，砖会碎裂，碎片割破腕动脉会流血。而他们因为做了傻事还不敢说，血就这么流着，流着。西特罗昂脸色惨白，乔埃尔和诺埃尔哭起来。西特罗昂继续流血，门被反锁了，因为大人们出去买东西。诺埃尔被流出的血吓坏，试着爬到窗口喊人。他笨拙地站在乔埃尔肩上，结果摔下来，轮到他割破了颈动脉，几分钟后就咽气，小脸白得像一张纸。不行，不能把他们留在关着的屋子里……

她冲出房间，像个疯子，径自闯进三个孩子的房间。阳光透过百叶窗洒到粉红色墙上，孩子们发出均匀的呼吸声。诺埃尔动了一下，喉咙口发出低低的咕噜声。西特罗昂和乔埃尔半握小拳头，在睡梦中露出微笑，无忧无虑地摊开四肢。克莱芒蒂娜心跳得厉害，她离开孩子们的房间，回到自己屋里，让房门开着。

我是个称职的母亲，我考虑到他们会碰到的所有事和面临的所有危险。我指的不是他们长大后遇到的危险，或是走出花园后遇到的危险。不，这些危险我暂且搁置一边，以后慢慢考虑，我有时间，有时间。现在已经有这么多灾难要顾及，这多灾难。我爱他们，因为我会考虑到他们所要面临的最坏遭遇并及早防范。我并不以这种血腥想象为乐，而是它们自动浮现于我的脑海，这说明我是多么在乎他们。我是负责任的，他们依赖我，这是我的孩子，我要尽一切努力避开威胁他们安全的潜在危险。这些小天使，他们还没有自卫能力，还不懂什么是对他们有益的。我爱他们，为了他们好我才会想到这一切。这样的联想并不愉快。想到他们可能会吃有毒的果浆，坐在湿草地上，树枝会砸到他们头上；想到他们掉到井里，或从悬崖滚落深谷，或吞进石子，或被蚂蚁、蜜蜂、金龟子、鸟儿叮咬；想到他们在嗅花香时用力过猛，花瓣堵住鼻孔，被吸入脑中，他们会死掉；想到他们还那么年幼，会掉到井里淹死，树枝会砸到他们头上，地砖碎了，血，血……想到这些我颤抖不已。

克莱芒蒂娜实在无法忍受，悄悄起身，惦着脚尖来到孩子们的房间。她在一把椅子上坐下，从这个位置可以看到三个孩子，他们安睡得连梦都没有。渐渐的，她也蜷缩着满腹忧虑地陷入昏睡，睡眠中还不时抽动一下，仿佛猎狗嗅到了兽群。

七

4－8月135日

"呜呼，"雅克莫尔走到村口时想，"这至少是我第一千次来到这个该死的村子，这条路再也没什么可教给我的了。当然，这不妨碍我看看其他东西，总之，可以让我放松放松。"

路上到处贴着小广告，白底紫字，一定是用复写纸在打字机上打下来的。上写：今天下午，豪华演出……演出在本堂神甫住处后侧的棚屋举行，显然是神甫张罗的。红色小河上，未见拉格罗伊的踪影，可能他在远处，在河湾另一端。穿戴得像去参加葬礼一样正式的人群，从灰蒙蒙的房子里走出来。学徒们留在家里，为了不让他们觉得遗憾，主人们没少踹他们的屁股，这样，他们可以单独待一下午时，就会感觉很幸福。

雅克莫尔现在对每个角落、每条近路都了如指掌。他穿过偌大的广场，那里时不时还举行老人拍卖，沿学校走了几分钟后绕过教堂来到售票处，一个唱诗班的孩子在卖票。雅克莫尔买了一张高价位票，以便看个真切。他向棚屋走去，有人走在他前面，也有人跟在他身后。入口处，另一个唱诗班的孩子在检票，确切说他把票一撕为二，一半还给了雅克莫尔。第三个孩子在引导一家人入座。雅克莫尔等他过来招呼自己，孩子很快走过来。三个唱诗班的孩子都穿着节日盛装，红裙子、无檐帽、花边上衣。最后那个孩子拿着雅克莫尔的票，把他引到乐池边。神甫把教堂里能搬动的椅子都搬来了，椅子太多，有些地方只好椅子叠椅子，几乎无法落座，但这样可以卖出更多的票。

雅克莫尔坐到自己位置上，不得不给那个想讨小费的唱诗班孩子一记耳光，孩子不敢久留，赶紧逃走，否则，接下来很可能是一顿暴打。这很顺理成章，雅克莫尔在大庭广众之下只能入乡随俗，尽管他对这些恶习深恶痛绝。他局促不安地观察起舞台布置。

棚屋中间的高台周围，摆放着从教堂搬来的椅子。高台由四根雕花柱子撑起，柱子又用绛红色丝绒粗绳斜拉着固定。对角的两根柱子上刻着常见的耶稣生平：耶稣在路边挠脚，耶稣在喝红酒，耶稣在用渔竿钓鱼，总之是传统的宗教画面。相反，另两根柱子显得很特别：左侧靠近雅克莫尔的那根，是一个巨大的三叉齿形状，齿尖朝向空中。柱身刻着一些或干净或肮脏的可怕雕塑，能让某位修士或一群修士，甚至信徒首领感到脸红。最后一根柱子呈十字架形状，以普通方式刻着本堂神甫的形象，裸露的背脊，正在床下寻找神袍衣领的搭扣。

人群不断涌入。有挪动椅子的嘈杂声，有因吝啬而座位不佳者的叫骂声，有唱诗班孩子的尖叫声，有脚臭味和老人的呻吟声，他们就是在老人拍卖市场被买来的那些人，被带到剧场在幕间休息时供人折磨。这已经是星期天节目中司空见惯的一幕。这时，人们突然听到一阵刺耳的声响，仿佛一张破裂的唱片刚刚开始转动。雅克莫尔抬头一看，震耳欲聋的声音从绑在拳击台上方横梁上的扬声器里发出。几秒钟后他听到神甫的声音，尽管音响质量奇差，大家还是听出神甫在啰唆些什么。

"这样不行！"神甫一开场就大声叫嚷。

"噢！噢！噢！"人群幸灾乐祸。

"你们中有些人，出于卑鄙的吝啬和可耻的贪小便宜心理，想嘲弄《圣经》的教诲。他们买了便宜的票子，没位子坐！这是个庄严的演出，是在上帝面前的演出，是伟大的作品。在这种场合，任何没有庄重行为的人都会受到恶人应得的惩罚，他们将在地狱里被永远放在火上烤，如果不是干草，那就是木炭火、煤炭火甚至是粗酒石。"

"退钱！退钱！"那些无法落座的人叫嚷着。

"不会退钱给你们的。你们想办法坐下来，坐不下来，上帝也不会管你们。我们在你们的座位上放了椅脚朝天的椅子，就是要让你们明白这些位子的票价只够让一把椅子。叫喊吧，抗议吧，上帝意味着豪华和美好，你们应该买更贵的票子。想要的人可以补个差价，但仍将保留原来的差位子。弥补并不意味着被原谅。"

人们觉得神甫有点过分。雅克莫尔听到一声巨响，回头看到马蹄匠站在棚屋中央，双手各抓一把椅子，使劲对撞。他第二次猛烈撞击时，椅子被碎成火柴棒似的碎片，他把木碎片朝帝子遮挡的后台扔去。这是个信号，所有买了差位的人都抓起座位上的椅子，砸个稀烂。那些力气不够大的人，就把椅子递给铁匠。

椅子的碎片在一片嘈杂声中飞来飞去，在两块幕布间砸开一个裂口，还有张椅子重重地动摇了支撑幕布的杆子。扬声器里传来神甫的怒骂声。

"你们没有权利这么做！庄严的上帝蔑视你们粗鄙的生活，蔑视你们脏鞋子、污渍斑斑的裤衩、穿黑的衣领和牙齿上的污垢。上帝拒绝细香肠、秃毛公鸡般的男人和瘦长干瘪的女人进入天堂。上帝是纯银的天鹅座，是闪亮三角中的蓝宝石，是黄金花盆底耀眼的钻石。上帝，是镶钻的愉悦，是镀白金的神秘，是马伦比亚①交际花成百上千的戒指。上帝，是穿着天鹅绒袍子主教手里永远的仙人掌。上帝生活在金银堆里，在珍珠河里，在沸腾的水银里，在水晶和太空中。上帝在看着你们，乡巴佬，他为你们感到羞愧……"

神甫犯了大忌，人群像炸开了锅，那些有座位的人也开始叫骂。

"够了，神甫！开演吧！"

椅子飞得更猛。

"他为你们感到羞愧！你们这些肮脏的野蛮人、蠢货。你们就是人间的破抹布，是上天菜园子里的土豆，是神妙花园里的荨麻。你们是……啊呸！啊呸！"

一把椅子比其他椅子扔得更准，一下子扯下幕布，人们看到穿短裤的神甫在麦克风后面抱头躲闪。

"表演节目，神甫！"人群齐声喊道。

"好吧！好吧！"神甫说，"来了，来了！"

---

① Malampia 维昂杜撰的一个词。

人群安静下来，座位上到处散落着破椅子的碎木片。唱诗班的孩子们殷勤地围着神甫，其中一位递给神甫一个棕色圆形的东西，神甫把一只手伸进去，另一只手也戴上同样的东西。接着，神甫穿上一件鲜艳漂亮的黄色睡袍，一瘸一拐跳上拳击台，把麦克风挂在头顶事先准备好的一根绳子上。

"今天，我要在你们面前与魔鬼坚定有力地打一场，"他开门见山地说，"打十局，每局三分钟。"

人们怀疑地窃窃私语。

"别笑！"神甫大声呵斥，"不相信的人给我好好看着！"

他做了个示意动作，圣器管理人从后台蹿出来，一股刺鼻的硫磺味弥散开来。

"八天前，"神甫宣布道，"我发现了一件事，我的圣器管理人就是魔鬼。"

圣器管理人漫不经心地吐出一串漂亮火焰。尽管他穿着长袍子，人们还是能看到他粗长的腿毛和裂了口的木屐。

"为他喝彩吧！"神甫鼓动道。

掌声噼噼啪啪响起，不怎么热烈。圣器管理人有点失落。

"还有什么能比得上这样一场华丽的战斗更让上帝高兴？一场比奢侈爱好者罗马皇帝组织的战斗更精彩的战斗？"神甫咆哮道。

"够了！"有人喊道，"我们要看流血！"

"好吧！好吧！"神甫说，"我只想补充一件事，你们都是些可怜的没教养的人。"

他脱下睡袍，两个唱诗班孩子给他做助手，圣器管理人则一个助手也没有。唱诗班孩子准备好脸盆、矮凳和浴巾，神甫戴上牙套。圣器管理人只是说了一句神秘的话，黑色睡袍突然自行燃烧，很快在一团红色烟雾中不见了。他冷笑一声，做了几个准备动作热热身。神甫脸色苍白，在胸口划十字。圣器管理人抗议道：

"比赛开始前不许做小动作，嗯，神甫大人。"

唱诗班的第三个孩子在一只铜盆上重重敲了一锤，站在三叉齿立柱那一角的圣器管理人早已迫不及待，听到锣声冲到拳台中央，发出满意的吼叫。

魔鬼一来就发起猛烈进攻，一连串的右钩拳，其中三分之一的出拳击破了神甫的防卫，然而后者表现出娴熟的脚下功夫。两条多肉的腿，尽管粗细不一，却显得相当灵活。神甫避开左路，尽量与对手保持距离，趁着魔鬼正琢磨如何从侧面攻击的当口，朝他胸口一记左钩拳。圣器管理人粗鲁地咒骂一声，人群中爆发出热烈的掌声。神甫正洋洋得意，不料下巴被对手出其不意地一拳击中，几乎难以招架。魔鬼恶狠狠盯着他，一连串眼花缭乱的左侧进攻，仿佛要给人展示他拳法的多样性。两人身上都泛起点点淤青，神甫开始喘气。当圣器管理人再次靠近时，神甫对他说：

"滚开！"

这让双手护着肋部的圣器管理人觉得好笑。神甫趁机朝他口鼻处狠狠挥了两拳，血流了出来。锣声几乎同时响起，两个对手回到各自的角落，唱诗班的三个孩子立刻围住神甫。人群热烈鼓掌，因为他们看到了流血。魔鬼捧起一个汽油桶，喝了一大口，朝空中吐出一束漂亮的红色火焰，烧到了拴麦克风的绳子。人们拍手拍得更起劲了。雅克莫尔觉得神甫对付得不错，无论是作为组织者还是作为拳手，尤其是让魔鬼出场的这个主意实在是棒极了。

唱诗班的孩子们在小心擦拭神甫身上的伤口，他看上去并不是很好，身上不同地方的大块淤斑现在越来越清晰。

"第二局开始！"敲锣的孩子宣布道，"当！"一声。

这一次，魔鬼显得更加凶狠和坚定，决定速战速决，疯了似的朝神甫进攻，不让他有喘息的机会。拳头像冰雹般落下，雨点凝结成的冰雹。神甫节节败退，有两次在人群的不满声中紧紧抓住拳台的围绳，随后瞅准住一个空当，双手紧紧夹住圣器管理人的头，用自己的膝盖狠撞他的鼻子，魔鬼发出痛苦的惨叫，连连后退。

孩子们高兴极了，齐声喊起来：

"他作弊！神甫万岁！"

"太不要脸了！"魔鬼捂着鼻子愤怒地说，脸上痛苦的表情十分明显。

神甫很高兴，扭动着身体。但刚才魔鬼只是略施小计，现在他突然冲过来朝神甫的肝部狠狠挥出两拳，并冲下巴飞去一记钩拳。神甫本能地一躲，这一拳落在了左眼，他赶紧闭上眼睛。

幸亏这时锣声响起，神甫漱了好几口水，左眼敷了很大一块生牛肉，中间挖了个洞，露出眼睛，如果他的眼睛还能睁开的话。而这时候，魔鬼在不断搞怪，逗人开心，尤其当他突然扯下短裤，把屁股对着杂货店老板娘时，众人哄堂大笑。

第三局打到一半，神甫越来越招架不住，暗暗伸出一只手，抓着事先做过手脚的麦克风电线，使劲一拉，扬声器掉下来，正好砸到圣器管理人头上，他立即倒地，不省人事。神甫非常自豪，双手举过头顶，在拳击台跑了一圈。

"我凭借技术取胜，"他宣布道，"是上帝让我取得了胜利。华丽的上帝，富足的上帝！是上帝，三局定胜负！"

"噢！啊！噢！"人群发出嘘声。

村民们最初愣了片刻，没有反应过来，因为一切都发生得太快了。很快，他们就开始抗议，因为这几分钟时间也太贵了点。雅克莫尔有些担心，预感形势会失控。

"退钱，神甫！"有人叫喊道。

"不！"神甫说。

"神甫，退钱！"

一把椅子砸过来，随后又一把。神甫跳下拳击台，无数椅子雨点般砸向他。

雅克莫尔往出口溜时，一把椅子砸到他耳后，他本能地挥拳反击，在打落对方门牙的同时，认出了对手，就是那个木匠，嘴里吐着血丝倒在地上。雅克莫尔看看自己的手指，有两处关节裂开了。他舔了舔伤口，心头涌起一丝不安，但立刻又耸耸肩，将之抛之脑后。

"没关系……"他心想，"拉格罗伊在，他会承受这一切。对了，为了我给唱诗班孩子的那记耳光，我得去找他一下。"

他还想打架，朝遇见的人挥出拳头。朝大人们挥出拳头让他感到前所未有的痛快。

八

4-8月135日

当雅克莫尔推开拉格罗伊的房门时,后者正在穿衣服。他刚刚在那个纯金打造的浴缸里洗完澡,套上一件十分华丽的金边滚缎浴袍,干活时穿的旧衣服挂在一边。屋子里遍地是金子,这间旧房子的内部仿佛就是用金子堆出来的。金币从箱子里满出,餐具、椅子、桌子上,到处金灿灿的。雅克莫尔第一次看见这幅场景时曾被深深震惊,但现在他淡定地看着这一切,与他的癖好不直接相关的事物,他都无动于衷,甚至视而不见。

拉格罗伊招呼他,看到雅克莫尔的模样时有些吃惊。

"我刚才打架了,"雅克莫尔解释说,"在神甫大人的表演会上,大家都打起来了。神甫也打,但打得不光彩,所以其他人也都加入了。"

"很精彩的借口。"拉格罗伊说着耸耸肩。

"我……"雅克莫尔说,"我有点儿羞愧:因为我也参与打架了,所以趁着来看你的机会,我带来一些现金……"

他递给他一叠金币。

"当然,"拉格罗伊苦涩地喃喃道,"你很快就学会了这些习惯。不过把你的衣服整整好吧,别担心,我会承接下你的羞耻。"

"谢谢,"雅克莫尔说,"现在,继续我们的精神分析怎么样?"

拉格罗伊把金币扔到一只朱红色的色拉盘里,走到屋角的矮床上躺下,没说一句话。雅克莫尔过来坐在他身边。

　　"说吧，放松自己然后继续讲述，"雅克莫尔说道，"上次我们说到你在学校的那些事，你偷了一只皮球。"

　　拉格罗伊用手遮住眼睛开始讲述，但雅克莫尔并没有马上听进去，他有些困惑，也许那只是错觉，因为当老头把手放到额头时，雅克莫尔总觉得透过手掌，看到了病人焦躁和游移的目光。

九

4–8 月136日

雅克莫尔躲在安热尔的书房里看书的那几天，觉得自己很有文化。那里只有一本书，却绰绰有余，那是一本精彩的百科全书。照着字母顺序或逻辑编排寻找，雅克莫尔就可以找到一般书房藏书的所有基本内容，而那得要多少本书啊！

他通常停留在画着各种旗帜的那一页，那里文字稀少，可以放松精神，消除疲劳。从左数过去第十一幅画，黑底色上是一颗血淋淋的牙齿，让他想起有一天在树林里见到的那些野生风信子。

十

7-9月1日

三个孩子在花园里玩，从屋子里不怎么看得清他们。他们选择自己喜欢的地方：这里有着比例适合的鹅卵石、泥地、草地和沙地；有着树荫和阳光，有干有湿，有硬有软，有矿物有植物，有活着的和死了的。

他们不怎么说话，拿着小铁铲，每人挖出一个长方形的坑。铁铲时不时碰到有意思的玩意儿，挖到的人就会把它拿出来，堆放到之前挖出的战利品上。

挖了一百锹后，西特罗昂停住手。

"停！"他说。

乔埃尔和诺埃尔乖乖听从。

"我挖到一块绿的。"西特罗昂说。

他给他们看一块绿宝石一样的东西。

"我这块是黑的。"乔埃尔说。

"我这块是金的。"诺埃尔说。

他们把三块东西摆成三角状，西特罗昂小心地用干树枝把它们连成一个三角形，然后每人坐在一个角边，等待着。

三角形内的地面突然凹陷下去，从里面出现一只雪白的、袖珍小手，接着出现第二只手。那双手紧紧抓住凹坑的边缘，一个高约十厘米的清晰身影随即出现在三角里。那是一个有着金色长发的小女孩，她朝三个孩子递了个飞吻后开始跳舞，跳了几分钟，从未跨出三角形边界。然后，她突然停止跳舞，看着天空，钻到地里不见了，就像她来的时候那么突然。摆那三块彩色石头的地方，现在只留下三块普通的鹅卵石。

西特罗昂站起来，扒开树枝。

"我不想玩了，"他说，"我们换个游戏吧。"

乔埃尔和诺埃尔又开始挖掘。

"我敢肯定我们一定会挖到其他东西。"诺埃尔说。

这时他的铲子触到了一个坚硬物体。

"一块大石头。"他说。

"我看看！"西特罗昂说。

一块漂亮黄石头，有几处闪着光泽的裂纹。西特罗昂舔了一下尝味道，一口泥沙在他嘴里叽咕作响，在石头的凹缝里贴着一条鼻涕虫，也是黄色的。他看了看。

"这个不是我要的，"西特罗昂说，"不过你还是可以尝一下，这不是最好的，蓝色的那种吃了才会飞起来。"

"有蓝色的？"诺埃尔问。

"是的。"西特罗昂说。

诺埃尔尝了尝黄色的鼻涕虫，未变质，比泥沙味道好多了，柔软、黏稠。总之味道还不错。

而乔埃尔，他的铲子也刚刚插到一块大石头底下，掏出两条黑色的鼻涕虫。

他把其中一条递给西特罗昂，西特罗昂饶有兴味地看了看，递给了诺埃尔，不过乔埃尔已经吃了他手里的那条鼻涕虫。

"不怎么样，"他说，"像木薯粉。"

"是的，"西特罗昂说，"但是蓝色的很好吃，有菠萝味道。"

"真的吗？"乔埃尔问。

"而且，吃过后可以飞起来。"诺埃尔说。

"不是想飞就能飞的，"西特罗昂说，"飞之前，需要做点劳动。"

"也许我们可以先劳动，"诺埃尔说，"这样，我们找到蓝色鼻涕虫时就可以马上飞起来了。"

"哦！我找到一颗漂亮的新鲜种子。"乔埃尔说，他刚才一直在挖掘。

"给我看看。"西特罗昂说。

这是一颗有胡桃那么大的种子。

"在上面吐五次口水，它就会生长。"西特罗昂说。

"你肯定？"乔埃尔问。

"肯定，"西特罗昂说，"不过得先把它放到一张新鲜叶子上。乔埃尔，去找一片过来吧。"

从种子里长出一棵玫瑰色叶子的袖珍小树，银色的枝条上，小鸟唱着歌飞来飞去。最大的鸟有乔埃尔的小手指甲盖那么大。

十一

7–9月347日

我在这个该死的地方已经埋葬了六年零三天两小时。雅克莫尔凝视着镜子自言自语。

他的胡子一直保持中等长度。

十二

7—9月348日

雅克莫尔正打算出门时，在走廊上碰到克莱芒蒂娜。几个月来他很少见到她。时间持续不断地悄悄溜走，他几乎失去了时间概念。她叫住他。

"你这是要去哪里？"

"和平常一样，去看我的老朋友拉格罗伊。"

"你在继续给他做精神分析？"克莱芒蒂娜问。

"唔……是的。"雅克莫尔说。

"要很长时间啊。"

"需要做得完整。"

"你的脑袋变大了。"克莱芒蒂娜指出。

他后退了一步，因为她对他说话时凑得太近了，他闻到她嘴里散发出一股难以忍受的腐尸味。

"有可能，"雅克莫尔说，"总之，他真的变成十分透明，我开始有点担心。"

"你的分析看上去并没有让你感到快乐，"克莱芒蒂娜说，"你花了很长时间才找到一个分析对象！"

"我那些对象一个个都躲开了，"雅克莫尔说，"我不得不选择拉格罗伊，因为只剩下他了。不过我承认，他脑袋里的那些内容，对领受者来说未必是值得高兴的事。"

"你们分析得很深入？"

"什么意思？"

"你们的精神分析，是不是进展顺利？"

"哦，上帝，还不错。"雅克莫尔说，"我需要深入到某些非常具体的细节，实际上我有点担心这样的时刻来临。不过这些都无足轻重啦，你呢，你怎么样？现在吃饭时都见不到你了，午饭和晚饭都见不到。"

"我在自己房间里吃饭。"克莱芒蒂娜的声音里带着满足。

"哦，好吧。"雅克莫尔说。

他打量了一下年轻女人的身材。简单回应道：

"看上去还挺成功。"

"我只吃我所需的。"克莱芒蒂娜说。

雅克莫尔竭力没话找话：

"心情还不错吧？"

"我不能说好或不好。"

"发生了什么事？"

"说老实话，我有些害怕。"

"害怕什么？"

"我不停地替孩子们担心，谁知道他们会遇到什么事。我老想着那些最可能发生的事。我可不会为那些不可能发生的事或疯了的念头感到头痛；不，单是那些完全可能发生的事情足以让我发疯。我无法阻止自己去想它们，而且，我还没把花园之外他们所要遇到的危险计算其中。万幸的是，他们现在还没想着要走出去。不过我现在先不去想这些，因为一想到这个，我会昏过去。"

"可他们没有什么危险啊，"雅克莫尔说，"孩子们或多或少清楚什么是有利的，他们很少会把自己置于不利的境地。"

"你这么认为？"

"我肯定，"雅克莫尔说，"否则的话，你我今天都不会站在这儿了。"

"这倒是，"克莱芒蒂娜说，"可这些孩子是多么与众不同！"

"是的，是的。"雅克莫尔说。

"我多么爱他们，"克莱芒蒂娜说，"我爱他们，所以一想到我不在他们身边时，他们在这所房子和这个花园里所有可能遇到的危险，我就寝食不安。你不能想象有多少意外可能发生。你知道对一个像我这样深爱自己孩子的母亲，这是一种怎样的考验啊。可是一座房子，有多少事情要操心啊！我没法随时随地看护着他们。"

"那，女仆呢？"

"她太蠢了，"克莱芒蒂娜说，"和她在一起，比他们单独待着更危险。她太傻了，她离他们越远越好。再说她没有任何主见，要是孩子们在花园里坑挖得太深，挖到一口油井，石油喷出来淹死他们，她肯定会束手无策。你能想到我的恐惧吗？噢！我爱他们！"

"确实，"雅克莫尔说，"我发现你什么都担忧。"

"还有其他让我头疼的事，"克莱芒蒂娜说，"他们的教育。一想到要把他们送去村里的学校，我就浑身发抖。当然，绝对不能让他们独自去上学，但我不能让这个姑娘送他们去上学，否则他们肯定会遇到意外。我得自己去，你也可以偶尔替我去，如果你答应我足够当心的话。哦不，算了，我想还是我自己去吧。瞧，现在还没到操心他们上学问题的时候，他们还小。想到他们会走出花园，这个念头就已经让我发疯，因为我还没想清楚他们将会面临什么危险。"

"请个家庭教师。"雅克莫尔说。

"我也想过，"克莱芒蒂娜回答说，"不过我承认我会嫉妒，这的确很蠢，但我不能忍受见到他们依赖除我之外的其他人。所以，如果是一个优秀的家庭教师，他们肯定会很依恋他；如果是个糟糕的老师，我则不打算把孩子交到他手里。总之，我对学校没信任感，但好歹还有小学老师在。如果家庭教师出了问题，那就一点办法都没有。"

"神甫通常是传统的家庭教师……"雅克莫尔说。

"我不怎么信教，我看不出为什么要让我的孩子去信教。"

"跟随那位神甫，我觉得他们不会有什么风险，"雅克莫尔说，"他对宗教的观念很健康，不会带来多少神的召唤。"

"但神甫不会挪窝的，"克莱芒蒂娜指出，"问题仍然存在，他们还是得去村里。"

"可是，你好好想想，"雅克莫尔说，"这条路上几乎没有汽车经过，或者很少。"

"这就是问题所在，"克莱芒蒂娜说，"很少汽车经过，所以大家都掉以轻心，而偶然有汽车经过，那才更危险呢。我想想就浑身发抖。"

"你说起话来像圣-德里①。"雅克莫尔说。

"你也不用嘲笑我，"克莱芒蒂娜说，"说真的，除了我自己来回接送他们去学校，我找不到其他解决办法。有什么办法呢，谁让我们爱自己孩子，我们需要做出牺牲。"

"当你把他们扔下，忘记给他们喂奶，自己跑去攀岩时，他们并不怎么需要你。"

"我不记得那样做过，"克莱芒蒂娜说，"如果我那样做了，那肯定是因为病了。反正，轮不到你来这么说我，你很清楚那时候安热尔还在家，仅仅是他的存在就足以让我失控。但现在事情有了变化，我必须独自为他们的教育负责。"

"你不担心把他们弄得太依赖你么？"雅克莫尔有点生气地问。

"再正常不过了吧？这些孩子代替了我的一切，他们是我活在世上的唯一理由。同样，他们理应在任何情况下依靠我。"

"不管怎么样，"雅克莫尔说，"我觉得你夸大了危险……因为此刻你就可以发现到处是危险；比如……我很惊讶你让孩子们玩纸片，那些纸很有可能割破手指。假设给这些纸打包的那个女人打算毒死她家人，用这叠纸第一张称过砒霜，这张纸就可能被污染了，所以很危险……你的某个孩子一碰这张纸就会中毒，而你必须跟在后面舔他们的伤口。"

她想了一下。

"你知道吗，"她说，"动物就是这样对待它们的幼崽……也许称职的母亲也应该这么做……"

雅克莫尔看着她。

"我想你是真的爱他们，"他很严肃地说，"不过，仔细想想的话，

---

① 原文Saint-Delly，法语中似乎没有这个圣人，可能是来自英语的daily-saint"每日圣人"，本书中有大量类似的文字游戏。

那个砒霜的事也不是完全不可能。"

"这太让人崩溃了。"克莱芒蒂娜撑不住了。

她开始哭泣。

"我不知道该怎么办……不知道该怎么办……"

"别着急，"雅克莫尔说，"我会帮你的，我刚意识到这是个棘手问题，但肯定能找到办法。你先上楼休息一下吧。"

她离开了。

"这是一种激情。"他边想边往外走。

他很想体验这种激情，就算体验不到，但总可以观察。

然而他有一个尚未完全捕获的念头撩拨着他。一种模糊的想法，不确定的念头。无论怎样，了解孩子们的想法肯定是件很有意思的事。

不过还不着急。

十三

10—11月7日

他们在母亲房间窗外的草地上玩耍，她越来越不能忍受他们稍稍远离。

此刻，她正观察着他们，通过他们的动作猜测他们的想法。乔埃尔看上去不如平时活络，拖拖拉拉勉强跟上大家。过了一会儿，他站起来摸摸自己的短裤，看着兄弟们。他们围着他蹦蹦跳跳，仿佛他说了什么可笑的话。他用拳头擦着眼睛，看得出，他在哭。

克莱芒蒂娜很快从房间出来，走下楼梯来到草地上。

"你怎么啦，小宝贝？"

"肚子痛！"乔埃尔抽泣道。

"你吃了什么？那个蠢女人肯定给你吃了不好的东西。我可怜的小天使。"

乔埃尔叉开双腿站在那里，捂着肚子终于说出来：

"我拉裤子了！"他大哭起来。

西特罗昂和诺埃尔露出一副不屑的神态。

"他还像个小毛头！"西特罗昂说，"他把屄屄拉在裤子里！"

"小毛头！"诺埃尔说。

"行了，"克莱芒蒂娜说，"你们就不能对他友好点儿！这不是他的错。来，亲爱的，来。我给你换上漂亮的干净短裤，再喝上一汤匙止痛糖浆。"

西特罗昂和诺埃尔有些惊讶也有些羡慕。

乔埃尔快步跟在克莱芒蒂娜身后，很受安慰。

"真讨厌，"西特罗昂说，"他把屁屁拉在裤子里，妈妈却给他喝糖浆。"

"对，"诺埃尔说，"我也要喝。"

"我要拉拉看。"西特罗昂说。

"我也要拉。"诺埃尔说。

他们用尽力气迸大便，脸都发紫了，可什么也没拉出。

"我不行，"西特罗昂说，"我只憋出一点尿尿。"

"算了，"诺埃尔说，"我们没有糖浆吃，那就把乔埃尔的小熊藏起来吧。"

"吔？"西特罗昂有些吃惊诺埃尔居然讲了这么长的一个句子。

"好主意，但要藏在他找不到的地方。"

诺埃尔绞尽脑汁，脑袋东扭西转，费劲地寻找。西特罗昂也没闲着，开动小脑筋。

"看！那边！"他说。

那边是女仆在空地上拉铁丝晾衣服的地方。绕铁丝的白色柱子边上有一把梯子。

"我们把熊藏到树上，"西特罗昂说，"我们可以站到梯子上。快点，趁他还没回来！"

他们飞奔过去。

"可是，"诺埃尔气喘吁吁地说，"他还是能找到的。"

"不会，"西特罗昂说，"你知道吗，我们两个能搬得动那个梯子，他一个人不行。"

"真的吗？"诺埃尔问。

"你看着。"西特罗昂说。

他们来到梯子边，梯子比他们从远处看见的要大许多。

"小心别让梯子倒下来，"西特罗昂说，"倒下来，我们可扶不起来。"

"哎哟嗨。"他们拖着梯子走远。

"哎，好重！"诺埃尔走了十米后抱怨道。

"快点，"西特罗昂说，"她马上要来了。"

十四

"好了!"克莱芒蒂娜说,"这样一来你就干干净净的了。"她说着把一团棉花扔进便桶。乔埃尔站在她前面,背对着她,她跪在地上,刚把他擦拭干净,有些迟疑地对他说:

"撅起屁股,小甜心。"

乔埃尔弯下腰,手撑住大腿。她小心地捧着他的屁股,身体略微后退,开始舔舐,舔得十分仔细和认真。

"你干什么,妈妈?"乔埃尔吃惊地问。

"我帮你舔干净,亲爱的,"克莱芒蒂娜停下舔舐答道,"我要让你像猫仔或狗仔那么干净。"

这没什么难为情的,本质上,这是很自然的一件事。雅克莫尔那个傻瓜,竟然连这都不明白,这是最基本的道理。至少现在这样,她可以肯定他们不会染上什么坏东西。因为她爱他们,她所做的无不是为他们好。说到底,或许她更应该用这种方式舔遍他们全身。

她站起来,轻轻推了推乔埃尔,若有所思。这倒是个新思路。

"去找兄弟们玩吧,小亲亲。"她说。

乔埃尔一溜烟跑开了,走下楼梯,用手指摸摸屁股缝那儿的短裤,有点湿。他耸耸肩。

克莱芒蒂娜慢慢走回自己房间。那味道可真不怎么样,咬几口牛排能让她好受点。

用这种法子舔遍他们全身，对。

因为她经常想，给他们洗澡是件相当危险的事。只要一不小心，比如说大人一转身，弯腰去捡一块滑落地上或掉在台盆柱后面的肥皂，而正好此刻，水管里产生一股巨大的水压，因为一块炽热的陨石突然掉到水库，成功进入主要的供水管道，因为滚得太快，没来得及爆炸，但一旦被卡住，水管里的水会受热产生蒸汽，形成一股巨大的冲击波（冲击波，这个名词，真好听）迅速扩散开。这样水流量当然比平时多得多，以至弯腰去捡块肥皂的工夫（另外，卖这种椭圆形滑溜溜的肥皂简直就是一种罪行，它太容易滑出手掌，不知飞到哪里，甚至掉入水中，把细菌送到孩子们鼻子里），水汹涌而出，水面突然抬高。孩子们惊慌失措，大口呛水，透不过气（完全可能被呛死），小脸变紫，窒息。

她擦擦额头的冷汗，关上橱柜的门，什么也没吃。床，床，她要她的床，立刻。

十五

乔埃尔有些憋屈地来找兄弟们。他们手握铲子挖地，什么话也没说。

"你觉得我们能挖到蓝鼻涕虫吗？"诺埃尔问西特罗昂。

乔埃尔感兴趣地抬起头。

"不能，"西特罗昂说，"我跟你说过这是很少见的。"

五亿条里才能碰到一条。

"简直是胡扯！"乔埃尔生气地说，继续挖掘。

"好遗憾他吃了鼻涕虫，否则的话，我们可能也在天上飞呢！"

"幸亏这是他的熊，"诺埃尔说，"我的小熊要是走了，我会难过的。"

诺埃尔毫不掩饰地抱紧自己的玩具熊。

"我的宝宝！"他温柔地喃喃道。

乔埃尔一直低着头，专心地对付着一堆碎石。

有关玩具熊的暗示让他心头一颤，他的小熊哪里去了？他不想抬头，用眼角余光四处扫射。

"他看上去不高兴。"诺埃尔取笑道。

"糖浆不好吃？"西特罗昂讽刺地问。

乔埃尔不理他们。

"他身上还是臭的，"诺埃尔说，"所以普瓦洛加①要离开，一点儿也不奇怪。"

乔埃尔很清楚，如果他开口回答，声音是颤抖的，他不愿意。泪水渐渐模糊他的双眼，他有点看不清手里的东西，但仍专心挖着石头。突然，他忘了玩具熊，忘了兄弟，忘了周边的一切。

一条极漂亮、纯净钴蓝色的鼻涕虫正贴着一块刚掀开的石头爬行。乔埃尔的呼吸几乎凝固，看着它，哆哆嗦嗦伸出手指捏住虫子，悄悄送进嘴里。兄弟们的嘲笑现在对他来说就是过眼烟云。

他吞下蓝色鼻涕虫后，站了起来。

"我知道是你们把小熊藏起来了。"他很肯定地说。

"这辈子没干过这事，"西特罗昂说，"是它自己飞上去的，因为它才不想跟着一个臭烘烘的爸爸。"

"无所谓，"乔埃尔说，"我会去找回来。"

他很快发现了那棵树和几米外的梯子，普瓦洛加正舒服地骑在一根枝丫上，悠闲地与啄木鸟说着话。

现在，需要飞翔，他张开双臂，晃动手掌。西特罗昂这么说过的。

当他脚后跟擦过诺埃尔的鼻尖，后者一把抓住西特罗昂的胳膊：

"他找到了一条……"他嘀咕道。

"好吧，"西特罗昂说，"你看，这证明我说得有道理。"

看到乔埃尔飞过来舒舒服服停在小熊边上，啄木鸟没动窝。乔埃尔朝兄弟们喊道：

"怎么样，你们也上来吧？"声音里充满了嘲讽。

"不来，"西特罗昂说，"不好玩。"

"不啊，很好玩，嗯？"乔埃尔问啄木鸟。

"非常好玩，"啄木鸟应道，"不过，你们知道吗，蓝色鼻涕虫，鸢尾花丛里到处都是呀。"

"哦，反正我肯定会找到的，而且我们还可以用颜料把虫子涂成蓝

---

① 乔埃尔玩具熊的名字，原文Poirogale是poireau和gale的组合变异，意为"长了疥疮的梨"。

色……"西特罗昂说着朝鸢尾花丛走去，诺埃尔跟在后面，乔埃尔追上他们，把普瓦洛加留在树杈上。

"我们要吃好多好多条，"他说，"这样就可以飞得很高。"

"一条就够了。"西特罗昂说。

克莱芒蒂娜出来时，看到了草坪上的梯子，奔过去想看个究竟。她看到了那棵树和舒舒服服躺在树上的普瓦洛加。

她手捂胸口，朝花园冲过去，声嘶力竭地喊着孩子们。

十六

10—11月8号

"我不敢说你错了，"雅克莫尔说，"但别匆忙做决定吧。"

"这是唯一的解决办法，"克莱芒蒂娜说，"我们可以避免这些问题。没有那棵树就不会发生那样的事。"

"更多是那把梯子带来的麻烦吧？"雅克莫尔表示。

"当然啦，无论如何她不该把梯子留在那里，这是另一个问题，她会得到该有的惩罚。但你必须明白，如果没有那棵树，西特罗昂和诺埃尔怎么可能会想到把乔埃尔的玩具熊藏起来？这棵树就是罪魁祸首。想想看，这可怜的孩子完全有可能直接爬到树上去取他的小熊。"

"可是，"雅克莫尔说，"有些人认为爬树对孩子有好处。"

"对我的孩子来说，对我来说，不是这样！"克莱芒蒂娜叫道，"一棵树会带来多少危险，谁知道呢？白蚁啃噬了树根，树突然就倒在你身上，或者一根枯枝断了，一下子把你砸昏。或者被一道闪电击中，树就烧了起来，风一刮，火势更猛，一直烧到孩子们的卧室，他们就被烧死了！……哎呀，在一个花园里留着这些树该有多么危险呀，所以求求你，要是你愿意的话，去村里找几个人来把这些树都砍了。他们可以拿走一半，我留下另一半取暖用。"

"找谁？"雅克莫尔问。

"哦，我不知道，找那些专门修剪树枝的人，伐木工人……对，就找伐木工人。我求你去找几个伐木工人，这很难吗？”

"哦，不难，"雅克莫尔说，"我去找，什么都不该忽视。"

他站起身，走了出去。

十七

下午的时候，那些人来了。他们带着很多铁制工具：有铁针、铁钩还有火盆。雅克莫尔刚刚散步归来，看到他们走进来便停下脚步，让他们先过去。他们五个人，外加两个学徒。一个十来岁，看上去非常虚弱，佝偻着身子；另一个稍微大一点，左眼用一条黑带子缠着，一条腿可笑地扭曲着。

那群人中的一个向雅克莫尔打招呼，雅克莫尔就是与他商谈的价钱。他们最后接受了克莱芒蒂娜的提议：一半树给伐木工人，一半树留在家里。如果要把留下的树砍成柴堆放到房子里面，还要另付钱。

雅克莫尔心头一紧。作为一个一降生就是成人并且没有什么记忆的人来说，对那些树不该有太多感情，但他喜欢那些树实在的美感和无序中的一致性。他觉得和那些树很亲近，倒不一定需要和它们说话，给它们写颂词之类的，但他喜欢阳光打在油亮的树叶上，喜欢树叶投在地上斑驳的影子，喜欢枝叶颤动时的窸窣声，喜欢酷热白天结束后大树在夜晚释放出的气息。他喜欢龙榆木尖尖的舌头，喜欢巨型棕榈树堆积在一起的叶柄；喜欢桉树光滑鲜嫩的枝干，就像那些长得太快的傻女孩，笨拙地把妈妈的香水全倒在头上，然后带上廉价的铜制首饰。他赞赏那些看上去严厉的松树，轻轻一挠却能挠出一层芬芳的树脂；他喜爱那些粗大的橡树，活像体格健壮毛发蓬松的大狗。所有的树都有自己的个性、风采和特有的习性，但都是那么讨人喜欢。而现在克莱芒蒂娜却要用她匪夷所思的母爱，来证明砍伐它们的合理性。

那群人在草地中间停下，放下工具。随后，两个人拿着铁锹开始挖掘，两个小学徒握着比他们人还高的铲子，清理挖出的土方。壕沟挖得很快，雅克莫尔停下脚步，狐疑地看着他们忙碌。小学徒把挖出的土在壕沟边缘堆好，仔细夯实，压成一堵结实的小矮墙。

工人们估计壕沟已经挖得够深，便停止挖掘，爬了出来。他们动作缓慢，褐色的衣服沾上泥土，看上去像巨大的鞘翅目昆虫正在埋葬它们的子孙。小学徒在继续清理挖出的土，汗流浃背不得有片刻喘息，稍有懈怠，迎接他们的就是一记耳光。这时，另外三个挖土工人朝栅栏门走去，回来时推着一辆手推车，上面装着一米见长的圆木。他们把沉重的推车停在壕沟边缘，在小学徒刚刚平整好的土堆之间铺上圆木，仔细地一根挨一根排好，并在两端重重拍打几下，使圆木相互压紧。掩体建好后，他们拿起铁铲，往上填土。雅克莫尔示意其中一个学徒过来。

"他们在干什么？"他朝小学徒的脚踝踢了一脚，问道，尽管他厌恶自己的做法。

"做掩体，"小学徒边说边护着自己的脸躲闪，随后一溜烟跑开，回到那群工人当中，他们才不会忘记给他派活呢！

这天没有出太阳，铅灰色阴沉的天空让人心烦。雅克莫尔感觉些许寒意，但他还是想走过去看看。

掩体似乎已搭好，五个人依次走向连接坑道的缓坡，都能在那里站直。小学徒连想都没想过要跟在他们后面，因为他们很清楚这样做的结果会是什么。

那些人重新走出来，从一堆工具中拣出铁钩和钉子。两个小学徒围着火盆忙碌，用吃奶的力气吹着炭火，在工头的指挥下，吃力地抬起烧得滚烫的炉子，跟在那些人后面，朝第一棵大树走去。雅克莫尔感觉越来越紧张，这让他想起那天人们在一扇门板上折磨那匹偷腥种马的情景。

离那棵高大椰枣树十来米远处，他们安放了第一个火炉，大家都把手里的工具放进去加热。第二个火炉同样放在相邻的那棵桉树附近，两个小学徒开始吹火，双脚跳起，使劲踩着一个吹气皮囊。这工夫，工头把耳朵仔细贴着椰枣树树干，这里听听，那里听听，然后突然停下，在树皮上划了个红叉叉。最矮壮的那个伙计从火炉取出他的铁钩，其实也不是真的铁钩，更像一柄标枪，磨尖的枪头烧红了，在潮闷的空气里冒着青烟。他牢牢握着铁钩，以百米冲刺的速度朝树干刺去，正中那个红叉。小学徒随即飞快把火炉搬走，另一个伐木工对着那棵桉树如法炮制。紧接着两个投标手撒腿狂奔到掩体，钻进去不见了。小学徒们挤在掩体入口，靠近火炉。

椰枣树的一簇簇叶子开始抖动，最初不易察觉，随后越抖越激烈，雅克莫尔咬住了嘴唇。一种控诉般的声响传来，如此凄厉，让人不得不捂住耳朵。椰枣树的树干开始晃动，每晃动一次，那种尖叫声的频率都加快一点。椰枣树脚下的大地开始开裂，那不可思议的嘶喊在空气中盘旋，撕裂耳膜，回响在整个花园。痛苦的叫喊声仿佛砸向天花板似的低矮云层，又折返回来。突然，树一下子从大地连根拔起，长长的树干朝掩体方向倒去，在地上弹跳几下，慢慢靠近掩体，仍然发出那种令人心悸的惨叫。几秒钟后，雅克莫尔第二次感觉到脚下的地在颤动，轮到那棵桉树轰然倒地了。它，没有叫喊，只是喘气，像铁匠的风箱那样喘气。那些银色的枝条扭曲着围绕着树干，在树倒下瞬间深深插入大地，拼命想触到那个掩体。

这时，椰枣树倒在圆木顶盖的一端，挣扎着似乎想拍打那些圆木，但它的叫嚷声已经轻下去很多，强度也越来越弱。而那棵桉树更加脆弱，首先没了动静，只有那些匕首状的树叶尚在微微颤抖。那些人走出掩体，椰枣树做了最后一次挣扎，但刚才刺中它的那个人放肆地跳到它身边，用胯撞了它一下。一切都安静了，只有一股绵长的战栗沿着灰色树干传递下去。还没等这一幕结束，伐木者已经奔向另一棵邻近的大树。

雅克莫尔的双腿仿佛被钉在了地上，脑子里倒海翻江，目不转睛看着这一切。看到铁叉第三次刺进那些柔软树身时，他再也无法忍受，转身朝峭壁逃去。他奔跑、奔跑，风在耳边呼呼作响，仿佛就是杀戮下的痛苦和愤怒的咆哮。

十八

10—11月11日

现在，只剩下寂静。所有树都躺在地上，树根裸露。到处是巨大的树坑，仿佛花园刚被炸弹肆虐过。那些大坑就像是被掏空的脓肿，干瘪、凄凉。五个伐木工人回村里去了，留下两个小学徒收拾残枝败叶，砍成柴火堆放整齐。

雅克莫尔看着一地狼藉，只有一些低矮的花丛和小灌木幸存下来。眼睛和天空间，忽然虚无一片，光秃秃没有了树荫。右侧，传来劈柴的响声，小的那个学徒拖着一把双柄软锯。

雅克莫尔叹口气回到屋里，走上楼梯。来到二楼，他走向孩子们的房间，克莱芒蒂娜坐在那里织毛衣，陪着孩子们。屋子一角，诺埃尔、乔埃尔和西特罗昂吮着棒棒糖在看图画书，糖果袋放在他们中间。

雅克莫尔走进去：

"弄完了，树都砍掉了。"

"哦，好啊，"克莱芒蒂娜说，"那我就省心多了。"

"这么大的响动，你还能一直在这里？"雅克莫尔问。

"我没怎么注意，我想砍树时有些声响是很正常的吧！"

"当然……"雅克莫尔说。

他看看孩子们。

"你在照看他们？他们三天没出屋子了。现在没危险了，你知道！"

"那些人干完活了？"克莱芒蒂娜问。

"就剩砍木柴了，"雅克莫尔说，"如果你担心，我可以照看他们，得让他们出去透透气。"

"哦，是的！"西特罗昂说，"我们和你一起去散步！"

"走吧！"诺埃尔说。

"多加小心！"克莱芒蒂娜关照道，"不能让他们离开你视线一秒钟。一想到你万一不好好照看他们，我就担心死了。"

雅克莫尔离开屋子，孩子们雀跃地跟着他，四个人争先恐后走下楼梯。

"小心别让他们掉到坑里，"克莱芒蒂娜还在大声叮嘱，"别让他们碰那些工具。"

"好！好！"雅克莫尔敷衍道。

一到外面，诺埃尔和乔埃尔就循着砍柴声响奔过去，雅克莫尔不慌不忙跟着，一旁陪着西特罗昂。

小的那个学徒，十来岁，正在砍一棵松树的树枝，上下挥舞砍刀，每刀下去有细碎的木屑迸出，并且散发出一股松脂的清香。诺埃尔找了个合适的位置出神地看着。乔埃尔站在他略靠后一点的地方。

"你叫什么？"诺埃尔看了一会儿之后问道。

小学徒抬起可怜巴巴的小脸：

"我不知道，也许叫让。"

"让！"诺埃尔重复道。

"我，我叫诺埃尔，我弟弟叫乔埃尔。"

让没有回答，砍刀仍然在忧伤地一下一下砍着。

"你在做什么，让？"赶上来的西特罗昂问道。

"做这个。"让回答。

诺埃尔捡起一块碎木片，闻着。

"这个很好玩吧，你一直做这个？"他问。

"不是。"让说。

"你看，"西特罗昂说，"你能把口水吐得那么远吗？"

让无动于衷地看了一眼，一米五。他试着吐了一口，有两倍远。

"哇。"诺埃尔说。

西特罗昂真诚地赞叹道:

"你吐得好远啊!"声音里满是钦佩。

"我哥哥能吐四倍远。"让说。他在家里从没被人称赞过,有些不习惯,便把这些夸奖引到一个更值得夸的人身上。

"这样啊,"西特罗昂说,"那他一定也吐得很远很远!"

只剩一点树皮连着树枝和树干,一刀下去,树枝应声落地,借着弹力直立起来,又扑地倒下。让缩回手,说:

"小心!"

"你好厉害!"诺埃尔说。

"哦,这不算什么,我哥哥比我厉害多了。"

不过他接下去砍树枝时动作便有了些夸张,迸出大块的碎片。

"看。"西特罗昂对乔埃尔说。

"他几乎一刀就能砍下树枝。"诺埃尔说。

"是啊。"西特罗昂。

"几乎一刀,但还不够一刀。"诺埃尔纠正道。

"我愿意的话,就能一刀砍断。"让说。

"我信哦,"西特罗昂说,"那你有没有过一刀砍下一棵树呀?"

"我哥哥砍过,"让说,"一棵真正的树。"

他有些兴奋。

"你住在村里吗?"西特罗昂问。

"是的。"让回答说。

"我们有一个花园,"西特罗昂说,"这很有意思。村子里有像你一样厉害的男孩吗?"

让犹豫片刻,到底是个诚实孩子。

"有啊,有一堆呢!"

"不过你,至少有九岁了吧?"

"十岁。"让纠正道。

"你觉得我到了十岁,是不是也能砍树了?"西特罗昂问。

"我不知道,"让说,"对不会砍树的人来说,有点难。"

"你可以借我这个吗？"

"什么？我的砍刀？"让问。

"对，你的砍刀。"西特罗昂说，他挺喜欢砍刀这个词。

"试试吧，"让大方地说，"不过很重的。"

西特罗昂满怀敬意地举起砍刀，让趁机朝掌心吐了几口吐沫。西特罗昂见了，有些厌恶便把砍刀还给他。

"你为什么往手上吐吐沫？"诺埃尔问。

"大家都这样，"让说，"可以让手变硬。"

"那你说我的手也会变硬吗？"西特罗昂问，"也许会变得和木头一样硬！……"

"我不知道。"让说。

他又开始干活。

"你有没有在你的花园里挖过鼻涕虫？"西特罗昂问。

让吸吸鼻子琢磨着这问题，接着使劲咳出一团绿色的浓痰，咳得惊人的远。

"噢，你看见了吗？"诺埃尔问。

"看见了。"西特罗昂说。

他们觉得很有趣，在地上坐了下来。

"我哥哥挖到过死人骨头。"让边挖坑边说。

他们听着但不再那么入迷。雅克莫尔站在一边，看着这滑稽的四人组合，有些困惑。

十九

10−11月27日

他被惊醒了，有人在敲门。还没等他答话，克莱芒蒂娜冲了进来。

"你好。"她失魂落魄，一脸惊慌。

"出了什么事？"雅克莫尔不解地问。

"没事！"克莱芒蒂娜说，"说起来不好意思，我做了个噩梦。"

"又梦到出意外了？"

"不是，梦到他们离开了花园，这让我心神不宁。"

"你回去睡觉吧，"雅克莫尔在床上坐下说，"我来处理这事。"

"怎么处理？"

"别担心。"

她看上去安静了点。

"你是说你能为他们的安全做点什么？"

"是的。"雅克莫尔说。

她仍有点茫然，希望这次他能拿出点具体行动。

"回去睡觉吧，"他又说了一遍，"我先穿衣服，等事情处理好了我立即来找你。他们已经起床了吧，我想？"

"他们在花园里。"克莱芒蒂娜说。

她带上门走了出去。

二十

"不是这样的，是这样。"西特罗昂说。

他趴在草地上，四肢悄悄用力撑起身体，离地面大概三十厘米，接着前蹿十厘米，翻了一个威严的筋斗。

"别翻太高，"诺埃尔提醒说，"别超过那些矮树丛，否则他们会看到我们。"

乔埃尔也想试一下，但翻到一半翻不过去，只好放弃。

"有人来了！"他一落到地上，马上低声喊了一句。

"谁？"西特罗昂问。

"是雅克莫尔叔叔。"

"我们玩石头吧。"他弟弟指挥说。

他们三个都坐下来，手里拿着小铲子。如他们预见，雅克莫尔在几分钟后出现了。

"早上好，雅克莫尔叔叔。"西特罗昂招呼道。

"早上好，叔叔。"乔埃尔招呼道。

"早上好，"诺埃尔说，"和我们坐一起吧。"

"我来和你们聊聊天。"雅克莫尔找个地方坐下说。

"你要我们对你说些什么呀？"西特罗昂问。

"我的天，各种事都可以呀，"雅克莫尔说，"你们在玩什么呢？"

"我们在找小石块。"西特罗昂说。

"这很有趣。"雅克莫尔说。

"很好玩，"西特罗昂说，"我们每天都玩。"

"我昨天去村里的时候，在路上看到很多漂亮石头，"雅克莫尔说，"当然，我没法带给你们啦。"

"没关系，这里到处是石头。"

"就是。"雅克莫尔也说。

一阵沉默。

"路上还有许多其他好玩的东西。"雅克莫尔不经意地说。

"对呀，"西特罗昂说，"到处都有好东西呢！我们透过栅栏看见的。我们可以看到整条路，一直看到拐弯的地方。"

"哦，是吧？"雅克莫尔问，"拐弯以后呢？"

"哦，拐弯以后，应该还是同样的东西吧？"

"拐弯后，再过去一点就是村子。"雅克莫尔说。

"村里有像让一样的男孩吗？"西特罗昂问。

"有呀。"

西特罗昂显得有点厌恶：

"他朝自己手心吐吐沫。"

"他要干活。"雅克莫尔说。

"干活的人都要朝手心里吐吐沫吗？"

"当然啦，"雅克莫尔说，"这是为了不让手心长茧子。"

"村里的孩子也在一起玩吗？"乔埃尔问。

"等到可以玩耍的时候，他们会在一起玩。可大多数时候他们要干活，不干活，人家要打他们。"

"可我们可以一直玩。"西特罗昂说。

"他们还做弥撒。"雅克莫尔说。

"弥撒是什么？"诺埃尔问。

"嗯，就是一群人待在一个大房子里，然后有个人，就是神甫，穿着漂亮的衣服，对大家讲话，最后大家朝他脸上扔石块。"

"你用的词语好奇怪。"乔埃尔指出。

"就这些吗？"西特罗昂问。

"不一定，"雅克莫尔说，"比如昨天下午，神甫搞了一场精彩的表演，在舞台上，他戴着拳击手套和圣器管理人打架，拳头挥来挥去，最后所有人都打起来了。"

"你也打了？"

"当然啦。"

"舞台是什么？"乔埃尔不解地问。

"就是用木板搭起来的一个高台，好让所有人都看得见，四周的人坐在椅子上。"

西特罗昂沉思着。

"那除了打架，村里人还做别的事吗？"他相当困惑地问。

雅克莫尔有点吃不准：

"这个，总的来说，不做别的。"

"那，我觉得我们还是待在花园里更好。"西特罗昂说。

雅克莫尔不再犹豫，问道：

"总之，你们不想出去？"

"一点都不想，"西特罗昂说，"我们已经在屋子外面了，再说，我们不打架，我们有别的事要做呢！"

"什么事？"雅克莫尔问。

"嗯……"西特罗昂看看哥哥们。

"找石头。"他最后说。

他们重新埋头挖小石子，那意思分明在说：别烦我！雅克莫尔站起身。

"大树没有了，你们不觉得有点儿难过吗？"临走之前，他又问了一句。

"哦，大树很美，"西特罗昂说，"不过还会再长出来的。"

"那要是想爬树呢？"

西特罗昂没有回答，诺埃尔替他回答：

"爬树呀，我们这个年纪不玩这个了。"

雅克莫尔心情复杂地走远，没有再回头。如果回头，他就可以看见三个小小的身影一下子飞向天空，躲到一片云彩后面，无拘无束地大笑。大人们提的问题，真是太滑稽了。

二十一

10–11月28日

雅克莫尔大步往回走，弓着背，撅着山羊胡子，眼睛看地。现在他表现出一种质地，也相应感觉到了自己被物质填满。他的精神分析进展顺利，次数增加，剩下的次数肯定不多了。雅克莫尔有些担心，想着该如何结束。他做了不少，说了不少，也把拉格罗伊那点内存全挖了过来，再也榨不出什么东西。他活生生拥有的只是自己的回忆和体验，无法把拉格罗伊的回忆和体验整合到自己身上，无法完全整合。

罢了，罢了，他对自己说。尽管流年空逝，大自然依然鲜活而美丽。我最喜欢10–11月的气候，被海风沐浴的10–11月，金色的10–11月，成熟的10–11月。黑色坚硬的树叶，黑莓红色的倒刺，天边飘逸的云彩，镶着金边，多么美丽；褐色的大地柔软而温暖。为什么要忧虑，太傻了。这一切将很快平复。啊！这条路为何如此漫长！

一队南飞的灵鸥①展翅翱翔，他不禁抬头仰望，因为耳边传来振翅的声音。这场和谐的合唱非常有趣，领头鸟发出的是低音，中间的鸟是高音，其他鸟则分担了属音与导音。有些鸟丰富着这份纤细和灵敏，有些则相反。所有鸟儿同时加速又同时缓慢，而它们相互间隔的距离却又各不相同。

———————————

① 原文maliette又是维昂创造的一个词汇，为了与一般的海鸥有区别。

灵鸥的习性，雅克莫尔心想，有人会去研究吗？有人能描述吗？需要写一本厚厚的书，找最出色的动物画家，用饱满的热情在纸上描绘它。灵鸥呀灵鸥，人们对你是多么无知！遗憾的是有谁抓到过这种烟灰色、红尾巴、月牙般眼睛、小老鼠般轻细叫声的小鸟？即便是轻柔的手指触碰到你那不可触摸的羽毛，你也会立即死去。你会因为任何细小的原因而死去：当人们看你的时间太长，看着你说笑，朝你背转身，摘下帽子；当夜色姗姗来迟或太早降临。温柔而纤细的灵鸥，它的心占据了它体内的全部，而别的鸟儿只是被普通的器官占据。

也许别人不像我这样看待灵鸥，雅克莫尔心想，也许我所见也并非如我所说。但有一件事是肯定的，即使人们没有看到灵鸥，也要装着看见。总之，这太明显了，如果看不见，那该多么可笑。

我越来越认不清脚下的路，这是肯定的，因为我对它熟视无睹。人们总以为对越熟知的事物，越深谙其美。可能我并非如此，因为这种熟悉反倒给我自由去发现其他事物，比如发现了灵鸥。所以应该纠正一下：我们会对无关痛痒的事物感到美，因为可以用我们中意的事物来代替它。也许这里不该用第一人称复数"我们"（见上文），而应该用：我觉得……

嗨，嗨，我突然变得多么深刻和细腻，雅克莫尔想。可谁会相信呢？嗯，谁信？至少，这最后的结论证明我有不寻常的见解。没有什么比出色的见解更富有诗意了。

灵鸥飞来又飞去，总是在意想不到的时候来一个大转弯，在天空画出优美的图案。盯着看久了，这图案便在视网膜上留下印迹，让人可以分辨出是笛卡儿曲线还是其他曲线，包括被人称为心脏线的曲线。

雅克莫尔一直看着灵鸥，它们越飞越高，螺旋式盘升，直到看不清它们飞翔的轨迹。现在，它们成了一些黑色小点，随意地排列，整体移动。雅克莫尔看着它们从太阳前飞过，他被阳光晃花了眼睛。

突然，他看到大海方向有三只比较大的鸟，飞得太快，无法分辨是哪种鸟。他手搭凉棚希望看得更真切些，但那三只飞翔的生灵已经一闪而过，随后在一块岩石后再度出现，划出一道惊心动魄的弧线，冲天而去。它们一个紧跟着一个，一直用惊人的速度飞行。它们翅膀扇动的频率如此之快，几乎看不清形状。三个纺锤形的细长影子，动作几乎完全一致。

　　三只大鸟，朝灵鸥的队形冲去，雅克莫尔看呆了，停下脚步。他心跳加剧，有一种无法解释的激动：也许是因为后来的鸟姿势灵巧优美；也许是担心它们去攻击灵鸥；也许是它们飞行中的默契和步调一致。

　　它们飞过一个陡峭的崖角，沿着一道无形的斜坡迅速上升，速度之迅捷令人喘不过气。燕子也跟不上它们的速度，雅克莫尔心想。这应该是一种体形较大的鸟，因为距离遥远，他无法对它们的体形做出正确判断，但它们飞向天空的姿势远比灵鸥有力和干脆。现在，它们几乎消失在了视线尽头，仿佛一枚钉在天幕上的大头针。

二十二

10-11月28日

　　白日变短了，克莱芒蒂娜寻思。白日变短意味着冬天和春天的临近，这样的季节蕴藏着无尽的危险。新生的危险在夏天已见端倪，令人心惊，只是此刻细节还不甚明了罢了。当白日变短，树叶飘落，大地潮湿阴冷，细雨连绵的10-11月会给多少地方带来多少麻烦：雨水冲刷农田，填满沟壑，让乌鸦雀跃。雨会突然结成冰，西特罗昂染上了支气管炎，随后咳嗽，咳出血。忧心忡忡的母亲守在床头，心痛地俯身看着他苍白瘦弱的小脸蛋，无暇顾及其他孩子。其他孩子趁机跑出屋子，也不穿雨靴，这回轮到他们着凉得病了，每人还得了不同的病，无法同时治疗。大人们不得不从一间屋子到另一间屋子疲于奔命，脚底磨出血泡，在冰冷的砖地上拖着渗血的双脚，端着药盘从一张床忙碌到另一张床。三个房间的病菌本来各不相同，却在空中漂浮相遇，形成邪恶的合聚体，变成肉眼可见的病菌。这病菌有着可怕的特性，引发淋巴结肿胀，形成砂岩似的念珠，分布在孩子们的关节里。失去张力的淋巴结一破，病菌便四处扩散。就这样，这就是10月灰色天空下淫雨带来的后果，还伴随着11月的寒风。啊，风！现在的寒风再无树枝可刮断，砸到无辜者头上，但倘若风来报复呢，掠过海面，海浪便会高高掀起，扑打着露出水面的礁石。某股海浪夹杂了一个小小的贝壳，乔埃尔正在看海（海浪只轻轻掠过），贝壳掉进他的眼睛里，掉进去立刻又掉出来。他用衣袖擦擦眼睛，并无大碍，只有难以察觉的一点擦伤。然而一天天过去，伤口却慢慢扩大。乔埃尔，我的天，他的眼珠子蛋白样浑浊，就像那些老盯着火焰的老头们的眼睛。另一只眼睛，受着隐性的伤害，浑浊地仰望天空。乔埃尔，我的天哪，变成了瞎子……撞击到岩石上的浪花越来越高，脚下的地却像一块糖，在浪涛的浸泡下融化，随即崩塌。而西特罗昂和诺埃尔，老天爷，小小的身体陷在泥浆里像一条僵硬的小虫，只浮起来一下，立刻又沉下去。泥浆，哦，泥浆灌满了他们的口腔，因为他们在叫喊，喊人来救命！……

整个房子里回荡着克莱芒蒂娜的尖叫声，她疯了似的冲下台阶，带着哭腔，朝花园里喊着孩子们的名字，没有回应，只有铅灰的天空和远处传来的波涛声。她发狂般一路狂奔到峭壁，转念又想他们可能正在睡觉，遂又折回往家走，走到一半又生出另一念头，转而拐到水井处，看看厚实的橡木井盖是否完好。她上气不接下气地跑回家里，登上台阶、房间、地窖、阁楼悉数看了个遍，一直带着哭腔焦急地呼唤着孩子们，最后凭直觉跑向栅栏门。门是开着的。她朝门外的小路冲过去，走到50米开外，碰见正从村子里回来的雅克莫尔。他走得很慢，仰头看着天，沉浸在对飞鸟的凝望中。

她从背后一把抓住他：

"他们在哪儿？他们在哪儿？"

雅克莫尔吓了一跳。

"什么？"他问，努力把视线拉回到克莱芒蒂娜身上。

阳光刺眼，她在他面前不停眨着眼睛：

"孩子们呢！栅栏门是开着的！谁打开的？他们出去了！"

"不，他们才不会出去呢，"雅克莫尔说，"栅栏门是我出去时打开的。如果他们也出去了，我会在路上碰见他们的！"

"是你！"克莱芒蒂娜咆哮道，"该死，就是因为你，他们现在失踪了！"

"才不会呢！"雅克莫尔说，"不信，你可以自己去问他们，他们压根儿没想离开花园。"

"那是你说的！难道你不觉得我的孩子足够聪明，只是在骗骗你吗！……来！快走！……"

"你到处都找过了吗？"雅克莫尔拽住她的袖子问。

"找过了，连井边也找过。"克莱芒蒂娜哭着说。

"这就有点麻烦了。"雅克莫尔说。

他不由自主地最后一次抬头看天，三只黑色大鸟停止了与灵鸥的嬉戏，飞向地面。一瞬间，他觉得看见了真相，一秒钟后又抛弃这想法——纯属幻觉，疯狂的念头——它们能飞到哪儿去呢？他明明一直盯着它们：它们突然消失在悬崖后。

他走在前面，克莱芒蒂娜抽泣着紧跟在后面。走进栅栏门后，她不忘把门关上。他们来到房子前，西特罗昂正从楼梯上下来。克莱芒蒂娜像头野兽一样扑向他。雅克莫尔有点感动，偷偷看着她。克莱芒蒂娜结结巴巴几乎说不出话，搂着孩子，不停追问。

"我和诺埃尔、乔埃尔在阁楼上一起看旧书呢！"当克莱芒蒂娜终于让他开口说话，西特罗昂解释道。

诺埃尔和乔埃尔也从楼梯上下来，他们涨红着小脸，神情兴奋，仿佛有一种自由的气息环绕着他们。诺埃尔慌不选地把一朵云彩往口袋里塞，还露了一点在外面，乔埃尔笑看着哥哥的笨拙。

直到晚上，她也没离开过他们一步，不断宠溺他们，又是眼泪又是拥抱，仿佛他们刚刚躲过了某个专以人做祭品的火神。她陪在他们蓝色小床边，直到他们进入梦乡才悄悄离开。现在，她来到二楼，敲开雅克莫尔的房门，絮絮叨叨了一刻钟。雅克莫尔善解人意地默默听着，等她离开，便调好闹钟。明天一早他要去村里请工人。

二十三

11-1月67日

"快来看！"西特罗昂对乔埃尔说。

他是第一个听到栅栏门那边有响动的。

"我不想过来，"乔埃尔说，"妈妈会不高兴的，她又要哭了。"

西特罗昂劝他说：

"没问题的呀。"

"不，"乔埃尔说，"她一哭，就会用湿漉漉的脸来亲我们，太恶心了，还有点热乎乎的。"

"我无所谓。"诺埃尔说。

"说到底，她又能怎么样呢？"西特罗昂说。

"我不想让她伤心。"乔埃尔说。

"她不是伤心，"西特罗昂说，"这样哭着拥抱，亲吻我们，她觉得有趣。"

诺埃尔和西特罗昂勾肩搭背走远了，乔埃尔看着他们。工人干活期间，克莱芒蒂娜当然禁止他们接近那些工人。

不过，现在这个时候，她通常在厨房里忙碌，炸土豆的声音和平底锅做菜的声音，使她听不见别处的声音。再说了，去看看工人们干活，又不跟他们说话，应该没什么了不得。诺埃尔和西特罗昂这会儿在做什么呢？

乔埃尔不打算飞行，而是改成奔跑着去追赶兄弟们。他跑得太快了，在小路转弯处几乎跌倒。他站稳后，继续上路，不禁独自笑起来：现在竟然不会走路了。

西特罗昂和诺埃尔甩着手，并排站在那里。一米开外的地方，本来应该矗立着花园围墙和金色的栅栏，现在他们看到的却是一片空无。他们十分吃惊。

"它去哪儿了？"诺埃尔问，"围墙跑哪儿去了？"

"我不知道。"西特罗昂嘟哝道。

什么都没有了，那是一种干脆彻底的虚空，一切都被铲除了，天空变得更高远。乔埃尔困惑地走到诺埃尔身边。

"发生了什么事？工人们移走了原来的围墙？"他问。

"肯定是的。"诺埃尔回答。

"什么都没有了。"乔埃尔说。

"这是什么？"西特罗昂问，"他们到底做了什么？这东西没有颜色，不是白的，也不是黑的，这到底是什么？"

他走上前。

"别碰，"诺埃尔说，"西特罗昂，别瞎碰。"

西特罗昂犹豫着伸出手，快要触到那虚空时，停住了。

"我不敢。"他说。

"原来竖着栅栏门的地方现在什么都看不见了，"乔埃尔说，"以前可以看到一截路和田野的一角，你还记得吗？现在什么也看不到了。"

"就像我们闭上了眼睛，"西特罗昂说，"可我们的眼睛明明是睁着的，现在还能看见的只剩下花园了。"

"就像花园是我们的眼睛，"诺埃尔说，"如果真是这样，这就是眼皮。不是黑的，不是白的，没有颜色，就是虚空。这是一堵虚空的墙。"

"对，"西特罗昂说，"肯定是这样的，她找人造了一堵空墙，为了让我们不再想着走出花园。这样，花园外的世界就是一片空，我们去不了。"

"可是，什么都没有了吗？"诺埃尔说，"只剩下天空了？"

"对我们来说这已经足够了。"西特罗昂说。

"我觉得他们还没全干完呢！"乔埃尔说，"我听见有敲锤子的声音，还有人在说话。我想你们会去看他们干活吧，我觉得不好玩，我找妈妈去。"

"可能他们还没砌完整堵墙？"诺埃尔问。

"去看看。"西特罗昂说。

诺埃尔和西特罗昂扔下他们的兄弟，沿着原来在围墙边的小路飞。现在这条路成了一个环形，圈住了他们的新世界。他们飞得很快，贴着地面，从低矮的灌木丛掠过。

来到靠近峭壁的那侧，西特罗昂猛然停下。他们面前是一堵长长的石砌旧墙，墙上爬满绿色植物，仿佛戴着一顶绿色的风帽，昆虫嗡嗡飞舞着。

"看那堵墙！"西特罗昂喊道。

"噢，快看！"诺埃尔说，"看不到上面的墙了。墙面慢慢消失，像变魔术一样。"

"他们把墙移到前面去了，"西特罗昂说，"他们正在移最后一段，我们再也见不到这堵墙了。"

"如果愿意，我们可以去另一侧看一下的。"诺埃尔说。

"哦，没必要去看了，"西特罗昂说，"我们现在和鸟儿一起玩更有意思。"

诺埃尔没说话，他显然同意，没什么可多说。现在，下面的墙也不见了。他们听见工头在派活，听见锤子敲打的声音，随后是一阵静默。

急促的脚步声从工地那边传来，西特罗昂转过身，克莱芒蒂娜正匆匆走过来，身后跟着乔埃尔。

"西特罗昂、诺埃尔，快来，小宝贝们。妈妈做了好吃的蛋糕，快来，谁第一个亲我，谁就可以吃最大的那块。"

西特罗昂仍待在小路上，诺埃尔朝他挤挤眼睛，然后扑向克莱芒蒂娜的怀抱，装着很害怕的样子。她紧紧搂住他：

"发生了什么事，小心肝。你看上去很伤心，谁欺负你了？"

"我害怕，"诺埃尔喃喃道，"围墙不见了。"

西特罗昂很想笑出来，哥哥可真会演戏！

乔埃尔嘴里含着一块糖，安慰诺埃尔道：

"这没什么呀，我，我才不怕呢。现在的这堵墙比原来的更好看，我们在花园会更开心。"

"哦，小心肝，"克莱芒蒂娜说着越发搂紧诺埃尔，"你觉得妈妈会做让你们害怕的事吗？走，我们去吃点心。"

她朝西特罗昂挤出一丝笑容。见她嘴唇颤抖，他便摇摇头。母亲哭了，西特罗昂好奇地看着她，随后耸耸肩，终于向她走去。她神经质地一把抱紧他。

"坏蛋！"乔埃尔说，"你又惹妈妈哭了。"

他用臂肘狠狠撞了西特罗昂一下。

"别！"克莱芒蒂娜说：

"他不是坏蛋，你们都很好，你们三个都是我的心肝宝贝。来吧，快来，去看看我们的漂亮蛋糕。"

乔埃尔开始奔跑，诺埃尔紧随其后。克莱芒蒂娜牵着西特罗昂的手，拖着他走。他随她牵着，目光却有些冷峻，他不喜欢她痉挛的手指抓着自己的手腕，他感觉不自在，他也不喜欢眼泪，只是因为可怜她才勉强贴着她。但这种可怜又让他觉得羞愧和不安。那种感觉就像他上次未敲门闯进女仆房间，看到她正光着身体站在水盆前，肚子上长着毛，手里拿着一张被染成红色的纸巾时那样。

二十四

12-3月79日

再也没有树了，克莱芒蒂娜心想。没有树和牢固的围栏，虽然这两件事算不上大，却能带来意想不到的效果。从此，各种各样会夺人小命的潜在危险可以抛在脑后。孩子们多么漂亮，健康成长，脸色红润，那是因为他们喝烧开的水，因为有无数预防措施。我做好了一切保护措施，他们怎么可能不健康呢？不过永远不能掉以轻心，要继续保持警惕，继续。高处和暗处，还有地面，隐藏着多少危险！地面。腐烂、病菌、污秽，都来自地面。必须隔离地面，用密封的材料把地面与围墙连接起来，隔绝一切危险。这些绝妙的围墙，这些虚无的围墙，无法触碰的围墙，能最理想地隔绝外界，保持纯粹。要造一块类似的地坪，一块抹去地面的地坪。只剩天空可以眺望……天空一点也不重要。当然，空中也会降落一些危险。我并非小觑来自天空的巨大危险（我不认为暂缓处置这些危险，我就成了不称职的母亲了），只是按照轻重缓急程度，天空的事可以放在最后。

在花园里铺地砖？也许白色陶瓷砖？但反射的阳光会灼伤他们可怜的眼睛。烈日当头，突然飘过一朵云，不巧的是云朵正好呈凸镜形状，就像一面放大镜，光线正好被聚焦到花园里，白色地砖毫无疑问会强烈反射这些光线，随即又折射到孩子们身上。他们连忙用小手捂住眼睛，可强烈的光线已经晃瞎他们，他们一个趔趄摔倒在地便什么都看不见了……上帝啊，还是下雨吧……要不铺黑色地砖，上帝，黑色地砖。可是地砖如此坚硬，如果他们在雨后脚下一滑，如果扭伤了脚，如果摔倒。诺埃尔就这样倒在地上，不幸的是没有人看见他摔倒：头上一道看不见的裂缝藏在他漂亮柔软的头发下，兄弟们也跟平时一样对待他。于是有一天他开始说胡话，大家找原因，大家忘了摔跤的事，医生也不知道。突然，他的头颅开裂，裂缝越来越大，上半部分竟然完全分离，仿佛顶了个盖子，成了一个多毛怪兽。哦，不！不！这不是真的，千万别摔倒。诺埃尔……当心！他在哪？……对，他们在睡觉，就在我边上，我听到他们在睡觉，在他们的小床上……我会把他们吵醒，小心，别弄出声音，小心！……地坪如果像橡胶般又软又温暖的话，就不会发生这样的事。对，他们需要的就是橡胶地面，这样很好，整个花园仿佛铺上一层橡胶地毯。可是，着火怎么办？橡胶容易燃烧，会粘住他们双脚。燃烧的黑烟也会让他们窒息。够了，我不能要，不行，这不行。我不该心猿意马，有像那些虚空的围墙一样就行。得叫工人们回来，叫他们回来，用一块看不见的无形地毯把围墙连接起来。在地面改造期间，他们可以留在屋子里。等改造完了，就不再有危险。不，还有天上的危险，不过刚才我已经决定，要先保证地面不会有任何麻烦……

她站起身。雅克莫尔不会拒绝去请工人来修建地面，当初没把全部活儿一下子做完确实有点儿傻。不过我们不可能把所有的事情一次就想周全，总得想想，再想想，总是想好上加好。必须给他们创建一个完美的世界，一个干净舒适无害的世界，就像放在羽毛枕头上的一枚白煮蛋。

二十五

12-3月80日

雅克莫尔请好干活的工人回家，路过教堂。他早上时常闲逛，便决定去找神甫聊聊天，神甫的某些观点他相当赞赏。恰到好处的明暗交织使宽敞的椭圆形大厅里的宗教氛围透出一丝享乐者的快活。他来到圣器室半掩的门前，敲了三下，以示他的到来。

"请进！"神甫说。

神甫穿着短裤，在拥挤的屋子里跳绳。圣器管理人坐在椅子上，握着酒杯，正抿着烧酒。神甫因为跛足，跳绳的动作看起来不那么优雅，但勉强过得去。

"早上好！"圣器管理人说。

"尊敬的神甫大人，"雅克莫尔说，"我正好路过，就乘机过来问候您一声。"

"任务完成了？来口烧酒？"圣器管理人插嘴道。

"别老像乡下人一样说话，"神甫严肃地说，"上帝之家应该用优雅的语言。"

"可是神甫大人，"圣器管理人争辩，"圣器室就像上帝家里的一个仓库，可以放松点嘛。"

"你太粗鲁了，"神甫狠狠瞪了他一眼说，"我在想干吗还把你留在身边。"

"承认吧神甫大人，留着我就是为了给你做大宣传。"圣器管理人说，"你的那些演出，我可是出了大力气。"

"你们下一次表演打算怎么做？"雅克莫尔问。

神甫停住脚，仔细收起绳子，塞进抽屉，用一条脏兮兮的毛巾擦拭干瘪的胸脯：

"那将是场面盛大的表演。"

他擦完胳肢窝擦肚脐，点点头继续说：

"我要搞一场真人秀，其精彩程度将让世俗表演黯然失色。演出中裸露的漂亮女人最能烘托庄严氛围。而且，要把主要节目搞成吸引人们接近上帝的独特方式，我打算这么做：在华丽的舞台背景下，唱诗班的孩子们穿着漂亮的戏服，拖出一个金色热气球来到巴斯蒂安广场，用上千根银线把它固定在地上。我则站在热气球篮筐里，随着管风琴奏出的音乐，气球上升。升到一定高度，我就把这个无赖圣器管理人扔出去。上帝会在这样一场难忘的欢乐节庆中，为自己庄严的布道展露微笑。"

"嗨，你事先可没通知我，神甫大人，我会摔扁的！"圣器管理人叫道。

"坏家伙！"神甫骂道，"你的蝙蝠翅膀呢？"

"我有几个月没飞了，"圣器管理人说，"我每次想试着飞，木匠就在我屁股上撒一堆盐，把我当成禽类。"

"那你活该倒霉，等着摔破脑袋吧！"神甫说。

"其实，最后倒霉的是你。"圣器管理人嘟哝道。

"没有你，对我就是一种解脱。"

"哎，请允许我发表一点意见，"雅克莫尔说，"在我看来，你们俩是一对欢喜冤家，互相衬托。没有魔鬼，您的宗教就体现不出其价值。"

"就是嘛，"圣器管理人说，"您这么说我绝对不会生气。听着，神甫大人，你就承认是我成全了你。"

"滚开，"神甫说，"又脏又臭的人。"

圣器管理人听出的却是另外的意思。

"你最让人讨厌的地方，就是一直让我扮演不光彩的角色，"他补充道，"我从不说二话，你却不停地谩骂我。要是我们能时不时交换一下角色就好了。"

"我脸上挨了那么多石块，还不是你鼓动他们扔的？"神甫说。

"要真有我什么事，你脸上挨的可不止这些。"对方嘟囔道。

"走吧，我不怪你！"神甫最后说，"不过别忘了干活。上帝需要鲜花，需要焚香，需要被膜拜和被奢侈供奉：金子、没药、神奇视角、半人半马似的漂亮少年，还有闪亮的钻石、阳光、晨曦。而你呢，丑陋卑贱，像头剥了皮的驴子在客厅放屁。好吧，说点其他事吧，你让我恼火。我肯定会把你扔下去的，这不用讨论。"

"我不会倒下的。"圣器管理人冷冷地说，吐出一口火焰，灼到神甫腿上，神甫连声怒骂。

"先生们，别吵了。"雅克莫尔说。

"对了，什么风把您吹来了？"神甫换了一副面孔说。

"我路过这里，"雅克莫尔解释道，"就顺道来看看您。"

圣器管理人站起身：

"我走了，神甫大人，让您和这位先生聊天。"

"再见。"雅克莫尔说。

神甫刮着腿上被烤焦的汗毛问：

"您怎么样？"

"还行，我到村里来找工人，家里还有一两件事要做。"

"还是同样的原因？"神甫问。

"是的，"雅克莫尔回答，"想到孩子们会发生什么意外，她就会发疯。"

"想到他们什么事都不会发生，她也同样会发疯。"神甫说。

"完全正确，"雅克莫尔说，"所以一开始我就认为她夸大了危险。不过我承认，这份狂热的保护欲现在倒让我生出几分敬意。"

"多么令人赞叹的爱心！"神甫说，"这种用心良苦的防范，至少能让他们明白她为他们所做的一切吧？"

雅克莫尔没有立即作答，这个问题他倒没有想过，犹豫片刻才说：

"这，我不知道……"

"这女人简直就是圣母，"神甫说，"可她从不来做弥撒。你如何解释？"

"无法解释。"雅克莫尔说，"其实这两者没什么联系，承认吧，这就是解释。"

"我同意，我同意。"神甫说。

"好吧，我得走了。"雅克莫尔说。

"是的，您得走了。"神甫说。

"那，我走了。"雅克莫尔说。

他对神甫说了再见后，走了出去。

二十六

3-7月12日

天幕上镶嵌着几块形状古怪的黄色云朵，天很冷。远处，大海发出令人不安的咆哮。花园笼罩在暴风雨前夕的灰色天空下。花园改建后，已看不见地面，只有少数劫后余生的灌木丛从虚无中探出。砾石小路被保存下来，把无形的地面一分为二。

云朵悄悄地相互靠近，每一次融合，都伴随沉闷的雷声，同时划出一道橙黄色闪电。天空仿佛聚拢到峭壁上方，宛如一块肮脏的巨毯。一阵巨大的静默滚压过来，之后，起风了。开始是悄悄地，在檐口和烟囱小步起舞，随后风儿一阵紧过一阵，掠过岩石的尖角，发出尖利的呼啸。风压弯树梢，吹散第一缕雨丝。天空忽然开裂，就像一块破碎的旧瓷片。密集的冰雹劈头盖脸砸下来，敲打屋顶的石板瓦，溅起水晶般的颗粒。房子渐渐隐没在一层浓雾中。冰雹落在小路上，摔成千瓣。在狂风暴雨的不断肆虐下，大海波涛翻滚，像一锅煮沸的黑牛奶。

第一波惊恐过去，克莱芒蒂娜忙去找孩子们，万幸的是，他们都待在房间里。她把他们招呼到一起，领着他们来到底楼的大起居室。外面的天空完全黑了，夜幕包裹着窗口，把灯光衬托得如同诡异的磷火。

要是他们刚才在室外，早就被冰雹砸烂，被这些黑鸡蛋般的冰块压垮，被尘土塞满肺泡无法呼吸。要怎样保护才够呢？在花园上空搭个顶篷？没必要。那样还不如待在家里，家里的屋顶比任何顶篷都牢固。但如果这场冰雹持续几小时、几天甚至几周，房子本身会不会也被压塌？堆积物越来越重，屋顶会否无法承受？需要一间金属造的屋子，一个牢不可破、无懈可击的藏身之地。得把他们放到保险箱里，像保存值钱的珠宝那样，给他们打造一个无比牢固、像时间一样坚不可摧的大盒子。明天就在此地给他们造一个，明天就动手。

她看着三个孩子，他们对暴风雨毫无防备，无忧无虑地玩耍着。

"雅克莫尔在哪？我要和他说点事。"她喊女仆。

"在他房间里，我想。"白屁股答道。

"去把他找来。"

大海的咆哮冲击着耳膜，冰雹还在不停地下。

女仆走后不一会儿，雅克莫尔出现了。

"是这样的，"克莱芒蒂娜说，"我想我找到最终的解决办法了。"

她讲述了自己的思考结果。

"这样，"她说，"他们就没有任何危险了。不过我又要请你帮忙了。"

"明天我要去村里，"他说，"路过时，我通知铁匠一声。"

"我恨不得立刻就动工，"她说，"那我对他们就可以彻底放心了。我一直觉得总有一天能找到保护他们的万无一失的办法。"

"也许你是对的，"雅克莫尔说，"我不知道。那样可需要你随时做出牺牲。"

"为那些肯定能留在自己身边的人做牺牲，算不了什么。"她回答。

"他们运动得不多。"雅克莫尔说。

"我不知道运动是否对他们有好处，这是些脆弱的孩子。"

她叹了口气：

"我感到要接近目标了，"她说，"这太了不起了，我都有点激动。"

"你可以去休息一会。"他有些不以为然。

"我不知道。我是那么爱他们，都忘记了休息。"

"如果你有耐性忍受这些束缚……"

"比起我已承受的一切，这些都不足挂齿！……"

二十七

3-7月14日

从树篱的缺口，可以看见悠闲的牲口们在收割过的庄稼地里啃草。昨夜的冰雹已了无痕迹。风吹过灌木丛，树叶的影子在太阳底下跳舞。

雅克莫尔专心地注视着这一切，注视这些他以后不会再见到的风景。命运给他安排好的这个日子终于来临了。

他想：要是那个8月28日我没有误入那条通向峭壁的小路该多好，现在，月份变得如此奇怪。在乡村，时间似乎更辽阔，过得更快，失去了参照。

我吸收到了些什么呢？他们又愿意留给我什么？他们能告诉我什么？

拉格罗伊昨天死了，我要去接他的班。我身上一开始就是空的，残疾。而羞耻，应该是最常见的东西。

但我到底想探寻什么，想知道什么？为什么要试着变得与他们一样？不做预设，有必要走到今天这一步吗？

他又想起那天，灵鸥在天空翩翩起舞。他在这条烂熟于心的路上留下了那么多脚印，现在突然感觉步履如此沉重。为什么要花如此多的时间摆脱起点，为什么要一直留在峭壁上的那座屋子里？明天我就要离开那里，住到拉格罗伊金铸家里。

那座屋子，那个花园，背后就是悬崖和大海。安热尔又在哪里？雅克莫尔心想，乘着那条在水中颠簸不太牢靠的船上，他去了哪里呢？

他走出金色的围栏，沿贴着峭壁的小路一直下到沙滩。湿润的鹅卵石，在海浪泡沫的抚摸下，散发着大海咸湿的气味。

安热尔出走前的痕迹几乎消失殆尽，船下水用的栈道燃烧时熏黑的几块石头，就是全部的印迹了。他呆立原地，茫然地抬头仰望。

三个孩子在悬崖边奔跑着，跑得飞快。因为距离和角度的缘故，他们的身影看上去那么小。他们仿佛是在平地上奔跑，根本不顾脚下石块的磕绊，也不管近在咫尺的万丈深渊，显然是玩疯了。只要他们稍有不慎摔倒，脚下踏空一步，我走过去抱起的，就将是血肉模糊的一团。

他们玩耍的小路通向一个边境口岸，不远处有一道天堑，他们任谁也没有停下脚步的意思，肯定是忘了这个危险。

雅克莫尔握紧拳头。喊住他们？又怕他们受惊吓反而摔下去。他们看不到从他这个角度可见的那道天堑。

已经太迟了，西特罗昂走在最前头，奔向天堑。雅克莫尔握着的拳头已全无血色，他忍不住叫出声。孩子们转过头，看到了他，随即朝深谷纵身一跃，划过一道急骤的弧线，忽然降落到他身边，像满月的小燕子那样叽叽喳喳笑闹着。

"你看见我们了吧？雅克莫尔叔叔。"西特罗昂问，"但你不许说出去。"

"我们装着不会飞。"诺埃尔补充道。

"这很好玩，"乔埃尔说，"和我们一块玩吧！"

雅克莫尔恍然大悟。

"那天，和鸟儿一起飞的，就是你们？"

"是的，"西特罗昂说，"你知道吗，我们看见你了。因为我们想飞得更快，所以没有停下来。还有，你知道吗，我们没有告诉任何人我们会飞。我们等飞得更好了才告诉妈妈，给她一个惊喜。"

给妈妈一个惊喜？可你们知道她给你们准备了怎样的惊喜？情况完全不同了。

现在，她不能那么做了，必须让她知道。这种情况下仍把他们关起来……我必须做点什么，我得……我不愿接受……我还剩一天时间，我还没在红色河流的那条船上……

"去玩吧，孩子们，"他说，"我得上去和你们的妈妈说点事。"

他们贴着浪花飞了一圈，又回到他身边，簇拥着他，帮他翻过最高的岩石。过了一会，他就来到山脊，步伐坚定地朝屋子走去。

二十八

“可是，我不明白，”克莱芒蒂娜吃惊地说，“昨天你还认为这是个好主意，现在你却说这样做不可理喻。”

“我一直是赞同的，”雅克莫尔辩解道，“你的办法对于保护他们十分有效，但有个问题你想过没有，你忘了问这个问题。”

“什么问题？”她问。

“他们真的需要这样的保护吗？”

她耸耸肩：

“那还用说，一想到可能落到他们头上的那些危险，我就整天寝食不安。”

“用假设的东西来说事，通常是无能的表现，或者是自负。”

“别扯些无用的，至少这次，你得像正常人一样说话吧。”

“听着，”雅克莫尔坚持道，“我很严肃地请求你别那么做。”

“什么理由，”她问，“你倒是给我解释一下！”

“你不会明白的……”雅克莫尔嘟哝着。

他不敢泄露孩子们的秘密，至少替他们保留最后这点东西吧。

“我想我比任何人都清楚什么是对他们有益的。”

“不，”雅克莫尔说，“他们比你更清楚。”

“这太荒谬了。”克莱芒蒂娜生气地说，“这些孩子时刻面临着危险，当然，其他孩子也一样。”

"他们拥有你所不具备的自我保护能力。"雅克莫尔说。

"你毕竟不可能像我那样爱他们，也就不可能体会到我的心情。"

雅克莫尔一时语塞。

"当然。我怎么可能像你那样去爱他们？"他最后说。

"只有当母亲的才能理解我。"克莱芒蒂娜答道。

"可是，关在笼子里的鸟会死的。"雅克莫尔说。

"会活得很好，"克莱芒蒂娜针锋相对，"也许这是正确照顾他们的唯一办法。"

"好吧，看来说什么都没用。"雅克莫尔说。

他站起身：

"我要和你说再见了，不过很可能我再也见不到你。"

"他们习惯之后，"她说，"也许我有时间偶尔去一下村里。再说了，我更搞不懂你的那个心结。说到底你也自我封闭。"

"我不封闭别人。"雅克莫尔说。

"我的孩子和我是一体的，我是那么爱他们。"克莱芒蒂娜说。

"你看世界的方式真怪。"他说。

"这也正是我对你的看法。我对世界的看法没啥奇怪，他们就是我的世界。"

"不，你搞混了，"雅克莫尔说，"你希望成为他们的世界，从这个意义上说，这具有摧毁性。"

他站起来离开屋子。克莱芒蒂娜看着他远去的背影，心想，他看上去并不快乐，肯定是在想念他母亲了。

二十九

3-7月75日

三个黄月亮刚刚在窗口升起，每人一个，朝三兄弟眨着眼睛。他们穿着睡衣挤在西特罗昂床上，从那里可以清楚地看到月亮。他们的三个玩具熊乖乖地唱着龙虾摇篮曲，绕着床脚跳舞，但声音非常轻，怕吵醒克莱芒蒂娜。西特罗昂坐在诺埃尔和乔埃尔之间，一副沉思的样子。他把什么东西藏在手心里。

"我在找词，"他对哥哥们说，"开头的那几个词……"

他停了下来：

"行了，我找到了。"

他双手并拢，放到嘴边，低声说了几句话，然后把刚刚变出来的东西放到床罩上，那是一只白色的蚱蜢。那些玩具熊立刻跑过来围坐一圈。

"让一让，我们什么都看不见了。"乔埃尔说。

小熊们挪挪位置，背对床脚。蚱蜢对大伙打了个招呼，然后开始表演杂耍，孩子们看得目不转睛。

但它很快厌倦了，向他们递了个飞吻，一跳老高，不再下来。

不过没人在乎，西特罗昂竖起手指头。

"我还知道其他好玩的，"他一本正经地说，"要在皮毛里找到跳蚤，得先被咬三下。"

"什么意思？"诺埃尔问。

"那意思是说，我们想变得多小就能变多小。"

"小到可以钻过门缝？"

"钻过门缝，当然啦。"西特罗昂说，"还可以变得和跳蚤一样小。"

小熊们很感兴趣，凑过来。

"那倒过来背口诀，是不是就能变大？"它们异口同声地问。

"不行，"西特罗昂说，"再说了，你们这样不是挺好？不过要是愿意的话，我也可以让你们长出猴子尾巴。"

"没意思！"乔埃尔的小熊说，"谢了！"

诺埃尔的小熊赶紧逃开，第三只小熊则犹豫着。

"我要想一想。"它应道。

诺埃尔开始打哈欠：

"我困了，我到自己床上去了。"

"我也困了。"乔埃尔说。

几分钟后，他们睡着了，只有西特罗昂还醒着，眨着眼睛看着自己的双手。用某种方法眨眼睛时，可以多长出两个手指头。明天，他要教会哥哥们。

三十

3-7月16日

铁匠的小学徒11岁，叫安德烈。拉车的皮带斜挎着他脖子和一侧肩膀，他使着吃奶的劲前行。边上，狗儿也在帮着拉车，铁匠和同伴则跟在后面轻松地走着。遇到太陡的上坡，他也稍微推一下，嘴里少不了一连串辱骂安德烈的话。

安德烈肩膀生疼，但一想到可以进入峭壁上那座房子的花园，他就兴奋得发抖，咬紧牙关拉车，村子里最后几幢房子已经近在眼前。

红色河流上漂着拉格罗伊的那条旧船。安德烈看了一眼，现在已经不是那老头了，是另一个奇怪的家伙，穿着同样的破烂衣服，但有一把棕色的胡子，弓着背，静静地看着光滑黏稠的水面，任凭水流载着他。铁匠和同伴快活地朝他叫骂着。

大车拉起来真艰难，因为铁板太重，那些厚厚的、焊接成方形、被炉火熏成微蓝的铁板。这已经是第五车了，前四车，他们都把车停在围栏门外，由其他人卸下铁板，搬到花园里。这最后一车，安德烈可以跟着一起进去。万一铁匠干活时需要其他东西，他可以在花园和村子两头跑腿。

在孩子急迫的脚步下，灰色道路显得更加漫长。车轮从凹坑和车辙印里碾过，发出吱吱嘎嘎的响声。天色昏沉不见阳光，但似乎也不会下雨。

铁匠快活地吹着口哨，双手插在衣袋里，不紧不慢往前走。

安德烈握着车把，浑身发抖，恨不得变成一匹马，好走得更快。

他加快脚步，心跳也更加剧烈。

道路终于拐了一个弯，可以看见那座房子的高墙和围栏了。

板车停下，安德烈正想掉头把车拉进去，铁匠却说：

"你待在这里等，"他眼里闪过一丝不怀好意的狡黠，"我们俩把车推进去，你应该很累了。"

他朝安德烈的屁股上狠狠踹了一脚，因为安德烈解下车套带时动作慢了点。安德烈痛得大叫一声躲到墙角，双手捂住脑袋。铁匠狰狞地大笑，轻松拉起板车，穿过围栏门。门又重重关上。安德烈听到车轱辘碾压在砾石路，越走越远，然后什么也听不见了，只有风吹着高墙上的常春藤。他吸吸鼻子，揉揉眼睛，坐在地上，他只能等着。

忽然，他肋骨上重重挨了一脚，一下子从睡梦中惊醒，他站了起来。天色渐黑，老板正站在他面前讥讽地看着他：

"你很想进去，嗯？"

安德烈没有回答，他还未完全醒呢！

"去把我忘在屋里的大锤子拿回来。"

"哪间屋子？"安德烈问。

"动作能快点吗？"铁匠咆哮道，拳头已经举起来。

安德烈撒腿就跑。尽管他很想去看看花园，但还是朝房子直奔而去。路过花园时，他看了一眼那个空荡荡的空间，阳光一照，显得很瘆人。安德烈来到石台阶前，有些害怕。但一想到老板的嘱咐，便硬着头皮上前。必须找回铁锤。

起居室的灯光从开着的窗户泻出，洒到石阶上。门虚掩着，安德烈怯生生地敲了两下。

"请进。"传来一个温柔的声音。

他走进去，眼前是一位高大的太太，穿着漂亮的裙子。她看着他，脸上没有一丝笑容。她看人的样子，让人心里有点发虚。

"老板忘了他的大锤子，我来取。"他说。

"好吧，"那位太太说，"快点，小家伙。"

安德烈转身时看见三个铁笼子，立在那间清空了家具的大屋子里，有中等个子的人那般高。厚厚的挡板遮住了里面的部分空间，但有人在里面走动。每个笼子中都有一张舒适温暖的小床、一把椅子和一张矮桌，亮着一盏灯。他凑过去找锤子时，瞥见一些金色的头发。他想看清楚，但有些紧张，因为感觉刚才那位太太正盯着他。他一边弯腰捡铁锤，一边睁大眼睛。当他的目光与他们的目光相遇时，他才发现笼子里还有其他孩子，其中一个在要什么东西。那位太太打开笼子走进去，对孩子说了一些安德烈听不明白、但很温柔的话。他的目光再次与那位从笼子里出来的太太的目光相遇，于是他说"再见，太太"，然后在铁锤的重压下迈动脚步。快走到门口时，有个声音喊住他：

"你叫什么名字？"

"我，我叫……"他迟疑道。

他就听见这句话，因为有人虽然不很粗暴却很坚决地把他推到门外。他懵懂地走向台阶，来到金色栅栏门时，最后一次回头。能够那样待在一起，在一个温暖、充满爱意的笼子里被宠爱，该是一件多么美好的事啊！他朝村子走去，其他人并没有等他。他身后的栅栏门也许被一阵风吹得关上了，发出一记沉闷的响声。风从栅栏间吹过。

附 录

维昂的故事

韦川/文

糖水中泡大的孩子

凡尔赛附近，离巴黎十多公里的地方，有座风景如画的小城，叫阿弗雷城，住的多是有钱人，而城里最好的地段，莫过于克洛德公园周边的街区了。普拉迪路正是其中的一条小街，两边有不少漂亮的别墅，1920年，鲍里斯·维昂就诞生在这样的一座别墅里。

鲍里斯（左）与耶胡迪在下棋（1931）

维昂家是靠铁饰品发迹的，祖父亨利-塞拉芬-路易·维昂是个手艺高强的工匠，开了一家作坊，不但在当地，在巴黎也有影响。著名剧作家埃德蒙·罗斯坦的别墅就是他做的铁围栏和铁栅门，福什大道玫瑰宫的青铜像也出自

维昂家的四个孩子（从左到右：
鲍里斯、雷里奥、阿兰、尼侬，1930）

维昂与父亲保尔（1935）

米歇尔、维昂与"少校"（1940）

维昂与米歇尔在婚礼上（1941）

他的手。老维昂后来娶了一
个纸行老板的千金布鲁丝
小姐，结果富上加富，他们
的儿子保尔自然就不用为生
计发愁了，况且保尔后来也
娶了一个富商的女儿，叫伊
冯娜·沃尔德玛–拉弗内。
保尔一家养尊处优，过着
无忧无虑的生活，有自己
的司机、理发师和园丁。
1918年，他们的长子雷里
奥出生了，两年后，又有

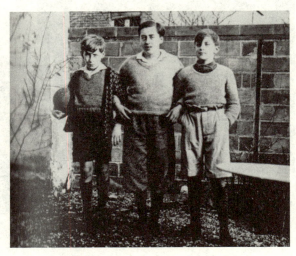

维昂三兄弟：阿兰、雷里奥、鲍里斯

了鲍里斯，之后还有三子阿兰和小女儿妮侬。伊冯娜酷爱音乐，有副好嗓
子，弹得一手好钢琴，也会演奏竖琴，常在家里演奏德彪西、拉韦尔和萨蒂
的曲目。她特别喜欢歌剧，子女的名字均取自歌剧，鲍里斯的名字就来自19
世纪俄罗斯作家莫杰斯特·彼得罗维奇·穆索斯基的作品《鲍里斯·戈杜诺
夫》，剧中的鲍里斯是俄国的一个沙皇。所以，鲍里斯并不像有人以为的那
样，是俄国人的后裔，只不过是母亲给他取了一个俄国名字罢了。

这是一个自由的有产者家庭，富裕、温馨、快乐、开明，充满艺术气
氛，老爸永远是孩子们的玩伴。他虽然没有正式工作，但几乎什么都会，
木工、水电、机械，还是个不错的诗人和译者，曾翻译英语和德语的文学
作品，而伊冯娜虽然偏爱古典音乐，却并不排除现代音乐和通俗歌曲。他
们不关心政治，不信教，反对战争，不看重金钱，一心享受天伦之乐，过
着蜜糖般甜的生活。夏天，他们经常开着豪华轿车到外省度假，保尔有时
还在海滩洗天体浴，可见其观念之开放。有了孩子后，他们还请了家庭教
师，维昂5岁就能读书写字了，8岁就开始读文学作品，从巴尔扎克、斯丹
达到莫泊桑，什么都读。

维昂家有个好邻居，隔壁就是埃德蒙的儿子让·罗斯坦，这个儿子可
比老爹出名，他是作家，也是生物学家，后来被选入法兰西学院。这是一
个典型的逍遥派，远离闹市，读书写作，搞搞科学研究，有时要孩子们给

他从水塘里抓青蛙做实验。这个大名人温和善良，大方慷慨，周日经常开门迎客，接待来郊区钓鱼打猎或踏青的陌生人。

然而，1929年的世界经济危机让维昂这个殷实之家也有些顶不住了，他们开始节约开支，后来又不得不把自己住的别墅也出租给别人，全家搬到看门人住的小屋，加盖一层，勉强够住。不过，他们的租客可不一般，那是个叫梅纽因的美国人。梅纽因有个儿子叫耶胡迪，是小提琴家和指挥家，后来成为世界闻名的音乐家。维昂家的孩子跟耶胡迪的关系很好，耶胡迪经常邀请孩子们去巴黎听音乐会。伊冯娜一直像母鸡呵护小鸡一样呵护着自己的孩子，孩子们必须在她听得到声音的范围内活动，轻易不得外出，但跟耶胡迪出去，她从来不反对，而且自己也常常设法同去。

1933年，维昂家的经济状况变得更糟，生活的压力让不曾外出干活的父亲也出去赚钱养家了，他先是给人翻译文章，但收入不够，于是又到一家医疗机构当销售代表，开着有篷货车走街串巷推销生意。尽管穷了，但维昂的血管里还流着富人的血，不能因为钱少了住得差了就不娱乐了。保尔在花园里搭建了一个舞厅，让孩子们可以在家里开派对跳舞，接待同学和朋友。在诺曼底的朗德梅，维昂家还有一块地产，保尔让人建了三栋松木度假屋，常带孩子们去那里度假过周末。这种封闭而娇生惯养的生活让维昂家的孩子们跟外界非常隔绝，使他们对政治颇为陌生和抵触。

求学路上故事多

在保尔的四个孩子当中，鲍里斯最受溺爱，因为他身体最差。12岁时，他因咽喉感染，患了严重的风湿关节炎，还得过严重的伤寒，后来又发现主动脉开闭功能不全。《红草》中的沃尔夫其实是维昂自己的速写，大人们"一直担心我，不让趴在窗边，不能独自过马路。一点点风就给穿上羊皮衫"。

鲍里斯8岁在附近的塞弗尔镇上学，12岁转到凡尔赛的奥什中学，他的A科，即古典课程，希腊语、拉丁语和德语，尤其是翻译，成绩很好，

维昂（后排左三）与中央理工学校的同学（1939年秋）

但由于健康原因，他经常中断学业。考虑到他的实际水平，校方让他免试获得了A科的毕业文凭。之后，他开始去巴黎上学，在著名的孔多塞中学继续学习数学和哲学。从阿弗雷到学校很方便，有直达火车，坐到圣拉扎尔站，下来就到了。上大学预科时，他选的是理科，尽管他喜欢的是文科，因为考虑到学理科以后容易找工作。19岁时，他以中等成绩考进了法国中央理工学校。8月份，趁大学开学之前，他和一同考上该校的朋友斯皮纳尔（即齐齐）去旺岱地区度假，这也是他第一次没跟家人一起外出。几天后，他从旺岱去朗德梅度假屋与家人会合时，"二战"爆发了，德国人打进了法国，学校推迟开学，并撤到了昂格鲁梅地区，临时设在市政府还没建完的新图书馆里。直到11月，他才与斯皮纳尔还有皮杜一同坐火车赶到昂格鲁梅去报到。皮杜后来娶了维昂的妹妹妮侬，成了他的妹夫。

　　1940年，形势越来越严峻，6月，法军大败，学校不得不关门撤退。鲍里斯骑着自行车往波尔多方向跑，半路上竟奇迹般地遇到了开着大轿车南

独眼"少校"

行的家人。全家人在吉伦特省逗留了几天，然后前往布鲁顿角的一个朋友家躲避。在那里，鲍里斯遇到在他生命中具有重要意义的两个人：一个就是后来成了他妻子的米歇尔·雷格里斯，另一个叫雅克·鲁斯塔罗，是附近小镇镇长的儿子，比他小5岁，但跟他一样高。雅克长得很帅，喜欢搞怪，能喝酒，会吹牛，自称是"幸运地从印度回来的少校"，所以大家都叫他"少校"。"少校"放荡不羁，大胆勇敢，慷慨大方，好像天生拥有一切优

点，很快就成了鲍里斯的好朋友和维昂家的常客，日后经常以各种名字出现在维昂的小说中。但当镇长的父亲却不喜欢这个老是捣蛋的儿子，曾让他到青年工地去"改邪归正"。

维昂（左）与"少校"（1942）

"少校"后来跟鲍里斯形影不离，成了他不可缺少的伙伴和帮手，常结伴出游。尤其是在战后，圣日耳曼大街的地下酒吧到处可见他俩的身影。然而，这个讨人喜欢的孩子却命运多舛，死得很早，而且死法离奇。1948年1月7日凌晨3点，"少校"从一座房子的阳台上不可思议地堕楼身亡，让维昂伤心欲绝。

爱情来了躲不开

维昂第一次恋爱是在考上大学的时候，那是一个外省女孩，叫莫内特，两人很快就山盟海誓，但后来没了结果，那女孩也没了音讯。他真正的爱情发生在法国西南部海边布鲁顿角，当时雷格里斯夫人带着三个孩子从首都南下躲避战争，小儿子不幸在路上淹死，她把大儿子皮埃尔和女儿米歇尔扔在布鲁顿角，自己去另一个城市找丈夫了。一天，米歇尔在沙滩上遇到了鲍里斯的弟弟阿兰，应邀参加维昂家的派对。尽管是在战争期间，又寄居他人家里，维昂家仍天

维昂夫妇与萨特、波伏瓦在咖啡馆

天开派对。阿兰把米歇尔介绍给了鲍里斯，但她对鲍里斯没有感觉，这个年轻人太腼腆，老是呆在角落里，倒是阿兰，跟她很合得来。阿兰一头金发，在凡尔赛学戏剧，善于交际，他热情地邀请米歇尔跳舞。一个月后，大家骑车去附近玩，那时米歇尔才开始对鲍里斯有好感，而鲍里斯却早就对她有意了。米歇尔跟鲍里斯同年，学的是哲学，两人都喜欢爵士乐和西部片，读的书也大都相同，主要是美国侦探小说，他们有很多共同语言，有说不完的话。

8月初，维昂一家离开了布鲁顿角。他们是坐火车走的，由于缺油，他们已经卖掉了自己的汽车。不久，米歇尔也回到了巴黎，阿兰约她在凯旋门下见面。到了那里，见到的却是鲍里斯。鲍里斯对她说："我是替弟弟来的。"米歇尔说："我不介意。"他们一起去香榭丽舍大街的"潘潘"饮料店喝东西，潘潘是一种果汁的牌子。他们像当时的青年爵士乐爱好者一样，不喝酒类，只喝果汁。

米歇尔的父母给她找了个对象，那是一个可怕的男人，大腹便便，身上还有狐臭，第一次到外面约会，那人就动手想抱她，被她厌恶地推开了。回家后，她把此事讲给母亲听，母亲竟然说："怎么，他想拥抱你，你还不嫁给他？"当晚，她去中央理工学校找鲍里斯，把事情告诉了他，鲍里斯显得很严肃，好像在思考什么，但嘴里谈的却是别的事情。在地铁站分手时，鲍里斯突然对她说："再见，维昂夫人！"米歇尔马上就明白了，鲍里斯在向他求婚呢！

当时，两人都很年轻，才21岁。米歇尔想再等一年，但鲍里斯等不及了，想立即结婚。法国在打仗，谁知还有没有明天呢！在巴黎，德军的飞机天天在头顶飞过，窗户必须贴上蓝纸。缺食品，缺电，缺汽油，什么都缺。不过，他们有爵士乐，如果只有德军而没有爵

维昂与米歇尔（1942）

士乐，生活还怎么过得下去？不如赶紧结婚，说不定，明天死亡就会来临。

1941年，两人结婚。婚后，他们搬到了巴黎市中心，住在米歇尔父母借给他们的一栋公寓楼里，但他们并未因此而跟阿弗雷城割断联系，每周末都回去参加家庭派对。米歇尔陪维昂读书、写作、

下棋、听音乐，一起翻译侦探小说，一起拜会朋友。维昂在夜总会吹小号时，米歇尔总是去给他捧场，被人们叫做"小号手的女人"。大明星艾林顿到他们家做客时，米歇尔还亲自下厨给他炸薯条。他们后来有了两个孩子，日子过得甜蜜而安宁，直到遇见萨特。米歇尔一头金发，聪明漂亮，热情开朗，知书达理，深得萨特喜欢，萨特常邀请她吃饭聊天，还一同驾车去外地旅行，两人越走越近。维昂发现后很生气，曾想诱惑波伏瓦，以报复萨特，但又不敢行动，因为他畏惧萨特在文坛的威望，加上自己在文学创作和出版中也有求于这位大师。他感到很郁闷。祸不单行，此时，他在文坛遇到很多麻烦，在出

版方面屡受挫折，又被纸张办公室开除，情绪极为低落，与米歇尔的关系每况愈下。

关于维昂与波伏瓦的关系，米歇尔倒有自己的说法。她回忆起有一天波伏瓦到他们家参加派对，在厨房里与维昂聊得很晚。维昂回到房间后对米歇尔说："啊，我做了蠢事！"言外之意是波伏瓦有意与他亲近，但他没有回应。米歇尔说维昂"害怕智性的女人，喜欢漂亮而文静的女人。他不是个好相处的丈夫。他的妒忌心很强。当时，在圣日耳曼大街有许多女孩追他。"

1950年6月，在伽利玛出版社举行的鸡尾酒会上，维昂遇到一个来自瑞士的女舞蹈演员，名叫乌苏拉·库布勒，两人产生好感，开始交往。1951年，他与米歇尔吵架后离家出走，赶到瑞士去找乌苏拉。第二年，他跟米歇尔正式离婚，临走时只带走了几本马塞尔·埃美和格诺的书，以及艾林顿的几张唱片。由于他是过错方，孩子跟了妈，财产也大都归了女方，而税务机关此时却在追查他，罚了他巨款，使他债台高筑。为了生活，维昂拼命译书赚钱，可离开了米歇尔，他翻译起来困难重重。这一时期，他在经济上和精神上压力极大，他曾在日记中流露出强烈的消极情绪，并写了一系列诗歌，反映内心的痛苦和失望，取名为《我不想死》。

乌苏拉

维昂与乌苏拉生活在一起
后，重新整理藏书

1953年，维昂与乌苏拉同居，他们在克里希大道租了一个佣人住的小房间，就在红磨坊对面。房间很小，但毕竟有地方住了！后来，经济上宽裕了一点，他们又把隔壁的房间买了过来，两套打通，连在一起。维昂使出当工程师的本领，亲自设计和装修，尽可能地利用空间。两年后，他又修建了一个大平台，与邻居共用。这个邻居不是别人，正是著名诗人普雷维尔。他们如同一家人，经常联合举行派对，邀请文艺界的名流。

　　1954年2月，维昂与乌苏拉结婚，痛苦结束了，新的生活开始了，事业也发生了转折。维昂不再写小说，对他来说，那意味着失败和耻辱，而且充满了米歇尔的影子。他要彻底忘了米歇尔，埋葬那段爱情，不管是甜蜜还是痛苦。

　　而米歇尔呢，一直活到今天。2011年法国国家图书馆举办维昂作品展览时，91岁的米歇尔还接受了记者的采访。不过，关于她与维昂的往事，她不愿多说，"一提起维昂，就会触及隐私。"她对维昂是爱恨交加，而对萨特，却有一种特别的感情。事实上，在萨特所有的情人中，她有特殊的

地位。1968年，萨特把自己的手稿都交托给她，她后来又把这些东西都捐赠给法国国家图书馆。当人们问她一生中最引以为自豪的，是曾为维昂的妻子还是萨特的情人？她不假思索地回答说，是萨特的情人，并强调自己是萨特"三十年如一日"的情人。

91岁的米歇尔（2011）

了不起的小号手

　　维昂从小受到音乐的熏陶，常听母亲弹琴唱歌，出去看戏听音乐。上中学时，他就对音乐产生了强烈的兴趣，表现出极大的天赋，曾用梳子和烟纸做成一种乐器，叫"梳风"，在学校里演奏。那就是他的"麦克风"。30年代，爵士乐刚从美国传到法国，一下子就把维昂迷住了，这种音乐既有一定的结构，节拍和韵律又有很大的变化余地，适合即兴发挥。由于身体不好，常常辍学，维昂便在家里听爵士乐玩乐器解闷，后来，他参加了"法国爵士乐俱乐部"，学吹小号。哥哥雷里奥和弟弟阿兰和他一样，也是乐迷，三兄弟常常和小伙伴们一起演奏，哥哥拉手风琴，弹吉他，弟弟负责

维昂与阿巴迪乐队

打击乐，维昂吹小号。为了让他们高兴，父亲在家中的花园里搭建了一个舞厅，家庭聚会扩大成社交派对，来宾多时达数百人。三兄弟都是出色的主持人，用音乐把派对的气氛搞得热火朝天。

1938年，三兄弟和朋友们成立了一支爵士乐队，几年后并入当时很出名的阿巴迪业余乐队。克洛德·阿巴迪是维昂在中央理工学校的同学，后来成了银行家。每当家里开派对，阿兰便开着私家车去接阿巴迪。为了表示友好，也是为了安慰正在接受外科手术的米歇尔，阿巴迪把乐队改名为"阿巴迪-维昂乐队"，并于1943年参加了第六届爵士乐比赛（业余），可惜未能获奖。第二年，乐队继续参赛，评委和媒体对他们的演奏印象深刻，可惜他们演奏的是当时在法国被禁止的美国音乐，所以自动出局，不过，维昂调查法国爵士乐状况之后写的《圆舞曲备忘录》却获得了二等奖。

这一年，维昂遇到了一个重要的音乐人，那就是克洛德·路特。"一米八四，八十公斤"的路特是乐队指挥，也吹萨克斯和单簧管，他领导的"新奥尔良"俱乐部在圣日耳曼大街很红火，维昂常去捧场，并建议阿巴迪采取"新奥尔良风格"继续参赛，果然取得了好成绩。

1945年，巴黎解放，乐队整年都在给各单位和昔日的抵抗组织举办音乐会，他们还出入各俱乐部，为美军进行"特别演出"。当时在法国的美军很多，他们什么都有，待遇比法军

维昂与美国的音乐大师们

好多了。他们听音乐不付钱，但会给
乐师们一些美国货，如当时颇受法国
人欢迎的牛仔裤、胶鞋等。米歇尔是
乐队的英文翻译，她上学时每个假期
都在英国度过，英文很好。当美军知
道她有孩子时，便开了一辆卡车，送
去许多牛奶、豌豆、书籍等，还在一
本书上写着这么几个字："吃完后去
找别的美国士兵。"

维昂（吹小号者）与乐手们

　　11月，乐队在布鲁塞尔参加了
第一届国际爵士乐比赛，获得了四个
奖，并应邀在圣诞新年音乐会上助
兴。维昂在其专栏"马丁打电话给我"中真实地描写乐队的工作状况，他
们必须在什么都缺的情况下随时能够演奏。阿巴迪乐队可以说是当时最出
名的业余爵士乐队，大家戴着白色假胡子演出，暗示自己是巴黎最古老的
业余爵士乐队。在乐手当中，我们注意到有绰号叫"佐佐"的乔治·阿吕
安，他是后来成了维昂的主要出版人的让·阿吕安的弟弟。

　　"二战"之后，圣日耳曼大街不少场所的地下室成了演奏爵士乐的地
方，美国的爵士乐手，不管有没有成名，在法国都被当做是美国文化的使
者，受到热烈欢迎。维昂先是与"少
校"和乔治·阿吕安去洛林饭店烟雾
腾腾的地下室听新奥尔良乐队的音
乐，后参与演出，米歇尔负责看门。
入场者不一定要有钱，但要她看着顺
眼，"要有文学味"或艺术气质。后
来，他们又在凯旋门附近的多菲娜路
发现一家叫做"塔布"的咖啡馆，关
门很晚，便租下地下室，创办了自己
的俱乐部，叫做"塔布"俱乐部。维
昂在那里吹小号，被人称作"塔布王

"塔布"俱乐部

圣日耳曼俱乐部，大家在为米歇尔演奏（1948）

子"，弟弟阿兰不久也一同前来，两人成了那里的主持人。大家演奏时尚音乐，演奏间隙诗人上去朗诵自己的作品，不少作家、学者、记者和女明星也前往捧场，如梅洛·蓬蒂、普雷维尔等。兄弟俩几乎把全巴黎的名流都吸引到了那里，他们用乐曲制造狂欢，并搞些恶作剧，如选举邪恶小姐等，玩些趣味不高的游戏，这类大胆演出和活动引起了一部分人的不满，有媒体指责他们在演奏"野蛮的音乐"，说"塔布"俱乐部是一个堕落的场所。

1948年，维昂离开了"塔布"，加入了圣日耳曼俱乐部，那是最著名的美国爵士乐俱乐部之一，与"塔布"的风格完全不同，乐手都是专业人士或是美国爵士乐的大家，顾客也多是有钱人，这使那里俨然成了一个富翁俱乐部。当美国作曲家、钢琴家及爵士乐队首席领班艾林顿公爵来到巴黎时，维昂到处跟着这个偶像，替他宣传，筹划演唱会，大获成功。这一时期，维昂也经常在知识分子出没的"花神"咖啡馆、"双叟"咖啡馆和旧哥伦比亚俱乐部演奏。

夏天来到的时候，大家都去外省度假，维昂协助路特在度假胜地圣特罗佩租了一座小屋，作为俱乐部的夏季演出中心。除了演出，维昂也开始替《爵士乐俱乐部》、《战斗》、《爵士新闻》等杂志写专栏，并在音乐学院开讲座，讲授以路特为代表的法国爵士乐的历史，法国电台还在黄金时段播送了维昂写的有关文章。人们发现，1949年11月号的《爵士新闻》几乎都是维昂写的文章，有的用真名，有的用笔名。法国歌手亨利·萨瓦多曾这样评价维昂："他爱上了爵士乐，只为爵士乐而生，只听爵士乐，只用爵士乐来表达。"

在自己的肖像前写作

在文坛上颠簸

　　小时候，由于健康原因，维昂上学时间不多，但书看得却不少，家里的书房有足够的藏书供他消遣，从法国的古典作家到当代诗人，各种作品应有尽有，也有不少英美图书，他最喜欢的是马克·吐温的小说。在学校里，维昂算不上是个出色的学生，但却是一个认真的学生，他是班上唯一一个完整做笔记的学生，后来还用这些课堂笔记做了一本六十来页的书，取名为《冶金产品的物理化学》，饰以亚历山大体诗，加上引言，油印出来送给朋友。

　　维昂和米歇尔结婚后，常在一起读书写作，两人常常整天整天地查阅历书，还写电影剧本和戏剧，甚至写侦探小说，可惜都没有完成。维昂曾模仿维庸和波德莱尔写些小诗，当时的大学生都这样，因为是在被占时期，没什么事干。这些诗，格律严谨，但思想的表达非常自由，大胆而幽默，甚至有反宗教倾向，其中有些篇章像是格诺的"诗体小说"，他把这百来首诗认真排成一个集子，取名《十四行诗百首》，妻弟给他在诗的旁边画了大量的速写。这可以说是他的第一部严肃的文学作品，但他并没有打算从文，此时的写作，不过是解闷的一种手段，他写着玩，主要是给家人和朋友人看的，没想过从事文学活动，而是在寻找稳定的工作。

　　1942年7月，维昂参加了中央理工学校的毕业考试。8月初获得艺术

《脑包虫和浮游生物》手稿

格诺（左二）与波朗（左三）去伽利玛出版社

与制作工程师文凭后，他马上着手找工作，因为几个月前，儿子帕特里克出生了，他得赚钱养家啊！十多家公司都欢迎他去，他最后选择了法国标准化协会，因为其他公司给他的起薪都是3500法郎，而协会是4000法郎。他被聘为协会的工程师，具体负责玻璃制品的标准化工作。1943年初，米歇尔甲状腺开刀，这在当时是有风险的。为了鼓励她，维昂为她写了一本《供文化程度中等者阅读的童话》，还在页边画了一些速写，供她玩赏。

标准化协会的工作很清闲，为了解闷，他用工作文体来写着玩，如"法国标准计划书"、"法国中产阶级标准咒骂音阶"等。这些"标准"当然都是用亚历山大体写的。1944年，维昂写了一个电影剧本《自然史》，还滑稽地模仿他人，写了《唯一的少校，重要的土地》，讲述他的朋友"少校"的故事，大部分也是韵文，其中有些段落后来出现在小说《脑包虫和浮游生物》中。

1945年3月，维昂开始给一份叫做《艺术之友》的双月刊写稿，他负责文学专栏，米歇尔负责电影专栏。他用雨果为笔名分析夏塞的文章，支持雅里的主张，赞扬格诺的作品。写了三期，由于杂志社不付稿费，他断然停止合作。1946年对维昂来说是重要的一年，这一年，他的第一部小说《脑包虫和浮游生物》在伽利玛出版社出版。2月，他在朋友克洛德·雷翁的推荐下，离开标准化公司，进入纸张管理办公室，这份工作待遇更好，却更清闲，他几乎可以把全部的时间都用来写作。《脑包虫和浮游生物》的出版激发了他的创作热情，写作成了他的工作、他的需要，用米歇尔的话来说，那是"幸福的写作"，从3月份起，他开始写《岁月的泡沫》，5月就完成了。维昂写作非常快，基本不涂改。他每天下班带回一二十张手稿，让米歇尔打字，因为米歇尔学过两年专业打字。

萨特与格诺在七星奖颁奖会上

　　也是在这一年，他在圣日耳曼大街的"花神"和"双叟"咖啡馆认识了萨特、波伏瓦和他们的《现代》团队。波伏瓦后来还到维昂家里参加过派对，对维昂印象颇好。当时，萨特和他的存在主义影响越来越大，他和朋友创办的《现代》成为战后最重要的杂志之一，维昂应邀在该刊开辟了"说谎者"专栏，还在上面发表了一部中篇小说《蓝色的鹅》，后来收入中篇小说集《蚂蚁》。编辑们经常在维昂家聚会，历史上著名的加缪和梅洛-蓬蒂的决裂就发生在他家。据米歇尔回忆，当时，大家在饭厅里讨论俄罗斯集中营的事。梅洛-蓬蒂主张在杂志上发一篇相关的社论，加缪觉得小题大做，一言不合，便对梅洛-蓬蒂进行人身攻击，两人发生争吵，加缪吵不过蓬蒂，便大喊一声："我受够了！"摔门而出，萨特和博斯特连忙追出去，但加缪头也不回地走了。

　　《岁月的泡沫》出版后，曾参加过七星奖的竞逐，这个奖是伽利玛出版社创办的，旨在奖励有前途的年轻作家，奖金很高：10万法郎。评委当中有很多都是维昂的朋友，包括萨特、格诺、勒马尚。萨特尽管在维昂的小说中受到讽刺，也大度地表示支持他，重量级评委波朗也许诺帮助他，他以为自己已稳操胜券，谁知半路杀出一个马尔罗。马尔罗也是评委，后来当了法国的文化部长，影响很大。波朗本来就不怎么看得起维昂，一看马尔罗出声，也跟着反水。这个奖最后颁给了格罗让的一本带有宗教色彩的诗集《时间之地》，让维昂感到非常失望甚至愤怒。这一失败大大打击了维昂的信心，对他的精神造成了很大的伤害，不但推迟了维昂成名的时间，而且使他失去了相当于工程师一年收入的奖金。为了安慰他，《现代》在当年10月出版的那一期中发表了《岁月的泡沫》中的十三章。

1946年到1947年，维昂很多产，写了不少小说，但读者反应平平，书卖不动，在商业上遭到了惨败。1948年夏，他开始写《红草》，写得很慢，修改很多，先后换了4个不同的书名，这是他的第8部小说，仍希望能被伽利玛出版社接受。自从《北京的秋天》后，伽利玛就拒绝他，格诺鼎力协助，最后也没能成功，《红草》最后还是在别的出版社出版了，但印数太小，没有影响。后来，他在《现代》的"说谎者"专栏也被停掉，因为编辑部认为时间长了，那类笑话别人也就觉得没意思了。维昂与萨特开始疏远，觉得萨特抛弃了他。他曾试图结识他所崇拜的小说家马塞尔·埃美，但没有成功。埃美不喜欢见人。为了接近他，维昂甚至故意找他的裁缝做衣服，还多次写信给他，但埃美没有理睬。

韦尔侬事件

战后，著名作家、法兰西学院院士乔治·杜阿梅在伽利玛出版社创办了"黑色系列"，该丛书专门出版翻译小说，主要是美国的侦探小说。当时，美国的侦探小说在法国非常受欢迎，渴望娱乐和放松的法国人需要"好的侦探小说"。

1946年夏，维昂和米歇尔在花神咖啡馆碰到让·阿吕安，即音乐界的朋友乔治的哥哥。让刚刚创办了一家出版社，叫天蝎出版社，想找一本类似亨利·米勒《癌病房》那样的小说，以抢占图书市场。他问维昂是否知道有杜阿梅看漏的美国小说，维昂随口回答说："这太简单了，我就可以写一本这样'著名'的美国侦探小说。只要给故事加一点地方色彩，比如威士忌、毒品、时髦女郎等；再来一些强烈的社会诉求，比如忍受种族之苦的黑人对白人的复仇，最后选一个吸引眼球的题目，然后再说这是一本译自英语的美国侦探小说，书保证畅销。"说干就干，维昂乘与家人在旺岱度假的机会，15天就拿出了《我要在你的坟墓上吐痰》，写的是黑人在

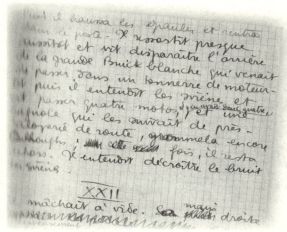

《我要在你的坟墓上吐痰》手稿

美国的境遇。维昂与巴黎的美国黑人有所来往，发现在法国人梦想的自由国度，黑人仍受到不公正对待。他也认真阅读了《现代》不久前出版的美国专刊，那些文章专门谈论种族隔离问题，尤其是美国南部对黑人的残酷压迫，所以他对这个题材并不陌生。这本书原先叫《我要在你的坟墓上跳舞》，但米歇尔觉得不如叫《我要在你的坟墓上吐痰》，因为犹太人侮辱和威胁别人时常说："如果你敢这样做，我就让你永世不得安宁。我会拔你的胡子，在你的坟墓上吐痰。"

　　维昂声称小说的作者是一个名叫韦尔侬的美国黑人。为了装得更像，他还写了译者前言，解释书的来龙去脉。该书夏季交稿，11月出版，读者反响不大，媒体却反应激烈，因为小说语言粗俗，有不少暴力和色情描写，太具有挑衅性了，结果引起了丹·帕克领导的社会道德行动委员会的注意，该委员会曾对米勒的小说发难，现在又控告这本书的作者和出版者"以图书的形式伤风败俗"。但这等于给《我要在你的坟墓上吐痰》做了广告，书反而火了，销售了十多万册。维昂和让高兴坏了，殊不知这是一个定时炸弹，1947年3月底，一个罪案引起了社会的广泛注意：一名女子

《我要在你的坟墓上吐痰》插图

乔治·伊萨尔律师（左）为维昂辩护（1950）

在宾馆的房间里被男友掐死，男友随后自缢身亡，身边扔了一本《我要在你的坟墓上吐痰》，就翻在描写谋杀那页。作者被认为是教唆犯，被控间接杀人。许多媒体已怀疑维昂就是韦尔侬，要求追究其责任。为了脱身，维昂在米歇尔和《现代》杂志的记者弥尔顿的帮助下，匆匆抛出一部英文书稿《I shall Spit on Your Graves》，以证明这确实是一部译著，自己不过是一个译者。他声称这本书是美国旺多姆出版社出版的，天蝎出版社购买了版权。

1947年8月16日，有件事救了维昂。就在社会道德行动委员会和媒体对他不依不饶之时，法国进行了大赦，规定半年前的官司一律不再追究。丹·帕克被迫终止了起诉。事情好像过去，维昂又忘乎所以了，1948年，他又以韦尔侬之名推出了第二部小说《死者全都一个样》，与前一本书的故事相呼应，写的仍然是种族问题，书中的检控官尼埃尔，明眼人一看就知道是在影射丹·帕克。2月，《法兰西周日》开始连载维昂以韦尔侬之名写的第三部小说《杀死所有的坏家伙》，根据《我要在你的坟墓上吐痰》改编的戏剧也在魏尔伦剧院上演。媒体又发起攻击，地铁也禁止有关该剧的海报。但维昂和让没有罢休，6月，《杀死所有的坏家伙》出了单行本，《我要在你的坟墓上吐痰》也乘机重版。丹·帕克被激怒了，再次提出控告。1949年8月，《我要在你的坟墓上吐痰》正式被禁。许多朋友为他鸣不平，包括格诺，化名在报刊上发表文章为他辩护，他的辩护律师也相当出色，但他最后还是被判10万法郎的罚金。愤怒的他立即提出上诉，三天后还在加缪主编的《战斗》杂志上发表一篇文章："我是个性纠缠者"，为自己辩护，但无结果。维昂不服，仍以韦尔侬为名写了第四部小说《她们没有意识到》，1950年夏出版。不幸的是，尽管还有媒体效应，小说却卖不动，这是最让他伤心的了。

《我要在你的坟墓上吐痰》发表后，维昂被控间接杀人。维昂在报纸上声明："我不是凶手"。（1947）

进军戏剧与电影

1947年冬天，维昂产生了新的创作冲动，兴趣转向舞台，动笔写《肢解牲口者》。这是一部反战题材的戏剧，1950年4月上演时引起了一些风波，不少人指责他侮辱烈士，不爱国。当时，反战是很敏感的题材，是烫手的山芋，轻易不能触碰，但维昂勇敢地去搅动了。他为自己辩解道，他不像人们所指责的那样不爱国，他只是反对战争本身，不针对战争的受害者。之后，他继续写剧本，《最佳职业》（1950）具有明显的反宗教倾向，讽刺一个怪异的神甫整天在家里悉心打扮，好像要去演出似的；《将军们的点心》（1951）则公开反战，一群军官像幼稚的孩子在操场上玩，而他们的母亲则在准备点心。这些作品的讽刺成分多于政治色彩，维昂声称自己对政治不感兴趣，只是路过政治而已。可剧中的对话政治性太强，尽管维昂努力表现得曲折些，导演还是觉得本子太过火，有危险，最后放弃了。面对这种失败，维昂的情绪低落到极点，认为自己的才能得不到承认，作品不是默默无闻，就是引起风波。

50年代，小剧场戏剧在巴黎很受欢迎，这种戏剧剧本短，语言辛辣，加上在小剧场演出，观众人数少，距离近，交流很直接，很迅速，讽刺和幽默的效果非常好。维昂决定投身这种生动活泼的艺术形式，很快就写出了多集独幕剧《电影屠杀》，对意大利的后现实主义电影和战前的法国电影进行了讽刺。剧中只有两三个人物，每集只有十来句对话，背景极其简单。1952年4月，红玫瑰剧团决定把它搬上舞台，由当红演员伊夫·罗贝尔担纲。《电影屠杀》取得了巨大的成功，1952年起在红玫瑰剧场上演400多场，成为剧团的头号保留节目。就这样，维昂轰轰烈烈地闯进了他以前所不熟悉的舞台，一共写了二十多出这类剧本，比较出名的有独幕短剧《匪徒》，写的是警察追捕凶犯，凶犯引诱一金发美

怀抱电影拷贝
的维昂（1956）

女，继续杀人，直到一个人举着
招牌，上面写着"等等"二字。
他还有三个同类作品也很成功，
在香榭丽舍夜总会演出。

　　小剧场的成功使他在戏剧界
出了名，诺曼底戏剧节总导演特
雷阿尔慕名请他创作和改编圆桌
骑士朗瑟罗的壮举，准备在卡宴
的城堡里演出。在维昂的笔下，
朗瑟罗成了白雪骑士，他强调
的是圆桌骑士悲惨的结局，而不
是与王后的爱情。次年，作品完
成，他与作曲家德勒鲁一直忙到
秋天。他参与了该剧的整个创作
过程，1800平方米的舞台，30多

维昂在排练《我要在你的坟墓上吐痰》

个演员扮演50多个角色，还有100多个临时演员和马匹。这一舞台艺术综
合了音乐、台词、歌曲、豪华布景等因素，让他大呼过瘾，演出的结果大
大超过他的预期，取得了前所未有的成功。1953年8月就演了7次。观众和
媒体远远没有想到韦尔侬事件的始作俑者有这样的勇气，敢涉足他如此不
熟悉的领域。

　　《帝国建造者》是维昂的最后一个剧本，也最出名，1958年在帕嗒学
院的杂志上发表，1959年他去世后首演。这是一出很特别的戏，富有暗示
意义，写的是一家三口和一个女佣住在一栋公寓里，为了躲避一个可怕的
声音，不断地往楼上搬，越搬房间越小，人也变得越来越少，最后只剩下
父亲一人，但依然躲不开那恐怖的声音。

　　电影一直是维昂的所爱，他长期以来就是美国影片的"粉丝"，热
情地欢呼彩色技术和宽银幕时代的到来。电影之所以吸引他，是因为可
以看到在马路上无法每天看到的东西："我很喜欢章鱼，蓝眼睛大得像
个盘子，无数吸盘，四十大盗，飞毯，幽灵，吸血鬼。"但以前他仅仅
是个忠实的观众，现在成了创作者，他不但写了30多个电影剧本，甚至

维昂在《危险的关系》中扮演角色

还扮演了十多个小角色，包括《巴黎圣母院》（1956年让·德朗诺导演）中的红衣主教。在瓦迪姆导演的《危险的关系》中，他扮演普雷旺，与让娜·莫罗搭戏。影片一开始，他慢慢地从沉重的幕后出来，身材细长瘦弱，脸刮得光光的，一副傲慢的神态，但跟容光焕发的莫罗只说了几句话。维昂对电影怀着敬佩心情，他涉足电影绝不是为了好玩，他曾对电影人皮埃尔·卡斯特说，电影是一种对创作要求很高的艺术，是一种非人的挑战，一座要"不断攀登的山"。

翻译家与玄学院

维昂的英语不是很好，却翻译了不少的美国图书，而且，在相当长一段时间里，翻译小说是他赖以生存的主要手段。维昂起初翻译的是侦探小

维昂的翻译作品

维昂在翻译

说，后来翻译科幻作品。《我要在你的坟墓上吐痰》出版后，"地粮"出版社社长埃莱娜·博卡诺维斯基女士发现这个叫维昂的译者"翻译"质量不错，便约他翻译美国侦探小说家肯尼斯·费林的《大钟》，1947年该书出版，成了维昂真正翻译的第一部书。维昂后来又替伽利玛出版社的"黑色系列"翻译了雷蒙·钱德勒的两部侦探小说《湖底女人》和《长眠不醒》。50年代后，他的兴趣转向科幻小说，翻译了美国科幻小说大腕范·沃格特的两部著作《非A世界》和《A世界玩家》，自己的创作也深受影响，《红草》中就有不少科幻成分。维昂翻译的大多是轻松的东西，但也有例外，伽利玛出版社多次拒绝他的原创，却曾约他翻译一部厚达900多页的大书，那是关于诺曼底登陆的功勋布拉德利将军的传记。书很复杂，翻译的难度极大，但为了谋生，他接了，当然译得很痛苦，有时一天翻译18个小时，常常累得手抽筋，乌苏拉得不时给他揉手捶背。1952年，这部叫做《一个士兵的故事》的砖头般的译著终于出版。

萨特也找维昂翻译过一本关于印第安人及其生活习俗的书《他们火中的烟》，但翻译完后，蓬蒂却不让出版，因为书中两个印第安人的接吻方式太那个了。

在翻译过程中，米歇尔的作用是巨

维昂翻译的钱德勒的小说至今还是『黑色系列』中的经典

米歇尔（1946）

维昂与尤内斯库（左）、佩雷（中）

漫画"维昂与肢解牲口者"

大的，一般都由她出第一稿，维昂来修改和润色。维昂是作家，会写作，文学感觉好，所以他翻译出来的东西，现在还作为典范，不时再版。人们评论说，他的翻译是真正的"文学翻译"，很像是波德莱尔译爱伦·坡，有时可能不是很忠实，但文笔流畅，味道很足，况且，他不会离开原著太远，编辑们最喜欢他的译文了，因为基本不用改。

维昂与不少机构都合作过，但从来没有一个机构像帕嗒学院那样跟他合作得那么好，那么愉快，那么始终如一。帕嗒学院成立于1948年12月，宣传帕嗒学，这是一门把深奥的知识与戏说巧妙地结合在一起，通过想象来解决问题的科学，许多名人都是学院的成员，包括他的好友格诺，还有诗人普雷维尔、剧作家尤内斯库。学院设立许多分支机构，吸引各行业的名人，金字塔式分许多等级。维昂之所以被学院看中，是因为他的戏剧《肢解牲口者》引起了众人的兴趣。他作为"一级肢解牲口者"被学院所录取。维昂很喜欢学院把严肃与玩笑结合在一起的风格，给学院的刊物提供了许多这样的文字，如《通过简单而虚假的办法对上帝进行数字计算之备忘》，通过二次方程得出了上帝等于0的结果。维昂还在电台朗诵刊物中的文章，积极筹备学院的各种活动，并与格诺赶到学院的大师阿弗雷·雅里的隐居之处"朝圣"，在学院的等级也越来越高，获得了学院的多次嘉奖。他把学院当做是自己的"娘家"，把自己的许多作品都存入学院的档案，并编上号。他给学院递交的最后作品是《战争伪造者》，他认为"成功"的战争是既不留下生者，又不留下弹药、武器，所有的战斗工具全都在战斗中毁灭。"然而，老战士为保卫自己而自卫，这就引起了两个关联的问题，一方面，他的幸存证明，从战争的角度来看，战争失败了：另一方面，老战士毫无损伤地在平民中出现，会引起别的战争，因为他们还活在百姓当中。"

维昂在帕嗒学院里

麦克风前的维昂

维昂兴趣广泛，什么写作体裁都尝试过，年轻时写过诗歌、童话，后来写小说、专栏、评论和剧本，还画过油画，在七星画廊展出过作品，题目叫做《画家兼作家：从缪塞到维昂》。

"二战"结束后，大量美国游客涌入巴黎，来到左岸的圣日耳曼大街，出入酒吧、咖

维昂在钢琴师的伴奏下在学声乐（1955）

维昂与著名钢琴家伊内斯（前）在调音（1957）

维昂在电台播讲文学批评（1958）

啡馆，前往夜总会、俱乐部，感受法兰西文化的气息。对这条大街十分熟悉的维昂为此写了一本《圣日耳曼手册》，详细介绍该街的文化娱乐场和游览景点，成为当时一本颇受外国游客欢迎的文化旅游手册。

卡宴庆典的布景模型

维昂向来对政治不感兴趣，提倡乌托邦和无政府主义。50年代，他跟抵抗运动的老战士马塞尔·德格里阿姆开车出游，接受了一路的政治灌输，思想开始发生变化。"亨利·马丁事件"中，巴黎的知识分子在萨特的领导下走向街头，为那位直言反印度支那战争的年轻人声援，维昂没有参加，却收集了大量资料，写了一部《公民责任感条约》，以回应萨特的《道德条约》。他在那部著作中谈到了个人自由问题、社会工作、不平等、集权主

维昂在演唱自己创作的歌曲

《电影屠杀》的演出场面及剧本

义、战争，表现出强烈的人道主义思想，甚至有点愤世嫉俗。

维昂的心脏不好，这使得他在40年代末不得不逐渐放弃吹小号，直至1951年被医生完全叫停。在这前后，他开始迷上歌曲。他既作词，也作曲，后来还亲自登台演唱，录制唱片。其实早在1944年他就开始写歌，他觉得歌曲比诗歌更直抒胸臆。1949年，他的歌曲创作达到高峰，不少作品如《这就是摇滚》、《我很时髦》、《我们不是在那里挨骂的》、《我喝酒》等至今还在传唱。写歌对他来说是介入社会生活的一种方式，维昂是个坚决的反战分子，有时不分青红皂白地反对一切战争，这在当时就犯了忌，他的歌屡屡被禁，其中最出名的一首叫《逃兵》。这首歌的歌词分12节，写一个接到入伍命令的男子给"总统先生"写了一封信，表示自己不想上战场，因为他家的邻居死在了战场上，他不愿去杀其他穷人，想当逃兵，并希望大家都向他学习。这样的歌曲当然通不过，尽管一再修改，最后仍遭禁止。

维昂写的歌越来越多，便到处找人演唱。起初，很多歌手不愿意，觉得他的歌太业余。女歌手勒内挺身而出帮助他，并建议他对歌词作些润色，请个好作曲家谱曲。有次，他遭到歌手拒绝时心想，"别人可以拒绝你的歌，但他们能禁止你演唱吗？"朋友们也鼓励他自己来演唱，而此时，他已经跟乌苏拉上了一段时间的声乐课。

1955年1月，维昂第一次巡回演唱，这对他这样内向害羞的人来说是个很大的突破。可惜，他在台上表现得很不自然，僵硬得像根木头，连声音都变调了。尽管作者对自己的作品理解最深，演唱有优势，可惜他的那根"管子"不能发出正确的声音，难免遭到冷遇。况且，他的歌有些在政治上太有挑衅性。他在外地小城迪纳尔演唱《逃兵》时，甚至引起了抗议，市长勒令他取消这个节目，巴黎市政厅的音乐顾问也指责他对老兵缺乏尊敬，要求有关方面禁止这首歌。维昂在报刊上为自己辩护，"我从未诅咒像我一样的平民，他们被穿上制服，被当做普通的物品一样射杀，脑袋被填满空洞的命令和虚假的理由。不知道为何而战去打仗，这是傻子而不是英雄。英雄知道自己的死有利于他所捍卫的价值观。"维昂一生写了五百多首歌曲，自己演唱了一百来首。他还是50年代法国摇滚乐的先驱之一，法国最早的四首摇滚乐就是他写的歌词。

最后的岁月

《白雪骑士》的演出场景

生命中的最后三年，维昂几乎都在忙音乐和戏剧，他在这方面的才能得到了赏识。1957年1月，菲力蒲唱片公司任命他为联合演出部的艺术总监助理，月薪达15万法郎，但工作繁重，他必须挑选演员和曲目，负责唱片的录制。月底，他又赶到南锡，参加《白雪骑士》的创作，该剧的布景、音乐、服装、导演全都是一流的，被媒体誉为是"辉煌的盛典"，维昂的本子也深受好评，被认为"非常出色"。

7月，维昂躲到圣特罗佩度假胜地专心创作剧本《帝国的建造者》，他还留了胡子，以更好地体验主人公的感受。导演亨利·格鲁埃尔也请他为《蒙娜丽莎，魔鬼缠身的故事》写解说词，并让他在影片中扮演了一个"微笑的教授"。该片当年在图尔获得了大奖，次年又在夏纳获得金棕榈奖。

9月，维昂正在为菲力蒲公司的代表大会写开幕词，心脏病再次发作，不得不停止工作。死亡的阴影又徘徊在他的周围。他早就知道自己活不长，十二三岁的时候，医生就预言他活不过四十。成年后，他的心肺疾病常常让他在晚上睡不着觉，医生说他是"30岁的年龄，80岁的心脏"，所以他拼命干事，只争朝夕。他回想起自己的青春："20岁的时候，我是个害羞的人，身材消瘦，真的是个好青年。不应该告别那个时期！而且，我那时显得很可怜。这都是父母的错。"他说："和一位过于慈爱的母亲一起生活，难免变成一块蛋奶，苍白又软弱……为了摆脱这个处境，逃出母亲的怀抱，我感到自己像一只跌入陷阱的老鼠。"他很敬佩自己的父亲，说，"父亲曾经很有钱，有年金，46岁才开始干活。他干着很低级的工作，但他干了。父亲，我太爱他了。"父亲死于非命，让维昂感到割心般的痛。1944年11月22日深夜，家里来了盗贼，父亲奋起反抗，被近距离开枪射杀。父亲保尔是孩子们的玩伴和朋友。维昂当时感到整个世界都塌了。父亲死后，家人四散，快乐的家庭派对也随之而去，家中的物品则拿到德鲁奥饭店拍卖。这些情景，在维昂的小说中都能找到痕迹。

1958年也是繁忙的一年。1月，维昂趁在芒什海峡的古里港休息之机，给啪嗒学院交了《未出版的戏剧全集》；4月，他参加"菲力蒲"子公司丰特纳唱片公司代表大会，并任公司全职艺术指导，电影《死刑台的电梯》中的音乐就是他在职时搞的；10月，他调兵遣将安排在柏林歌剧院演出《夏日》，还在巴黎美术学校作有关建筑与科幻小说的讲座，在杂志上发表介绍歌手布拉桑的文章，翻译悲剧，在皮埃尔·卡斯特导演的《美好岁月》中扮演角色，写音乐剧和电影剧本，那封关于战争贩子的著名书信也是这个时期写的。独幕歌剧《节日》是他最后的大手笔，专为柏林音乐剧节而创作，表现出他杰出的改编才能。

1959年1月初，他感到累了，辞去丰特纳公司的职务，在古里港的大

海酒店休息。但朋友马塞尔·拉米刚刚当上巴黎喜剧院的院长，要重排
《白雪骑士》，他又马上行动起来。在这期间，他还在瓦迪姆导演的电影
《危险的关系》中扮演了角色，在法兰西三台讲法国十大文学杂志，他翻
译的爱尔兰作家布兰登·贝汉的《早晨的客人》也由乔治·威尔逊搬上了
舞台，伽利玛出版社同时出版了剧本。但最让他高兴的还是6月的庆典，5
月份的时候，他应邀参加了帕嗒学院副院长巴隆·莫莱的上任酒会，感到
不尽兴，便于次月在家中阳台搞了一场大派对，高朋满座，尽欢而散。然
而，他不知道自己此时已走到生命的尽头，6月23日，他被通知去"马伯
夫"小影院观看根据他的小说《我要在你的坟墓上吐痰》改编的电影，他
不想去，因为已经与制片方搞得很不愉快。西普鲁电影制作公司在他不在
场的情况下获得了影片的改编权，还让维昂自己改编。维昂寄去剧本，他
们却不满意，要求再改，并威胁说如果再达不到要求便要请第三方修改。
维昂与导演和制片人大吵一场，并拒绝在片头字幕打上自己的名字。这部
影片让他感到很生气，放映十分钟后，他便气得心脏病发作，昏迷过去，
被紧急送往医院，但抢救无效，于当天中午去世，终年39岁。

我眼中的鲍里斯·维昂

西蒙娜·德·波伏瓦/文

　　我是通过格诺认识鲍里斯·维昂的：他是工程师，却又写书又吹小号；他曾是战争与法国所催生的"扎珠"①运动的发起者之一。他们的父母都很富有，大部分时间都待在维希，一些家庭的孩子们便在被遗弃的公寓里组织"可怕的"聚会：他们学抢掠分子的样子，抢劫酒窖、破坏家具，还在黑市上投机倒把；他们是无政府主义者，不问政治，反对他们支持贝当政府的父母，标榜自己是激进的亲英分子，效仿英国时髦人士故作高雅，装腔作势，摆谱充阔；他们对美国并不热衷，所以当巴黎满大街都是美国人时，他们非常困惑，但他们同美国人又非常贴近，因为双方都迷恋爵士乐。美军开进巴黎的当天，维昂所在的阿巴迪乐队被"法国欢迎委员会"雇用，准备"特别义演"。三年之中，前"扎珠"们的穿着打扮都是一致的：牛仔裤和格子衬衫。他们常在香榭丽舍街区的拉普大街聚会，有时也在尚普利翁街角的一家名为"尚波"的舞厅演出。他们中有一小部分人除了爵士乐以外，还喜欢卡夫卡、萨特和美国小说。战争期间他们常去塞纳河边的那些旧书摊淘宝，发现福克纳和海明威的那些禁书时，他们开心极了。为了阅读和讨论，他们常去圣日耳曼德普雷大街，我就是这样在王家桥酒吧与维昂相识的。他有一部手稿正交给伽利玛出版社审读，格诺非常喜欢。我同他们以及阿斯特吕克一起喝了一杯。我感觉维昂固执己见，过于赞颂悖论。3月份，他举办了一个派对。我赶到的时候，大家都

------

① 第二次世界大战期间法国的青年爵士乐迷。

已经灌了不少酒；他的妻子米歇尔肩披一头柔软的金发，露出甜美的微笑；阿斯特吕克光着脚，睡在长沙发上。我也没少喝酒，一边喝一边听着美国唱片。

凌晨两点左右，鲍里斯建议我喝杯咖啡，我们俩便坐在厨房里一直聊到天明：谈他的那部小说，谈爵士乐，谈文学，谈他的工程师行当。在他那张光滑白皙的长脸上，不再有做作的痕迹，恰恰相反，他显得非常亲切，坦诚极了。维昂极讨厌"丑恶的东西"，很喜欢自己喜爱的东西：尽管心脏有病，他仍然在吹小号。（医生曾警告他说："如果您继续吹小号，您活不过十年。"）我们就这么聊着，天很快就亮了：我非常珍惜这种飞逝而去的永恒友谊。

《事物的力量》第一卷，伽利玛出版社，1963年

鲍里斯·维昂

——致乌苏拉

雅克·普雷维尔/文

I

他的生日

他的死期

都是乐谱语言

他懂音乐

他懂机械

数学

所有的技术

和其他

人们都说他只靠头脑做事

瞎说

他更靠心做事

他的心让他看到了所有的颜色

他的心能揭示一切

他太懂生活

他笑得太真

他活得太累

心击败了他

于是他沉默了
离开了他的爱人
离开了朋友们
但他的爱和友谊是那么真。

Ⅱ

鲍里斯与生命为戏
像其他人玩股票
玩警察与小偷的游戏
但他不作弊
而是像个绅士
像岁月的泡沫里
老鼠和猫
幸福的光芒
就像他吹小号
或使用摘心器
他是个好玩家
不断地把死亡
推到次日
他被缺席判决
清楚地知道总有一天
死亡会找到他的踪迹
鲍里斯与生命为戏
对它非常善良
他爱死亡
如同他喜欢爱情
一个真正的逃兵，逃离不幸。

乌苏拉在韦隆城（1956）

给鲍里斯·维昂的信

亲爱的鲍里斯：

你怎么样？作为韦隆城的邻居，我最后一次见到你，是在那棵樱桃树前。我们爱怜地谈论着它。现在，巴黎的樱桃树已经很少了。

稍后，阳光普照，你得带一些朋友去昂提布找另一些朋友。一个声音突然说：

"……据悉，某某某去世了……"

这是法兰西广播电视台的一个声音。这声音，它显得很平静，非常值得表扬，但它也努力做到不完全无动于衷。这是最客观的电台的合适语气。然而，当它告诉它亲爱的听众，你正是在，如果不说恰好，正是在看一部根据一本名叫，这怎么可能？一本名叫《我要在你的坟墓上吐痰》的小说改编的电影时去世的，这时，它也无法完全掩饰一种职业性的兴奋，这很合理。这一声音，在悄悄地赞扬了"内在审理"①之后，又变得轻快、如常、随意和自如起来，它宣布……唉，现在还让我们来谈点高兴的事吧！

鲍里斯，它得知了你去世的消息。关于你的生活、你的教养和它自己的生活，它又知道些什么！这是在离阿里桑纳大学两步远的韦隆城，樱桃树和我，我们刚才在嘀咕的，正如人们热情地谈起你。

楼上，平台上，你的女儿在跟我的女儿玩，艾热和勒舒穆兹也在跳

---

① 司法术语，指处罚中不涉及外人。

舞①。天气很好，不过前一天晚上，小黑猫吞噬了四叶草，追求幸福的人也遇到了小小的烦恼。其他人也同样，面对盛宴，素食者的不安唯有饿得要死的食草植物看到食肉植物时的那种忧虑能够相比。

天气很好，我们也尽力而为。

在红磨坊的放映间里，虽然耳边没有贝壳的声音，仍能听到大海的喧嚣，同时还能听到电影中鱼雷尖锐刺耳、让人惊醒的撞击声？在听到《加尔默罗修女的对话》②有益的回音之前，先看《卑斯麦舰歼灭战》③？

如果上帝想听，让另一部杰作也在这里放映吧！

除此以外，没有什么太新鲜、刀光剑影、洒圣水的、精彩的、好战的、和平的、迅速的东西，关于多彩的婚礼和丰富的石油的电视新闻在继续进行。

法兰西悲剧院里，一直在演出《血色素》，但会让你高兴的是，在王座市场，《岁月的泡沫》的婚礼在现已两层的幽灵列车上继续。

紧紧地拥抱你，我亲爱的鲍里斯。再见吧，迟早的事。

你的朋友：普雷维尔

---

① 艾热是普雷维尔养的狗，勒舒穆兹是维昂《帝国的建造者》中的主人公。
② 《加尔默罗修女的对话》为F.普拉克导演的三幕剧。
③ 《卑斯麦舰歼灭战》为英美1960年合拍的电影。

《西风·瘦马》

沈东子◎著

海天出版社 2014年1月版　定价：**32.00**元

　　作家、翻译家和文学编辑"三合一"的沈东子向大家娓娓道来他的编、译、读三味，谈他编的书，讲他译的书，聊他读的书。一个个文坛掌故从书里书外向你款款而来。优美的文字、轻松的笔调、幽默的语气给人以莫大的阅读享受。

《书人·书事》

姚峥华◎著

海天出版社 2014年1月版　定价：**28.00**元

　　正如胡洪侠所说："有一种人，他们连鸡蛋都懒得吃，他们只想认识下蛋的母鸡"。那好，跟着姚峥华走吧！这个多年来负责图书周刊的资深编辑，是带大家认识书背后的人的绝佳向导。写书人、评书人、编书人、译书人在"姚言"中纷纷揭开自己的面纱。

相关阅读 ▶

《淘书·品书》

侯 军◎著

海天出版社 2014年1月版 定价：**32.00**元

　　跟着文化大家侯军去淘书，从京津到沪上，到西北到东南，如果还不满足，那就去英法德日，香港自然也是一个淘书的好去处。这个坐拥书城的茶文化专家，品书如品茶，香醇浓郁的书香从他老道的文字中散发出来，让人回味无穷。

《恋爱中的卡夫卡》

雅克琳娜·拉乌-杜瓦尔◎著

海天出版社 2014年1月版 定价：**33.00**元

　　这是法国著名女作家雅克琳娜·拉乌-杜瓦尔根据历史事实创作的一本纪实小说，在国际上引起较大反响，至今已有美国、英国、德国、日本、俄罗斯、意大利、土耳其、匈牙利、波兰等十多个国家出版了译本。法国《世界报》评论说："关于卡夫卡的书多如牛毛，但很少有像这本这样生动地重现了卡夫卡奇特的爱情世界"。